KB068034

한권으로 끝내는
중국 고전 일일일언

CHUGOKU KOTEN ICHINICHI ICHIGEN

by Hiroshi Moriya

Copyright © 1984 by Hiroshi Moriya All rights reserved

Original Japanese edition published by PHP Institute, Inc.

Korean translation rights arranged with PHP Institute, Inc.

through Japan Foreign-Rights Centre/EntersKorea Co., Ltd.

Korean translation copyright © 2006 by Book Publishing-CHUNGEORAM

이 책의 한국어판 저작권은

(주) 엔터스코리아 / Japan Foreign-Rights Centre를 통한

일본의 PHP Institute, Inc.와의 독점 계약으로 도서출판 청어람이 소유합니다.

신 저작권법에 의하여 한국 내에서 보호를 받는 저작물이므로

무단 전재와 무단 복제를 금합니다.

| 중국편 |

Classic Collection

한권으로 끝내는
중국고전 일일일언

도서출판
청어람

한 권으로 끝내는 **중국 고전 일일일언**

초판 1쇄 찍은 날 § 2006년 2월 6일
초판 1쇄 펴낸 날 § 2006년 2월 13일

지은이 § 모리야 히로시
옮긴이 § 계일
펴낸이 § 서경석

편집장 § 오태철
편집 및 디자인 § 김민정 · 정은경

펴낸곳 § 도서출판 청어람
등록번호 § 제1081-1-89호
등록일자 § 1999. 5. 31
어람번호 § 제3-0041호

주소 § 경기도 부천시 원미구 심곡1동 350-1 남성B/D 3F (우) 420-011
전화 § 032-656-4452 팩스 § 032-656-4453
http : //www.chungeoram.com
E-mail § eoram99@chollian.net

ⓒ 모리야 히로시, 2006

ISBN 89-5831-889-9 03820

※ 파본은 본사나 구입하신 서점에서 교환하여 드립니다.
※ 저자와 협의하여 인지를 붙이지 않습니다.

세상에는 자신의 뜻대로만 되지 않는 일이 많다.
특히 조직 사회에서 이런 일은 비일비재해, 심혈을 기울인
노력과 고생을 남이 알아주지 않는 경우가 많다.
비록 자신의 오랜 노력이 헛고생으로 끝나 버릴지라도
하루하루 노력하는 자세를 허물어뜨려서는 안 될 것이다.

■ CONTENTS

序文

　중국 고전의 매력은 뭐니 뭐니 해도 '말[言]' 이다. 본서(本書)는 주된 고전으로부터 365言을 골라 하루에 하나씩, '一日一言'의 형식으로 구 성되어 있다. 그러나 이것은 어디까지나 형식일 뿐, 날짜에 상관없이 어디서부터 읽더라도 상관 없다.

　본서의 말[言] 중에는 이미 알고 있는 것도 있 을 테고, 처음 대하는 것도 있을 것이다. 또 깨 닫는 기쁨에 자신도 모르게 무릎을 탁 칠 만큼 깊은 맛을 느끼게 하는 말도 있을 것이고, 그저 그런 덤덤한 맛의 말도 있을 것이다. 그러나 평 범해 보이는 말이라고 그냥 넘겨 버리지 말자. 천천히 되새김질해 보면 겉으로 드러나지 않는 내면의 또 다른 맛을 음미할 수 있을 것이다. 바 로 그것이 중국 고전의 매력이다.

가능한 일상에 도움이 될 만한 말들에 무게를 두고 선정했다. 본서와 산책하는 동안 자신도 모르는 사이에 인생의 시계(視界)가 넓어지고, 인간 관계의 폭이 넓어졌다면 본서의 내용을 적어도 반 이상은 이해한 것이다.

본서가 독자들에게 읽혀지는 것만으로도 기쁘다. 하물며 인생의 지침서로 활용된다면 그 이상의 행복이 또 어디 있겠는가.

모리야 히로시

一月

하루를 새롭게, 날마다 새롭게, 또 하루를 새롭게

• • •

수신(修身)이나 수양(修養)이라는 말은
자신을 갈고닦으려는
자각적인 노력에 의해 이루어지는 것이다.

구 일 신 일 일 신 우 일 신
苟日新 日日新 又日新 『대학』

하루를 새롭게, 날마다 새롭게, 또 하루를 새롭게

자기 계발(自己啓發)을 권장하는 말이다.

『대학』은 전문(全文)이 겨우 1,753자밖에 되지 않는 얇은 책이
지만, 그 내용은 '수신(修身), 제가(齊家), 치국(治國), 평천하(平天
下)'의 핵심을 설명한 것으로, 의외로 어렵다. 이 말은 그 안에서
인용한 것이다.

수신(修身)이나 수양(修養)이라는 말을 들으면 우선 어감에서
부터 왠지 거부감을 느끼는 사람도 꽤 있을 것이다. 그러나 이것
들은 원래 외부로부터의 강요에 의해 이루어지는 것이 아니라
자신을 갈고닦으려는 자각적인 노력에 의해 이루어지는 것이다.
그런 점을 강조하고 있는 것이 바로 이 문장이다.

옛날 은(殷)의 명군(名君) 탕왕(湯王)은 이 말을 세면기에 새
겨놓고 늘 수신(修身)의 결의를 다짐했다고 한다.

그런 결의가 없는 사람은 결코 진보할 수 없는 것이다.

2

온 고 지 신
溫故知新 『논어』

옛것에서 새로움을 찾는다

능력을 계발해야 한다는 데 이의를 제기할 사람은 없다. 자기 계발 없이는 삶이 발전할 수 없다는 것은 이미 보편화된 사실이다. 특히 사람을 다스리는 위치에 있는 사람, 즉 리더의 입장에 있는 사람일수록 자기 계발에 게으르면 리더로서의 설득력을 잃게 된다. 그렇다면 자신을 계발하기 위해 과연 무엇을 어떻게 해야 하는 걸까?

그런 물음에 대한 명쾌한 대답이 바로 공자(孔子)의 이 말이다.

"옛것을 연구하며 새로운 지식을 찾아낸다."

이 말을 바꿔 말하면 다음과 같이 말할 수 있겠다.

"역사를 깊이 탐구해, 과거의 일을 근거로 현재의 당면 과제에 대한 인식을 깊이 하는 태도, 그것이야말로 지도자가 갖추어야 할 덕목이다."

'온고지신'으로 줄인 이 말속에 그런 깊은 뜻이 들어 있는 것이다.

16

중국고전 일일일언

기 일 이 천 리 노 마 십 가 칙 역 급 지 의
驥一日而千里 駑馬十駕 則亦及之矣 『순자』

기(驥)는 하루에 천 리를 달리나 노마(駑馬)도 열흘을 달리면 그만큼 갈 수 있다

기(驥)는 하루에 천 리를 달릴 수 있는 명마(名馬)다. 사람에 비유하면 천재라 할 수 있다. 그에 비하면 노마(駑馬)는 둔재(鈍才)다. 천재의 능력에 비해 십분의 일밖에 되지 않는다. 그러나 그런 노마라도 열흘을 쉬지 않고 달리면 기가 하루에 달린 거리만큼 갈 수 있다는 것이다. 더 말할 것도 없이, 부단한 노력의 중요성을 강조하는 말이다.

아무리 그럴싸한 목표를 세웠다 해도 실행에 옮기지 않으면 그림의 떡과 다를 바 없다. 또 실행에 옮겼다 해도 중도에 포기해 버린다면 이것 역시 아무것도 아니다. 무슨 일이든 포기하지 않고 꾸준히 실행할 때 비로소 풍성한 결실을 기대할 수 있는 것이다.

그런 지속적인 노력이 요구되는 것이 바로 자기 계발이다. 적어도 리더로서의 자격을 갖추려면 마땅히 노마의 교훈을 본으로 삼아, 자신을 갈고닦는 노력을 게을리 해서는 안 된다.

一月의 말

배를 삼키는 물고기는 얕은 물에서 놀지 못한다

'배를 삼키는 물고기[吞舟之魚]' 란 배를 한입에 삼킬 수 있을 정도로 몸집이 큰 물고기를 말한다. 그러니 그런 큰 물고기가 얕은 물인 강의 지류(枝流)에서 헤엄칠 수 없는 것은 지극히 당연한 것으로, 이 말의 뜻은 다음과 같이 두 가지로 생각할 수 있다.

1. 목표를 크게 설정할 것.
2. 환경을 조성할 것.

인생의 목표는 크면 클수록 좋다. 처음부터 목표를 작게 설정하고 그것을 이루었다고 할 때, 결국 처음에 목표한 만큼의 작은 결과에 만족할 수밖에 없는 것이다. 그러나 목표를 크게 설정하고 실행한다면, 비록 처음에 설정한 목표의 반밖에 이루지 못하더라도 따지고 보면 꽤 큰 성과를 이루게 되는 것이다.

목표를 세운 다음에는 그것을 실현하기 위한 환경을 조성하는 일이 중요하다. 즉, 지류(枝流)와 같은 샛길로 빠져들지 않도록

중국고전 일일일언

언제나 뚜렷하게 목표를 향해 나아가야 한다. 서두르지 않아도 상관없다. 그러나 항상 목표에서 눈을 떼서는 안 된다.

 5

천 하 불 여 의 항 십 거 칠 팔
天下不如意 恒十居七八 『진서』

세상일은 뜻대로 되지 않는 것이 십에 칠, 팔이다

세상일은 자신의 뜻대로 되지 않는 것이 칠, 팔 할(割)이라는 말로, 진대(晉代)의 장군 양호(羊祜)가 한 말이다.

양호는 정남대장군(征南大將軍)으로, 남쪽 국경에 주둔하며 오(吳)나라를 치기 위해 주도면밀하게 계획을 세우고 실행에 옮기려 했다. 그러나 거듭되는 양호의 진언에도 불구하고 조정에서는 허락해 주지 않았다. 양호로서는 충분히 승산이 있는 일이었지만 조정의 허락 없이는 군사를 움직일 수가 없었다. 오랜 세월에 걸쳐 주도면밀하게 계획을 세운 그에게는 더없이 맥 빠지는 일이었다. 당시 그의 그런 허탈한 심정을 탄식조로 읊은 것이 바로 이 말이다.

세상에는 양호의 경우처럼, 자신의 뜻대로만 되지 않는 일이 많다. 특히 조직 사회에서 이런 일은 비일비재해, 심혈을 기울인 노력과 고생을 남이 알아주지 않는 경우가 많다. 그러나 비록 자신의 오랜 노력이 헛고생으로 끝나 버릴지라도 노력하는 자세를 허물어뜨려서는 안 될 것이다.

6

행 백 리 자 반 어 구 십
行百里者 半於九十 『전국책』

백 리를 가는 자는 구십 리를 반으로 안다

백 리를 여행하려고 하는 사람은 구십 리를 행보의 반으로 여기라는 말이다. 말할 것도 없이 최종 단계의 마무리가 중요하다는 것을 강조하는 말이다.

명군(名君)으로 이름을 떨친 당(唐) 태종(太宗)은 정치에 임하는 마음가짐에 대해 이렇게 말하고 있다.

"나라를 다스리는 마음가짐은 병을 치료할 때의 마음과 같은 것이다. 환자는 병에 차도가 있을 때일수록 더 신중하게 치료를 받지 않으면 안 된다. 자칫 방심해서 의사의 지시에 따르지 않으면 병세가 악화될 수 있다. 나라를 다스릴 때도 이와 같은 자세가 필요하다. 천하가 안정되어 갈 때일수록 진중(鎭重)하지 않으면 안 된다."

이 말은 비단 정치와 치료에 한정된 이야기가 아니다. 실제로 우리 주위를 보더라도, 마무리를 소홀히 하는 바람에 다 된 일을 그르치는 경우가 적지 않다. 그런 실수를 범하지 않으려면 마무리 단계에서 한층 더 마음을 가다듬고 전념하는 적극적인 자세가 필요하다.

무항산 인무항심
無恒産 因無恒心 『맹자』

항산(恒産) 없이는 항심(恒心)도 없다

항산(恒産)이란 생활을 영위하는 데 필요한 만큼의 안정된 수입, 즉 자산(資産)을 뜻하는 말이고, 항심(恒心)은 어떤 곤란한 처지에서도 나쁜 길로 빠지지 않는 마음, 즉 부동심(不動心)을 뜻하는 말이다.

맹자의 말을 들어보자.

"선비[士]는 항산(恒産)이 없어도 항심(恒心)을 유지할 수 있다. 그러나 민(民)의 경우, 항산(恒産) 없이는 항심(恒心)도 없다."

항산 없이 항심만 가지고 있는 것이 이상적이다. 그러나 그것은 지조가 굳은 사람[士]에게나 가능한 일이지 평범한 일반인들[民]에게 그것을 기대하기엔 무리다. 그렇기에 일반인들에게는 무엇보다도 우선적으로 생활의 안정을 도모해 주지 않으면 안 된다. 그것이 바로 위정자(爲政者)들의 당면 과제라고 맹자(孟子)는 주장하는 것이다.

현대를 살고 있는 우리에게 항산 없이 항심만을 가지라고 하는 것은 확실히 어려운 주문이다. 그렇기에 항심을 유지하기 위한 전제로서 확실한 생활 설계가 필요하다는 것이다.

미불유초 선극유종
靡不有初 鮮克有終 『시경』

시작 없이는 좋은 결과도 없다

일이 어느 정도 궤도에 오르게 되면 이미 그 일에 익숙해진 탓에 긴장감이 느슨해지고, 정신 상태도 해이해진다. 그러다 보면 실수가 생기게 마련이고, 그것이 결국 치명타가 되어 만회할 수 없을 정도로 큰 손해를 보게 되는 경우가 있다. 우리 주위에 그런 사례가 결코 적지 않다.

그런 과오를 범하지 않으려면 유의해야 할 것이 두 가지가 있다.

1. 처음의 긴장감을 마지막까지 지속할 수 있는 마음가짐.

2. 일이 잘 풀릴 때일수록 더 정신을 바짝 차릴 것.

    결론적으로 말하자면 초심(初心)을 잊어서는 안 된다는 것이다.

의 기 이 만 복
欹器以滿覆 『채근담』

의기(欹器)에 물이 가득 차면 엎어지기 마련이다

    의기(欹器)는 물그릇으로, 완전히 비어 있으면 기울어지고 물이 반 정도 차면 똑바로 서며, 물이 가득 차면 엎어지게끔 되어 있다. 유좌기(宥坐器)라고도 불렀다.

    『순자』 유좌(宥坐)편에 이런 이야기가 있다.

    어느 날, 노(魯)나라의 종묘(宗廟)를 참견(參見)한 공자는 그곳에서 처음으로 의기(欹器)를 보게 되었다. 평소 소문으로만 들었던 의기를 시험해 보고 싶어진 공자는 그 자리에서 제자에게 명해 의기에 물을 붓게 하였다. 물이 가득 차자 의기는 엎어지고 말았다. 그러자 공자는 이렇게 말했다고 한다.

"아, 차고 나면 기울지 않는 것은 없구나."

당연한 결과에 당연한 말이다. 그러나 이 평범해 보이는 말속에 깊은 뜻이 담겨 있다. 현재 자신의 위치에 만족하고 있는 사람들에게 던지는 따끔한 훈계인 것이다.

『채근담(菜根潭)』도 그에 대해 경고하고 있다.

"군자(君子)는 풍족한 상태에 만족해서는 안 된다."

풍족한 상태에 있으면 안일함에 빠져 위를 보지 못하고 현재의 상태에 만족하기 때문에 발전할 수 없다는 것이다.

귀 기 소 장 망 기 소 단
貴其所長 忘其所短 『삼국지』

장점은 존중하고, 단점은 잊어버린다

『삼국지(三國志)』에 등장하는 영웅 중의 한 사람인 오(吳)의 손권(孫權)은 라이벌이었던 위(魏)의 조조(曹操)나 촉(蜀)의 유비(劉備)와 비교할 때, 눈을 끌지 못하는 평범한 리더였다. 그러나 그의 큰 장점은 부하를 다스리는 지혜에 있었다.

그의 부하 중에는 인재들이 있어, 손권은 그들의 활약에 끝까지 살아남는 데 성공했다. 그런 손권이 부하들을 대하는 자신의 태도에 대해 직접 서술한 것이 바로 이 말이다.

"부하의 단점을 지적하지 않고, 오로지 장점을 발휘할 수 있는 여건을 만들어주었다."

사람은 누구라도 꾸중을 들을 때보다 칭찬을 들을 때 의욕이 생긴다. 또한 그런 의욕은 성장할 수 있는 가능성이라고도 할 수 있을 것이다.

부하의 단점만을 지적할 것이 아니라 손권처럼 부하의 장점을 칭찬해 주는 것도 현명한 리더가 갖추어야 할 지혜의 하나일 것이다.

11

호 사 불 여 악 활
好死不如惡活 『통속편』

호사가 악활만 하랴

호사(好死)는 멋있는 죽음, 즉 생(生)에 일말의 미련도 없을 정도의 깨끗한 죽음을 뜻하는 말이다. 반면 악활(惡活)은 비참한 삶, 고통스러운 삶을 뜻하는 말이니, 이 일절(一節)을 풀이해 보면 다음과 같다.

"비참한 삶일망정 어떻게든 살아 있는 것이 '호사(好死)'보다 더 낫다."

죽은 정승보다 산 개 팔자가 더 낫다는 말과 많이 닮아 있는 말이다.

요즘 들어 생활고를 비관해 자살하는 사람이 늘고 있어 우리의 마음을 어둡게 하고 있다.

단 한 번 주어진 삶이다. 어차피 언젠가 한 번은 끝나 버릴 삶이지만, 악활(惡活)인들 어떠랴? 살아 있기만 한다면 언젠가는 꽃 피는 봄날도 한 번쯤은 찾아오지 않겠는가?

적 선 지 가 필 유 여 경
積善之家必有餘慶 『역경』

선을 쌓는 집은 반드시 좋은 업보가 있다

"선을 쌓는 집은 반드시 좋은 업보가 있고, 선을 쌓지 않는 집은 반드시 재앙이 있다."

선행을 실천하는 집은 대대손손 반드시 복을 받게 되고, 선을 행하지 않는 집은 대대손손 반드시 화를 입는다는 뜻이다.

선한 일을 행하면 좋은 업보가 있고, 나쁜 일을 행하면 나쁜 업보가 있다. 그래서 좋은 업보를 기대하려면 평소 행동함에 신중함을 기하지 않으면 안 된다. 또 악에 물들어가고 있는 자신을 발견했다면 한시라도 빨리 궤도 수정을 하지 않으면 안 된다.

전형적인 인과응보론(因果應報論)이라고도 할 수 있다. 그렇기에 합리적인 사고를 가진 사람이라면 이런 사고에 거부감을 갖게 될지도 모른다. 그러나 이 말을 한 번 더 음미해 보자. 그럼으로써 지금 자신의 행동에 좀 더 신중함을 기할 수 있다면 이 말이 갖는 의미가 결코 헛된 것이 아닐 터…….

13 우 공 이 산
愚公移山 『열자』

우공(愚公), 산을 옮기다

옛날에 우공(愚公)이라는 노인이 있었다. 그의 집 바로 앞에는 태행(太行), 왕옥(王屋)이라는 두 개의 산이 나란히 서 있었다. 늘 산을 볼 때마다 답답함을 느꼈던 그는 어느 날, 아예 산을 허물어 버리기로 작심하고 그 즉시 실행에 옮겼다. 아들과 손자까지 가세해 세 사람은 삼태기를 짊어지고 퍼낸 흙을 져 나르기 시작했다. 북해(北海)에 흙을 한 번 버리고 오는 데 반년이나 걸렸다. 그것을 보고 근처에 사는 지수(知叟)라는 자가 비웃자 우공은 이렇게 말했다.

"내가 죽더라도 아들이 있다. 아들에게서는 손자가 태어날 것이다. 손자가 또 자식을 낳을 테고, 이렇게 자자손손 대를 잇는다면 중단될 리 없다. 반면에 산은 지금보다 더 높아질 리 만무하다. 산을 허물어 평지로 만들지 못할 이유가 없지 않은가?"

이 우화가 주는 교훈은 두 가지다.

1. 장기적 시야
2. 착실한 전진

우공처럼 장기적인 목표를 세운 뒤, 서두르거나 조바심을 내지 않고 착실하게 하나하나 실천해 나가려는 자세가 성공의 지름길이 될 수도 있다.

공숭유지 업광유근
功崇惟志 業廣惟勤 『서경』

높은 뜻, 꾸준한 노력

계획한 큰일을 성사시키기 위해서는 지(志)와 근(勤) 두 가지 조건이 필요하다.

'지' 는 목표다. 목표 설정 없이 움직이는 것을 망동(妄動)이라 한다. 이렇게 해서는 일에 능률이 오르지 않는다. 아니, 움직이면 움직일수록 오히려 더 어려운 상태가 될 수도 있다.

목표는 클수록 좋다. 그러나 아무리 거창한 목표를 세웠더라도 그것을 실현하기 위한 수단과 방법이 뒤따르지 않으면 이것 역시 계획을 세운 것만으로 끝이다. 그렇기에 꼭 필요한 것이 '근', 다시 말해 지속적인 노력이다. 이 두 가지를 차에 비유한다면 바퀴라고 할 수 있다.

인생 설계에 있어서도 마찬가지다. 가능하다면 생애 전체에 미칠 수 있는 목표를 세우는 것이다. 그것이 가능하지 않다면 적어도 1년은 내다보고 목표를 세워야 한다. 목표를 세웠다면 그 다음은 당연히 꾸준한 노력이 뒤따라야 할 것이다.

15

회 여 안 실 패 명
懷與安實敗名 『좌전』

'회' 와 '안' 은 명예를 실추시킨다

춘추 시대(春秋時代), 천하를 호령했던 패자(霸者)들 중에 진(晉)의 문공(文公)이라는 인물이 있다. 그는 젊은 시절에 후계자 정쟁의 내분에 휘말려 국외로 도주해 십구 년에 걸친 망명 생활을 보낸 뒤에 귀국해 왕위에 오른 인물이다. 그런 의미에서, 그야말로 드물게 볼 수 있는 인내심의 소유자라 할 수 있겠다.

문공이 망명 중 제(齊)나라에 머물고 있을 때의 일이다. 누구보다도 의지가 굳은 그였지만 오랜 세월, 망명의 고초를 겪다 보니 자신의 불투명한 장래에 회의를 품게 되었다. 마침 제왕(齊王)이 제공해 준 안락한 생활에 젖어들어 그때까지의 의욕을 잃어버리고 그저 하루하루의 생활에 만족함을 느끼게 되었다. 그것을 본 부인이 남편인 문공에게 이렇게 충고했다고 한다.

"회(懷)는 즐거움을 찾고 싶어하는 마음이고, 안(安)은 안일(安逸)을 탐하는 일입니다."

요즘 청년 실업이 사회 문제로 대두되고 있다. 그러나 망연하게 TV나 보면서 하는 일 없이 빈둥거리는 사람은 기회가 찾아와도 절대 큰일을 할 수 없다.

중국 고전 일일일언

16

상 선 여 수
上善如水 『노자』

이상적인 삶은 물과 같다

상선(上善)이라 함은 가장 이상적인 삶의 방식을 의미한다. 그런 방식대로 이상적인 삶을 살고 싶다면 물 본연의 상태를 보고 배우라는 말이다.

물에서 배울 수 있는 특징은 크게 세 가지다.

1. 더없이 유연하다. 네모난 그릇에 담으면 네모난 모양이 되고, 둥근 그릇에 담으면 둥근 모양이 된다. 그릇의 형태에 따라 시시각각 모양이 변할 뿐, 절대 반발하지 않는다.

2. 사람은 누구라도 낮은 곳에 서기 싫어한다. 그러나 물은 낮은 곳으로 흘러간다. 즉, 대단히 겸허하다. 자신의 능력과 지위를 과시하려 하지 않는다.

3. 대단한 힘을 숨기고 있다. 급류는 단단한 바위도 산산조각으로 만들어 버린다.

이처럼 물은 유연, 겸허, 힘이라는 세 가지 특징을 가지고 있다. 인간도 그런 물 본연의 특징을 지닐 수 있다면 이상적인 삶을 살아갈 수 있지 않을까.

포식종일 무소용심 난의
飽食終日 無所用心 難矣『논어』

종일 빈둥거리기만 하고 머리를 쓰지 않는 자는 한심한 인간이다

"먹고 마시고 빈둥거리며 머리를 쓰지 않는 자들은 정말로 한심한 자들이다."

공자는 이렇게 말하며 다음의 일구(一句)를 덧붙였다.

"박혁(博奕)이라도 하거라. 빈둥거리는 것보다 훨씬 낫지 않느냐."

'박혁'은 넓은 의미에서 도박을 뜻하는 말로, 지금으로 말하자면 마작이나 빠찡꼬라고 할 수 있겠다. 아무것도 하지 않고 있는 것보다는 차라리 그런 것이라도 하고 있는 편이 훨씬 낫다고 하는 말이다.

비록 그것이 무엇이든, 의욕을 가지고 머리를 쓴다는 것은 인간으로서의 성장과 진보의 가능성이 보인다는 것이다. 늘 게으름만 피우며 의욕조차도 보이지 않는 자에게는 인간으로서의 성장도 진보도 기대할 수 없다는 것이다. 공자가 말한 핵심이 바로 이것이다.

재미있는 점은 공자는 설명이 필요없을 정도로 현명한 인물로 평가되고 있으나 '박혁'을 인용할 정도로 세상 물정에 탁 트인 일면도 지니고 있었다는 것이다.

담 욕 대 이 심 욕 소
膽欲大而心欲小 『근사록』

대담함과 세심함을 동시에 지녀라

"담력은 크게, 마음은 작게."

대담(大膽)과 세심(細心)을 강조한 말이다. 이 둘은 일견 모순처럼 보일지도 모르지만 양면을 몸에 지니고 있지 않으면 일을 수행하는 데 어려움이 따른다. 계획한 일을 성사시키는 것도 불가능하다.

어떤 일이든 도중에 곤란이 따라붙기 마련이다. 설사 어려움 하나 없이 순조롭게 진행된다고 해도 언제 어느 때 어려운 상황에 처하게 될지 아무도 모르는 일이다. 그럴 때 필요한 것이 어려움을 극복할 수 있는 불굴의 정신력과 왕성한 감투(敢鬪) 정신이다. 그런 것을 대담이라고 하는 것이다,

그러나 대담과 만용(蠻勇)은 엄연히 다르다. 만용은 무모해서

오히려 자멸을 초래하는 자충수(自充手)가 되기도 한다. 대담하면서도 동시에 면밀한 조사나 신중한 배려가 뒷받침이 되지 않으면 안 되는 것이다. 이 두 가지 조건만 지닌다면 무슨 일을 하더라도 성공할 확률은 훨씬 높아질 것이다.

중국고전 일일일언

군 자 지 교 담 약 수
君子之交淡若水 『장자』

군자의 사귐은 담담한 물과 같다

군자(君子)는 훌륭한 인물을 일컫는 말이다. 영국 사람들이 말하는 젠틀맨의 원래 의미와 비슷하다고 할 수 있겠다. 군자와 정반대의 사람은 소인(小人)이라 하는데, 그저 그렇고 그런 시시한 사람을 지칭하는 말이라 할 수 있다.

장자(莊子)의 말은 이렇게 대구(對句)로 되어 있다.

"군자의 사귐은 담담한 물과 같고, 소인의 사귐은 단술과 같다."

군자의 교제는 물처럼 담담한 것에 비해 소인의 교제는 단술처럼 끈적끈적하게 달라붙는다는 것이다. 그런 단술과 같은 교제가 왜 문제가 되는 것일까? 달고 끈적끈적한 것에 금세 싫증을 내게 되어 만남이 오래 지속되지 않기 때문이다.

원만한 인간관계를 구축하고 싶다면 군자의 사귐을 명심해 두는 것이 좋을 것이다.

지자 지려 필 잡 이 해
智者之慮必雜利害『손자』

35

一月의 말

지자는 반드시 이해의 양면을 생각한다

지자(智者)란 사물을 판단함에 있어 실수가 없는 사람을 말한다. 어떻게 판단을 함에 실수가 없을 수 있을까? 손자(孫子)의 말을 인용해 보자.

"반드시 이해(利害)를 맞대본다."

즉, 이(利)와 해(害)의 양면을 같이 생각하기 때문이다. 양면 사고, 다시 말해 토탈 사고를 권장하는 말이다.

"달콤한 말에는 함정이 있다."

이 말이 갖는 의미엔 누구라도 쉽게 공감할 수 있을 것이다. 그러나 달콤한 말에 현혹되다 보면 어느덧 그 분위기에 빠져들어 나중에 후회를 하는 경우가 있다. 이것은 지자의 태도라 할 수 없다.

손자는 이렇게 말하고 있다.

"이익을 추구할 때는 손해를 볼 때의 경우도 고려해야 한다. 그렇게 하면 모든 것이 순조롭게 진전될 것이다. 반대로 손실을 입었을 때는 그것에 의해 얻을 수 있는 이익도 생각해야 한다. 그렇게 하면 불필요한 걱정을 줄일 수 있다."

이런 생활 태도를 갖는다면 사소한 실패를 줄일 수 있을 것이다.

비 양 덕 지 기 야
卑讓 德之基也 『좌전』

비양은 덕의 기본이다

덕(德)이란 무엇인가? 한마디로 딱 잘라 말하기는 어렵다. 좀 더 확실히 하기 위해 국어사전을 찾아보았더니 훌륭한 인격이라고 설명되어 있다. 그렇다면 훌륭한 인격을 형성하는 기본 요소는 무엇일까? 『좌전(左傳)』에 의하면 그것은 비양(卑讓)이라고 한다.

비(卑)는 천하다는 뜻이다. 자신을 낮은 곳에 두고 상대를 높여주는 것, 그것이 비(卑)다. 양(讓)은 양보하다는 뜻이다. 자신은 한 발이고 두 발이고 뒤로 물러서서 상대에게 길을 터주는 것, 그것이 양(讓)이 의미하는 것이다. 다시 말해 비양(卑讓)은 겸허(謙虛)라고 할 수 있겠다. 이것이 바로 덕의 기본인 것이다. 비양은 어떤 사람에게나 필요한 덕이다. 특히 이것을 필요로 하는 사람은 리더의 위치에 있는 사람이다.

벼는 익을수록 고개를 숙인다는 속담도 있지 않은가?

사 불 가 이 불 홍 의
士不可以不弘毅 『논어』

지도자는 홍의를 갖추지 않으면 안 된다

사(士)는 사농공상(士農工商)이라는 말에서 볼 수 있는 것처럼 다른 사람보다 앞에 서는 사람, 즉 리더의 위치에 있는 인물을 말한다. 리더의 위치에 있는 사람은 홍의(弘毅)를 갖추어야 한다는 것을 강조하는 말이다. 홍(弘)은 넓은 견식, 의(毅)는 강한 의지력이다.

일을 추진함에 있어, 식견(識見)이 넓지 못하면 시야협착증(視夜狹窄症)에 걸려 바로 벽에 부딪치고 만다. 또 강한 의지력이 없으면 곤란에 처했을 경우 끈기있게 타개해 나가지 못하고 주저앉아 버린다. 한마디로 말해 리더로서의 자격이 없는 것이다.

전전(戰前)의 재상(宰相) 중에 홍의(弘毅)라는 인물이 있었다. 종전(終戰) 직후, 전쟁 범죄자로 몰려 사형을 당했지만 그는 단 한 마디의 변명도 없이 꿋꿋하게 죽음에 임해 많은 사람에게 잔잔한 감동을 주었다. 『논어』의 이 말에서 영향을 받았음은 두말할 것도 없다. 조직을 이끌어가는 리더라면 홍의의 뜻을 한 번 더 새겨볼 만하다.

23

관 이 견 외 엄 이 견 애
寬而見畏 嚴而見愛 『송명신언행록』

'관'으로 두렵게 하고, '엄'으로 사랑받는다

조직 관리의 핵심은 엄(嚴)과 관(寬)의 균형을 잡는 것이라는 말이다.

엄(嚴)이란 엄한 태도, 즉 신상필벌(信賞必罰)의 방침이다. 그러나 엄만으로 부하를 다스리면, 겉으로는 명령에 따르는 것처럼 보여도 속으로는 반발심을 품을 수도 있다. 그래서 필요한 것이 관(寬)이다. 관은 관용적 태도를 말한다. 온정주의(溫情主義)라고 해도 좋겠다. 그러나 관이 지나치다 보면 이번에는 조직 내의 긴장감이 해이해져서 기강이 느슨해진다. 그것을 방지하기 위해서는 또 엄(嚴)의 요소가 필요하다.

38

중국고전 일일일언

보통 관으로 임하면 사랑을 받고, 엄으로 대하면 거리감이 생기는 것이 일반적 관례이다. 그러나 그런 경우는 아직 수준이 낮은 경우로, 오히려 그 반대의 경우가 이상적인 것이다. 그것을 지적하고 있는 것이 바로 이 말이다.

"관(寬)으로 두려워하게 하고, 엄(嚴)으로 사랑받는다."

어느 시대이든 조직의 리더는 이런 고차원적인 수준을 목표로 정진해야 한다.

24

윤 언 여 한
綸言如汗 『예기』

천자(天子)의 말은 땀과 같다

윤언(綸言)은 천자의 말씀이라는 뜻으로, 그것은 땀과 같은 것이라고 한다.

당연한 말이지만 한 번 몸 밖으로 나온 땀은 두 번 다시 몸 안으로 되돌아갈 수 없다. 천자의 말도 이와 같아서, 한 번 내뱉은 말은 다시 입에 되담을 수 없다는 것이다. 그렇기에 천자는 발언을 신중하게 하지 않으면 안 된다고 하는 의미에서 천자의 말은 땀과 같다고 하는 것이다.

이것은 비단 리더 격의 인물들에게만 해당되는 말이 아니다. 평사원에서부터 과장, 부장, 중역, 이렇게 지위가 높아지는 것에 비례해 발언이 갖는 무게도 달라진다. 그렇기에 발언을 할 때는 한층 더 신중하게 생각해야 하는 것이다.

일반적으로 리더는 자신의 주장을 명확하고 단호하게 내세워야 한다. 그 정도의 능력도 없다면 리더로서의 자격이 없다. 그러나 앞뒤 분간 없이 마구 떠들고 나서 실언을 수습하려 한다면 그때는 이미 리더로서의 자격을 상실한 뒤가 될 것이다.

25

불입호혈 불득호자
不入虎穴 不得虎子 『후한서』

호랑이 굴에 들어가지 않으면 호랑이 새끼를 잡지 못한다.

후한(後漢) 시대, 서역의 경략(經略)에서 활약한 반초(班超)라는 사람이 있었다. 그가 몇 명의 종자를 거느리고 선선(鄯善)이라는 나라에 사자로 갔을 때의 일이다. 처음에는 정중한 태도로 영접해 주었던 왕의 태도가 흉노(匈奴)에서 사절단이 온 순간부터 급변했다. 흉노의 위세에 두려움을 느낀 왕이 한(漢)의 사자인 반초 일행에게 태도를 바꾼 것이다.

반초는 급히 부하들을 한자리에 불러놓고 이렇게 말했다.

"호랑이 굴에 들어가지 않고서 어찌 호랑이 새끼를 잡을 수 있겠는가? 왕의 태도를 바꾸기 위해서는 흉노의 사절단을 모두 없애 버리지 않으면 안 된다."

그날 밤 반초 일행은 흉노 사절단의 숙소를 급습해 단 한 명도 남기지 않고 모조리 죽여 버렸다. 그러자 겁에 질린 왕은 두려움에 벌벌 떨면서 한(漢)에 대한 복속을 맹세했다고 한다.

반초의 이 말은 굳은 결단을 표명한 말이다. 그러나 결단에 앞서 숙고가 없다면 결코 성공할 수 없다. 반초 역시도 결단에 앞서 충분히 심사숙고하며, 흉노 측의 동정을 면밀히 주시했다는 사실을 잊어서는 안 된다.

26

영위계구 무위우후
寧爲鷄口 無爲牛後 『사기』

닭벼슬이 될망정 소의 꼬리는 되지 마라

이 말을 요즘의 실정에 비유해 알기 쉽게 설명해 보자. 대기업에서 자신의 능력을 제대로 발휘하지 못하고 이런저런 눈치 보느라 숨을 죽이며 사느니 차라리 중소기업이라도 자신이 리더가 되어 자신의 능력을 마음껏 발휘하는 편이 낫다고 하는 뜻이다. 줄여서 계구우후(鷄口牛後)라고도 한다.

규모가 큰 조직에 의탁하는 것이 안정감이 있고, 장래에 대한 불안도 적을지 모른다. 반면에 조직에 들어가는 순간부터 극심한 경쟁의 틈바구니에서, 울지도 못하고 날지도 못하며 늘 남의 밑에만 있다가 어정쩡하게 일생이 끝나 버릴 가능성도 배제할 수 없다.

이에 비해 작은 조직은 큰 조직에 비해 안정성은 떨어지지만 인재의 층이 얇기 때문에 능력을 발휘할 기회도 많고 등용의 찬스도 많다. 또 지금과 같은 격동의 시대에는 큰 조직이라고 해도 언제까지나 안정적이라는 보장도 없다. 오히려 조직의 규모는 작아도 시대의 흐름에 편승해 급성장하는 예도 적지 않다.

그렇다면 계구(鷄口)에 승부를 걸어보는 것도 충실한 삶을 영위하는 하나의 방법이 될 수 있다. 그러나 그것을 성사시키려면 시대의 흐름을 읽을 줄 아는 깊은 통찰력이 필요하다.

양 고 심 장 약 허
良賈深藏若虛 『사기』

좋은 상품은 깊숙한 곳에 둔다

직역을 하면 현명한 상인은 좋은 상품을 가게 앞에 진열하지 않고 구석 깊숙한 곳에 보관한다는 뜻이다.

공자가 젊었을 때, 가르침을 받기 위해 노자를 찾아간 적이 있었다. 그때 노자는 공자에게 이렇게 말했다.

"현명한 상인은 좋은 상품일수록 진열하지 않고 구석 깊숙한 곳에 보관한다. 그러나 당신은 자신의 능력을 자랑하려 하고, 욕망과 의욕을 자제하지 못한다. 그런 태도는 백해무익하니 자제해야 한다."

아무리 뛰어난 능력이라도 그것을 자랑하거나 일부러 티를 내려고 애쓴다면 오히려 주위의 반발을 사서 좋은 결과를 얻지 못한다. 자신의 성숙함을 드러내 보이지 않으려고 자제할 때 오히려 인간으로서의 완숙미가 풍겨나는 것이다.

좋은 상품은 깊숙한 곳에 보관한다는 말의 진정한 의미를 한 번 더 되새김질해 볼 필요가 있지 않은가.

28

교 사 불 여 졸 성
巧詐不如拙誠 『힌비지』

교사는 졸성에 미치지 못한다

교사(巧詐)는 보잘것없는 생각을 그럴듯하게 보이게끔 하는 계략이다. 일견 괜찮은 책(策)처럼 보일 수 있으나 결국에는 꼬리가 드러나 주위의 반발을 사게 된다. 졸성(拙誠)은 서투르지만 정성이 담긴 방법으로, 다른 말로 표현하면 우직(愚直)이라 할 수 있겠다.

이 말의 의미는 삶에 꼭 필요한 것은 교사보다도 졸성이라는 것이다.

교사는 사람의 눈을 속일 수 있어, 일시적으로 얼버무려 넘길 수 있다. 그렇지만 마각(馬脚)은 언제라도 반드시 드러나는 법이다. 졸성은 조금씩 사람의 마음을 끌어들인다. 긴 안목으로 보면 확실히 교사보다 졸성이 훨씬 낫다.

어떤 의미에서 보면, 현대는 교사가 인기있는 시대라고 할 수도 있다. 그러나 아무리 시대가 변해도 인간관계의 근본은 다를 것이 없다. 그렇기에 현대를 살아가는 우리는 교사보다 졸성을 추구해야 한다.

지 인 용 삼 자 천 하 지 달 덕 야
知仁勇三子天下之達德也 『중용』

지, 인, 용의 세 가지가 달덕을 쌓는다

달덕(達德)은 덕 안의 덕, 특히 중요한 덕(德)이라는 뜻이다. 덕은 몇 개의 요소로 성립된다. 그중에서도 특히 중요한 요소는 지(知), 인(仁), 용(勇)의 세 가지다.

먼저 지(知)를 살펴보면, 두 가지 요소로 이루어진 복합 형성체다.

1. 깊은 통찰력

2. 적절한 대처 능력

인(仁)은 상대의 마음을 헤아리는 일, 즉 상대의 입장에서 생각하는 것으로 배려(配慮)라고 할 수 있다. 물론 그 전제로서 '나도 인간이고 너도 인간이다' 는 인간적 공감대가 형성되어야 한다.

용(勇)은 용기(勇氣)를 뜻하는 말로, 결단력이라고 할 수 있다. 물러설 때와 나아갈 때를 결정해야 할 때 주저없이 결단 가능한 능력, 그것이 용인 것이다.

이 세 가지 요소는 냉정한 현실을 살아가고 있는 우리에게 없어서는 안 될 중요한 덕목이라 할 수 있겠다.

**족함을 알면 수치를 겪지 않고, 그침을 알면 위급함을
겪지 않는다**

"조심하는 자는 수치를 겪지 않는다. 그침을 아는 자는 위험
을 겪지 않는다."

이 말은 노자가 주창한 처세 철학의 핵심으로, 특히 지족(止
足)의 교훈으로 널리 알려져 있는 말이다.

노자가 이 말을 통해서 경계하고자 했던 것은 나만을 생각하
는 태도다. 즉, 다른 사람에게 끼치는 피해는 생각하지 않고 자
신의 이익만을 추구하는 태도에 대한 꾸짖음인 것이다. 왜 그런
태도를 경계해야 한다는 것일까? 주위의 반감을 사게 되어 미움
을 받을 수도 있고, 결국은 그런 것들로 인해 자신이 피해를 볼
수도 있다는 것이다.

자신의 이익을 추구하기 위해서는 다른 사람에 대한 배려가
필요하다. 주위 사람들의 이익은 물론 인간관계도 함께 생각해

보아야 한다. 이런 점을 무시한 채 자신의 이익만을 추구하려 한 다면 결코 좋은 결과를 얻을 수 없다는 것이다. 더불어 사는 사 회라는 말의 의미를 한 번 더 음미해 볼 필요가 있다.

31 군자유삼락
君子有三樂 『맹자』

군자에게는 세 가지 즐거움이 있다

군자와 같이 훌륭한 사람에게는 세 가지의 즐거움이 있다고 한다. 그것이 무엇일까?

맹자는 이렇게 말하고 있다.

"부모님이 살아 계시고 형제의 우애가 좋으니 즐거움이요, 하 늘을 우러러 한 점 부끄러움이 없으니 그 또한 즐거움이요, 천하 의 영재를 교육하는 것은 더 큰 즐거움이 아니겠는가?"

이 말을 정리해 보면 다음과 같다.

1. 부모가 건재하고 형제의 우애가 좋은 것.

2. 누구에게도 부끄럽지 않은 삶을 살고 있는 것.

3. 우수한 영재를 찾아내 교육시키는 것.

물론 인생을 즐기는 방법은 사람에 따라 다르다. 그렇지만 이런 군자의 즐거움도 마음에 새겨두고 음미해 볼 필요가 있지 않겠는가?

二月

쓸모없다고 생각하는 것이 사실은 쓸모있다

● ● ●

자신을 향상시키기 위해서는
늘 배움을 추구하는 자세로 임해야 한다.

인 개 지 유 용 지 용 이 막 지 무 용 지 용 야
人皆知有用之用而莫知無用之用也 『장자』

쓸모없다고 생각하는 것이 사실은 쓸모있다

무용지용(無用之用)이란 무용이라고 생각하는 것이 사실은 유용(有用)일 수도 있다는 주장이다. 즉, 장자는 유용성만을 강조하는 일면적인 가치관에서 무용까지도 시야에 포함시키는 다면적인 가치관으로의 전환을 역설하고 있는 것이다. 또한 세상 사람들의 몰이해를 탄식하고 있는 것이다.

보통 아무 생각 없이 나누는 인사의 경우를 예로 들어보자. 사실 인사 따위 서로 나누지 않더라도 생활하는 데는 아무 지장이 없다고 생각할 수도 있다. 그러나 잘 생각해 보면 인사를 나누는 것, 그 한 가지 행위만으로도 인간관계가 꽤 원만해질 수 있음을 깨닫게 된다. 무용지용(無用之用)의 하나의 예라고 할 수 있겠다.

유용성만을 악착같이 추구하는 인간은 어딘가 여유가 없어 보인다. 인간으로서의 스케일도 작고 장래에 대성할 가능성도 없어 보인다.

이제 장자가 말하고 있는 무용지용의 참뜻을 깨달았는가? 그렇다면 당신의 인생에 새로운 전망이 열릴 가능성도 없지 않다.

二
月
의
말

소인의 학문은 귀에 들어온 대로 입으로 나간다

남에게 들은 수박 겉핥기식의 얕은 지식을 새겨두지 못하고 그대로 남에게 전할 정도밖에 되지 않는 천박한 학문을 '구이지학(口耳之學)'이라고 한다.

자신을 향상시키기 위해서는 늘 배움을 추구하는 자세로 임해야 한다. 그러나 같은 배움이라도 '구이지학'과 같은 방식은 오히려 백해무익하다.

순자는 이렇게 말하고 있다.

"옛날 사람들은 자신을 위해서 학문에 힘썼지만 요즘 사람들은 다른 사람을 위해서 학문을 하고 있다. 군자는 자신을 향상시키기 위해 학문을 하지만, 소인은 자신을 팔기 위해 학문을 한다. 묻지도 않았는데 주절거리는 것은 잡담이고, 하나를 물었는데 둘까지 대답하는 것은 쓸데없는 참견이다. 둘 다 바람직하지 않다. 군자의 학문은 종과 같다. 평소에는 소리를 내지 않다가 두드릴 때 청아한 소리를 내는 종과 같은 것이다."

진정한 배움을 원한다면 군자지학(君子之學)의 참뜻을 한 번 더 되새겨 봄이 마땅할 것이다.

지 피 지 기 백 전 불 태
知彼知己 白戰不殆 『손자』

상대를 알고 나를 알면 백 번 싸워도 패하지 않는다

너무나도 유명한 말이라 더 이상의 설명이 필요없는 말로 주관적, 일면적인 판단을 경고하는 말이다.

새삼스럽게 『손자』의 말을 인용하지 않더라도 일을 추진함에 있어 사전 조사가 반드시 필요하다는 것은 누구나 가질 수 있는 당연한 인식이다. 그러나 머리로는 이해를 해도 막상 실행에 옮기기는 의외로 간단하지가 않아서, 결과를 놓고 후회하는 일도 많다. 다시 말해 처음에 예상을 잘못해서 엉뚱한 결과를 낳는 일이 종종 생긴다는 것이다.

그 이유는 다음의 세 가지로 생각할 수 있다.

1. 조사 부족

2. 희망적 관측

3. 주관적 판단

이런 세 가지 이유로 판단을 잘못하는 경우가 적지 않다. 전쟁뿐만 아니라 무엇인가 새로운 일을 시작하려 할 때에도 가능한 범위 내에서 면밀하게 조사하고, 그것을 객관적으로 판단하는 냉정함을 잃지 말아야 한다.

二
月
의
말

4

패군지장 불가이언용

敗軍之將 不可以言勇『사기』

패장은 변명을 하지 않는다

통상 패장(敗將)은 군사(軍事)를 논하지 않는다고 알려져 있는 이 말은 원래 『사기』에서 비롯된 것으로 실패한 자는 그 일에 관해서 의견을 말할 자격이 없다는 뜻이다.

백 번 옳은 말이다. 패전(敗戰)의 책임을 져야 할 지휘관이 패인에 관해 온갖 변명을 늘어놓는다면 모양새만 더 우습게 될 뿐이다. 그런 상황에서는 모든 비난을 감수하더라도 침묵으로 일관하는 편이 더 현명한 처사일지도 모른다.

실패의 책임을 짊어지는 방법에는 두 종류가 있다. 우선, 오로지 자신이 모든 비난을 감수하는 경우, 이것도 하나의 좋은 방법이다. 그러나 실패 후에도 상황 판단이 제대로 되지 않아 실패의 원인조차도 파악하지 못하는 리더라면 리더로서의 자격이 없다. 실패한 후에 실패의 원인을 확실히 규명해 두는 것도 실패한 자가 책임을 지는 방법 중의 하나다. 그렇게 하지 않으면 또 다른 사람이 같은 실수를 되풀이할 가능성이 있기 때문이다.

5

不怨天 不尤人 『논어』

하늘을 원망하지 않고, 사람을 탓하지 않는다

어느 날, 공자가 하늘을 보며 탄식을 했다.

"아아, 나를 이해해 주는 사람이 없구나."

이 말을 들은 자공(子貢)이라는 제자가 물었다.

"어찌하여 그런 원망의 말씀을 하십니까?"

그러자 공자는 이렇게 대답했다고 한다.

"하늘을 원망하고, 사람을 탓하는 게 아니다. 상달(上達)한 나를 알아주는 자는 오직 하늘뿐이라는 말이다."

이 말을 알기 쉽게 설명하면 다음과 같다.

"하늘을 원망하거나 사람을 탓하는 게 아니다. 나는 일상적인 것에서부터 높고 원대한 것에 이르기까지 오로지 탐구에 뜻을 두고 살아왔다. 이런 나를 이해해 주는 것은 오직 하늘뿐이라는 생각이 들었다."

괴로울 때나 고통스러울 때 자신의 책임은 뒷전으로 미루어놓고, 하늘을 원망하거나 남의 탓을 하는 것이 사람이다. 그러나 그런 마음가짐으로는 발전을 기대하기 어렵고, 마음의 평안을 얻기도 힘들다. 어려운 때일수록 공자의 이 말을 생각해 보길 바란다.

무 면 종 퇴 유 후 언
無面從退有後言 『서경』

돌아서서 뒷말을 하지 마라

얼굴을 맞대고 있을 때는 '예, 예' 하면서 상대의 의견에 동의하다가, 돌아서면 불평불만을 늘어놓거나 비난을 한다[面從後言]. 그런 어리석음을 범해서는 안 된다는 경고의 말로, 성천자(聖天子) 순(舜)이 후계자인 우(禹)에게 했던 훈계의 말이다.

지금도 우리는 이런 잘못을 자주 범하곤 한다. 의도적이 아니더라도 특별하게 신경 쓰지 않으면 무의식 중에 이런 잘못을 범하게 된다.

이것이 마이너스 요인이 되는 이유가 두 가지 있다. 하나는 이쪽 인격의 졸렬함을 드러내는 것이고, 또 하나는 뒷말[後言]의 후환이다. 말, 특히 험담일수록 반드시 상대의 귀에 들어가게 되어 있다. '이건 비밀인데…' 하고 다짐을 두면 둘수록 상대에게 누설되기 쉽다. 당연히 상대가 좋은 감정을 가질 리 없다. 그 결과 인간관계가 결정적으로 악화되기도 한다.

말하고 싶은 것이 있으면 직접 상대에게 말해야 한다. 또한 말을 해서 안 될 것이라면 끝까지 침묵을 지켜야 한다.

사 전 지 불 망 후 사 지 사
事前之不忘 後事之師 『전국책』

과거없이는 미래도 없다

사전(事前)이란 옛날에 있었던 일을 말한다. 이 말에는 두 가지 의미가 있다.

1. 자신의 체험
2. 역사상의 경험

이 말을 잘 새겨두면 지금은 물론 앞으로의 생활에도 참고가 될 것이다.

특히 중요한 것은 실패의 경험에서 배워야 한다는 것이다. 그렇게 하지 않으면 몇 번이고 같은 실패를 되풀이할 염려가 있다. 이것은 현명한 삶의 방식이라 할 수 없다.

1973년 다나까[田中] 전 수상이 국교 회복의 교섭을 위해 중국의 북경(北京)을 방문했을 때, 당시의 수은래(周恩來) 총리로부터 이런 말을 들었다.

"일본인들이여, 그 불행했던 사태를 명기하고, 같은 실수를 두 번 되풀이하지 마십시오."

이 말이 중국인들의 의지 표명이었음은 두말할 것도 없다.

생각하고 싶지 않은 쓰라린 경험일수록 확실하게 마음속에 새겨두지 않으면 안 된다. 그렇게 함으로써 같은 실수를 되풀이하지 않고 더 나은 발전을 기대할 수 있다.

길 인 지 사 과 조 인 지 사 다
吉人之辭寡 躁人之辭多『역경』

덕이 있는 사람은 말수가 적고, 덕이 없는 사람은 말이 많다

길인(吉人)은 덕이 있는 훌륭한 인물, 조인(躁人)은 그 반대의 인물을 말한다. 따라서 이 말의 의미를 좀 더 자세히 살펴보면 다음과 같다.

"덕이 있는 사람일수록 말수가 적고, 덕이 없는 사람일수록 말이 많다."

원래 말이라고 하는 것은 그 사람의 마음의 움직임을 정직하게 투영(投影)하는 것이다. 『역경』은 또 이렇게 말하고 있다.

"사람을 배반하려고 하는 자는 말에서 어색함이 드러난다. 마음속에 의심을 품고 있는 자는 말에 갈피가 없음이 드러난다. 선

중국고전 일일일언

을 악이라며 궤변을 늘어놓는 자는 논지에 일관성이 없다. 신념이 없는 자는 말에 비굴함이 드러난다."

어느 것 하나 틀림이 없다. 말은 가려서 해야 하고, 발언을 할 땐 늘 신중을 기해야 한다. 불필요한 말을 많이 하면 할수록 내게 돌아오는 것은 득보다 실이 많다는 것을 명심하자.

우 불 우 자 시 야
遇不遇者時也『순자』

'우'와 '불우'는 시기가 있다

공자가 제자들을 이끌고 제국(諸國)을 순회하며 유세(遊說) 활동을 할 때였다. 한 곳에서 유세를 하던 중 공교롭게도 정쟁(政爭)에 휘말리는 통에 며칠 동안이나 꼼짝없이 갇힌 신세가 되었다. 오도 가도 못할 뿐 아니라 굶주림에 이르기까지 그 고생이 이만저만이 아니었다. 그때 자로라는 제자가 더 이상 참지 못하고 공자에게 불평을 했다.

"군자가 이렇게 비참한 신세가 되어야 합니까?"

그 말에 공자는 이렇게 대답하며 제자의 불만을 달랬다고 한다.

"'우(遇)'는 무엇을 하더라도 척척 순조롭게 진행됨을 이르는 말이고, '불우(不遇)'란 그 반대로 무엇을 해도 제대로 풀리지 않는 경우를 이르는 말이다. 사람의 인생에 있어서 우(優)와 불우(不遇)는 반복해서 되풀이된다. 문제는 불우한 시기를 극복하는 방법이다. 그때 비굴함을 보이거나 당황해서 허둥댄다면 장래의 전망을 더 어둡게 할 뿐이다."

그리고 공자는 이런 말을 덧붙였다.

"마음과 행실을 바르게 하고 때를 기다려라."

어려운 때일수록 냉정하게 자신을 갈고닦으며 때가 오기를 기다리라는 것이다.

견가이진 지난이퇴
10 見可而進 知難而退 『오자』

가능할 때 나아가고 어려울 때 물러선다

『오자』는 '손오(孫吳)의 병법(兵法)'이라고 불릴 정도로 『손자』와 견줄 만한 병법의 고전이다. 이 말의 뜻은 새삼스럽게 더 설명할 것도 없다. 즉, 유리할 때 나아가고, 불리할 때 물러서라는 것이다.

"뭐야? 그런 말은 나도 하겠다."

이렇게 말하는 사람도 있을 것이다. 사실 이 말을, 글자 그대로만 보면 그냥 평범한 정도가 아니라 지극히 단순 평범한 말이다. 그러나 문제는 이런 합리적이고 유연한 사고를 간과하는 사람이 결코 적지 않다는 것이다. 승산도 없는 일에 무모하게 돌진하는 사람을 용기있다고 치켜세우고, 물러서는 사람을 겁쟁이라고 매도하는 사람들은 모두 그런 부류에 해당된다.

'유리할 때 나아가고, 불리할 때 물러선다.'

이 말이 의미하는 참뜻을 바로 아는 사람이야말로 진정 지혜로운 사람이다. 또한 진퇴의 결단을 명확하게 하기 위해서는 무엇보다도 냉정한 판단력이 필요하다는 사실을 잊어서는 안 된다.

11

천지지도 극칙반 영칙손
天地之道 極則反 盈則損 『회남자』

천지의 법칙은 되풀이되고 찬 것은 기운다

불볕더위가 기승을 부리는 한여름노 오래지 않아 선선한 계절을 맞이하게 되고, 가을이 지나면 이윽고 겨울바람이 찾아든다. '춥다, 추워!' 하며 몸을 움츠리다 보면 어느새 따뜻한 봄이 되고, 그리고 또 무더운 여름이 돌아온다. 이것이 천지(天地)의 법칙이다. 달도 차면 기울어, 만월(滿月)이 되었다 싶으면 어느새 기울기 시작한다. 이것 역시도 천지의 법칙인 것이다.

인간 사회를 지배하고 있는 섭리도 이와 같다. 한 발 한 발 어렵사리 정상까지 올라가게 되면 더 이상 올라갈 곳은 없고 기다리는 것은 하강뿐이다. 그렇기에 정상에 이르러서도 거만하지 않고 한층 더 신중할 수 있는 성숙한 처세가 필요하다. 반대로 바닥으로 떨어진다고 해도 결코 낙담할 필요는 없다. 안달하거나 조바심 내지 않고, 실력을 쌓으며 차분하게 때를 기다리는 것이다.

인생감의기 공명수복론
人生感意氣 功名誰復論 『당시선』

인생은 의기에 감동하는 것, 누가 공명을 논하는가

『당시선(唐詩選)』의 권두(卷頭)를 장식한 「술회(述懷)」라고 이름 붙여진 시의 일절(一節)이다. 작자는 위징(魏徵), 당의 이대(二代) 황제인 태종(太宗)을 보필한 명신이다.

태종이 아직 즉위하기 전, 형인 건성(建成)과 후계자 자리를 놓고 골육상잔(骨肉相殘)을 전개했을 때, 위징은 건성 측의 모신(謀臣)으로 활약했다. 이 싸움에서 건성은 죽고, 태종의 즉위가 확정되었다. 그러나 위징의 재능을 눈여겨보았던 태종은 그를 살려주고 자신의 막하(幕下)에 등용했다.

이 시는 당시 위징이 태종을 영접하기 위해 선무(宣撫)라는 곳으로 향하며 지은 시라고 한다. '인생은 사나이들의 의기에 감동하는 것으로 공명 따위는 문제가 되지 않는다' 는 뜻으로 사나이의 파란만장한 삶을 읊은 일구(一句)다.

각자의 이익에 의해 움직이는 것이 인간 사회. 그러나 모든 개인이 계산에 의해서만 움직인다면 인간관계에 별 의미가 없다. 위징의 말, 인생은 의기에 감동하는 것이라는 측면이 부각될 수 있는 인간관계가 아쉽다.

13 인 생 여 백 구 과 극
人生如白駒過隙 『십팔사략』

인생은 극히 짧은 순간에 지나지 않는다.

"인생은 문틈으로 백마가 달리는 것을 보는 것처럼 극히 짧은 순간에 지나지 않는다."

인생의 덧없음을 강조한 말이다. 송(宋)왕조를 창업한 초대 황제인 태조(太祖)는 황제에 즉위한 뒤 공신들을 불러놓고 이 말을 인용하며 이렇게 말했다고 한다.

"그대들도 이제부터는 인생을 즐기시오."

그렇다면 과연 짧은 인생을 어떻게 살 것인가? 이것은 참으로 중요한 문제다. 참고로 『채근담』의 조언을 소개해 보겠다.

"천지는 영원하지만 인생은 두 번 돌아오지 않는다. 사람의 수명은 길어야 백 년, 눈 깜빡할 사이에 지나가 버린다. 거친 이 세상에 태어난 이상, 인생을 즐기려는 소망뿐 아니라 인생을 헛되이 사는 것에 대한 염려도 하지 않으면 안 된다."

단순히 인생을 즐기라는 차원이 아니라 의의있는 삶을 살라는 말이다. 즐겁지 않은 생, 의미없는 생을 영위하기 위해 어렵게 이 세상에 태어난 것은 아니지 않는가?

14 덕자사업지기
德者事業之基 『채근담』

사업의 기초는 경영자의 덕이다

사업이 발전할 수 있는 원동력은 경영자가 지니고 있는 덕(德)

이라고 한다. 『채근담』은 또 이런 말도 덧붙이고 있다.

"기초가 부실하면 건물이 튼튼할 리 없다."

중국 3000년 역사의 흥망성쇠(興亡盛衰)를 더듬어보더라도, 끝까지 살아남아 성공한 자는 뛰어난 능력을 지니고 있었다. 그러나 과연 능력만으로 가능했던 일일까? 결코 그런 것은 아니었다. 능력에 버금가는 리더로서의 덕을 지니고 있지 않았다면 후세에 완전한 인물이라는 평가를 받을 수 없었을 것이다.

이 두 가지 조건은 자동차의 바퀴와도 같은 관계에 있다. 그중에서도 특히 중요한 것이 덕이다. 덕이 부족한 인물은 일시적으로 성공할 수 있다고 해도 영달(榮達)이 오래 지속되지 않는다.

리더는 리더로서의 덕을 쌓아야 한다. 그렇지 않으면 조직이나 사업을 발전시켜 나가지 못한다. 그런 점을 강조하고 있는 것이 바로 이 말인 것이다.

15

지인자지 자지자명
知人者智 自知者明 『논어』

상대를 아는 것은 '지' 에 불과하나 자신을 아는 것은 '명' 이다

"남을 아는 자는 기껏해야 지자(智者)의 수준에 지나지 않는다. 자신을 아는 자야말로 명지인(明知人)이다."

이 말을 다시 설명하면 이렇게 말할 수 있다.

"남에 대해 아는 것만으로도 보통 정도는 아니다. 그러나 그
것보다도 훨씬 더 어려운 것은 자신을 아는 일이다. 세상일은 잘
알아도 자신의 일은 잘 모르는 것이 일반적인 경우다. 그래서는
만일의 경우에 정확한 판단을 내리기 힘들다."

지(智)는 통찰이 가능한 능력으로 통찰력이라고 할 수도 있다.
명(明)도 통찰력에 가깝지만 지(智)보다 더 깊은 곳까지 통찰이
가능한 능력을 말한다. 따라서 정확한 판단력을 기르기 위해서는
'지'는 물론 더 높은 수준의 '명'까지도 갖추어야 한다.

손자는 상대를 알고 나를 알면 백 번 싸워도 수치를 겪지 않는
다고 했다. 노자에 의하면 명으로써 그것이 가능하다는 것이다.

선 장 자 애 여 위 이 기
善將者愛與威而己 『위료자』

훌륭한 지도자의 조건은 '애'와 '위'

뛰어난 리더가 되기 위해서는 '애'와 '위'의 두 가지 조건을
갖추어야 한다는 것이다. 또 그 두 가지 조건만 갖추면 훌륭한

리더가 되기에 충분하다는 것이다.

애(愛)는 애정(愛情), 은정(恩情), 배려를 뜻하고, 위(威)는 중압감을 줄 수 있는 근엄함과 강직함을 뜻한다. 모두가 부하를 대하는 통솔력과 관계있는 말이다.

리더가 자신의 지위와 권한을 제대로 활용하지 못하면 부하가 명령에 따르지 않는다. 부하가 성심껏 순종하지 않는 것이다. 부하에게 의욕을 북돋아주고, '이 사람을 위해서라면……' 하는 마음을 갖게 하려면 늘 애로써 임할 필요가 있다.

그러나 애만으로는 조직 관리에 충분하지 않다. 자칫하면 위아래의 구분도 없이 적당하게 친한 사이가 되어 조직의 위계질서가 흔들릴 수도 있다. 그것을 방지하기 위해 필요한 것이 위(威)다. 위로써 확실한 위계질서를 확립해야 한다.

리더는 애와 위의 균형을 위해 한시도 노력을 소홀히 해서는 안 될 것이다.

17

무시구안 무탄초난
毋恃久安 毋憚初難 『채근담』

구안에 의지할 것 없고, 초난을 꺼려할 것 없다

구안(久安)은 행복이 오래 지속되는 상태, 초난(初難)은 처음에 겪는 곤란을 뜻하는 말이다. 좀 더 자세하게 설명해 보자.

"지금의 행복이 언제까지나 지속될 것이라 생각하지 마라. 처음으로 겪게 되는 곤란을 회피하려 하지 마라."

이것 역시도 균형 잡힌 처세관이라 말할 수 있다. 행복한 상태가 오래 지속되다 보면 그 분위기에 익숙해져 행복이 언제까지라도 계속될 것이라고 스스로 믿어버리게 된다. 그 결과 불행한 일이 닥치면 그 순간에 바로 이성을 잃고 당황하게 된다. 그렇게 되지 않기 위해서는 평소에도 저항력을 길러 물심양면의 준비를 게을리 해서는 안 된다.

또 무엇을 하더라도 어려움은 따르는 것이기에 처음으로 곤란한 일에 부딪치더라도 발뺌을 하려는 자세는 좋지 않다. 돌파할 수 있는 길이 분명히 있다고 스스로 다짐하면서 끈기있게 대처해 나가야 한다.

18

견소리 칙 대사 불성
見小利則大事不成『논어』

작은 이익에 현혹되면 큰일을 이루지 못한다

공자의 제자 중에 자하(子夏)라는 자가 있다. 그가 거부(筥父)라는 곳의 장관으로 임명되자 정치에 임하는 자세에 대해 공자에게 조언을 구했다. 그때 공자는 이렇게 말했다고 한다.

"빠른 것을 바라지 말고 작은 이익[小利]을 보지 마라. 빠른 것을 바라면 이루지 못할 것이고, 작은 이익을 보면 대사(大事)를 이루지 못한다."

이 말을 좀 더 쉽게 설명해 보겠다.

"조급하게 굴지 말 것이며 작은 이익에 현혹되지 마라. 조급하게 굴면 일을 그르치게 되고 작은 이익에 현혹되면 큰일을 행하지 못한다."

이러한 마음 자세는 비단 정치뿐만 아니라 어떤 일에나 다 적용된다. 장기 목표를 세우고 그 목표를 향해 한 발 한 발 착실하게 나아간다면 조급하게 굴 것도 없고 작은 이익에 현혹될 일도 없을 것이다.

공자의 교훈은 일견 평범해 보이지만 언제나 중요한 포인트를 던져주고 있다.

19

낙 불 가 극
樂不可極 『예기』

즐거움도 도를 지나치면 안 된다

인생에는 즐거움이 필요하다. 얼마 전 모 TV 프로에서 장수하고 있는 건강한 한 노인이 '나와 같은 삶은 사람들에게 권하고 싶지 않다' 고 술회하는 것을 본 적이 있다.

인생은 짧다. 그 짧은 인생이 이렇다 할 즐거움도 없이 악착같이 일만 하다 끝나 버린다면 결국 무엇을 위한 인생인가. 한 번밖에 없는 삶인데 가능한 즐기면서 살고 싶다는 말이다. 그러나 문제는 인생을 즐기는 방법이다.

예를 들어 모처럼 골프장에 갔다고 하자. 골프 삼매(三昧)에 빠지다 보니 일주일 내내 골프만 치고 싶다는 생각을 할 수도 있을 것이다. 그러나 바쁜 중에 틈을 내서 이따금씩 할 수 있는 것이기에 더 즐거운 것이다. 매일 골프만 치면 오히려 따분할지도 모른다.

즐거움이 지나치면 오히려 괴로움이 증폭될 수도 있는 것이다.

"즐거움도 정도를 지나치면 안 된다."

무엇이든 적절한 것이 좋다. 즐거움도 예외는 아니다.

인 수 마 재 사 상
人須磨在事上 『전습록』

사람은 실천을 통해 자신을 갈고닦는다

『전습록』은 '지행합일'을 역설한 양명학(陽明學)의 시조 왕양명(王陽明)의 언행을 기록한 책이다. 그 안에서 이 말을 찾을 수 있다. 생활과 일 등 꾸준한 실천을 통해서 자신을 갈고닦는다는 것이다.

자신을 연마하는 방법으로, 우선 앞서 간 사람들의 가르침에 귀를 기울이는 것이다. 가장 손쉬운 방법은 고전(古典)을 많이 읽는 것이다. 고전이란 앞서 산 인물들의 영지(英知)의 결정체인 동시에, 오랜 세월 풍파를 겪으며 살아남은 자들의 생생한 기록이다. 그렇기에 시대를 초월한 훌륭한 교훈으로 가득 차 있는 것이다.

그러나 책을 읽고, 사람의 이야기를 듣는 것만으로는 좀처럼 살아 있는 지혜를 터득하기 어렵다. 배운 것을 확실하게 자신의 것으로 만들기 위해서는 그것과 병행해서 실천을 통해 자신을 단련하고 몸으로 느끼는 것이 필요하다.

실천이 따르지 않는 지식은 임시변통의 상식에 지나지 않는다. 실천을 하면서 자신을 갈고닦아 나갈 때 비로소 진정한 지식을 습득할 수 있는 것이다.

21

지불지 상의
知不知 尙矣 『논어』

알아도 아는 체하지 않는 것은 고상한 일이다

『노자』의 이 일절(一節)을 조금 더 인용해 보면 다음과 같다.

"알면서 모른다고 하는 것은 고상하다. 모르면서 안다고 하는
것은 병이다."

이 말을 좀 더 자세하게 설명해 보자.

"알고 있어도 아는 체를 하지 않는다. 이것이 바람직한 방법이
다. 알지도 못하면서 아는 체를 하는 것은 중대한 결점이다."

확실히 알지도 못하면서 아는 체를 하는 것은 말이 되지 않는
다. 이것은 문제 이상의 문제다. 그러나 더 중요한 문제는 알고 난
뒤에 어떻게 처신하느냐이다. 많이 배웠다고, 지식이 많다고 자만
하며 의기양양한 얼굴로 위세 좋게 떠들어댄다면 오히려 주위의
반감을 살 뿐이다.

상사와의 관계를 예로 들어보자. '그 건은 어떻게 되었나?' 하
고 상사가 물었을 때는 상황에 적합한 최소한의 말로 간결하고 정
확하게 대답하지 않으면 안 된다. 그러나 묻지도 않은 말을 필요
이상으로 늘어놓는다면 오히려 마이너스 요인이 더 클 수도 있다.

72

중국고전 일일일언

22

야 랑 자 대
夜郎自大 『사기』

야랑자대

한(漢)대 서남 지방의 변방에 야랑(夜郎)이라는 작은 나라가 있었다. 마침 한(漢)의 사자가 지나는 길에 이 나라에 들렀다. 그러자 왕은 사자에게 이렇게 물었다.

"내 나라와 귀국을 비교하면 어느 쪽이 더 큰가?"

한(漢)은 중국 전토(全土)를 지배하고 있는 대제국이었다. 그에 비해 야랑은 나라라고 할 것도 없는, 고작 몇 개의 부락을 합친 정도의 보잘것없는 존재에 지나지 않았다. 군이 비유를 하자면 전신주와 이쑤시개 정도로 큰 차이가 있었다.

그런 판별력도 없이 사신을 대접하려는 왕의 어리석음을 꼬집은 말이 '야랑자대(夜郎自大)'인 것이다. 이 말은 자신과 타인의 위치 관계를 정확하게 파악하지 못하는 편협함을 지적하고 있다.

그러나 정작 큰 문제는 그런 어리석음이 단순히 본인만의 문제가 아니라, 상대를 대하는 태도와 맞물려 있다는 것이다. 즉, 본인의 편협함이 모처럼 호의를 갖고 다가서는 상대마저도 멀리 내쫓는 흉기가 되고 마는 것이다.

23 용병지도 공심위상
用兵之道 攻心爲上『삼국지』

마음을 공략하는 것이 상책

제갈공명(諸葛孔明)이 손수 군을 거느리고 남방 이민족의 반란을 평정할 때의 일이다. 출정에 앞서 참모인 마속(馬謖)을 불러 의견을 물었다.

"마음을 공략하는 것이 상책이고, 성을 공략하는 것은 하책입니다."

마속의 말에 공명은 가볍게 미소를 지었다. 공명 역시도 마속과 같은 생각을 하고 있었던 것이다.

공명은 적진에 군대를 진격시켜 단 일전(一戰) 만에 가볍게 적을 제압하고 적장(敵將)을 사로잡았다. 그러나 공명은 사로잡은 적장을 석방했다. 그리고 또 싸워서 적장을 체포하고 또 풀어주었다. 이렇게 일곱 차례나 똑같은 일이 반복되었다. 용맹하고 거칠기로 이름 높았던 이민족의 수령이지만 일곱 번째 잡혔을 때는 이미 스스로 복종을 맹세하기에 이르렀다. 그 이후 공명이 살아 있는 동안 단 한 번도 속을 썩인 일이 없었다. 적장의 마음을 공략한 계책이 멋지게 성공한 것이다.

중국고전 일일일언

상대를 힘으로 제압할 수는 있어도 마음까지 지배할 수는 없다. 공명이 시도했던 이 계책은 시대를 초월해 모든 인간관계에 적용될 수 있을 것이다.

24

정지요유재득인
政之要 惟在得人 『정관정요』

정치에 필요한 것은 오직 사람이다

당(唐) 태종(太宗)은 당 왕조의 이대 황제로서 창업에서 수성(守成)에 이르기까지 당대(唐代) 300년의 기초를 확고하게 다진 명군(名君)이었다. 이 말은 태종이 했던 말이다.

태종이 후세에 명군으로 칭송받는 이유는 몇 가지 있지만, 그 중 하나는 인재 등용에 발군의 능력을 보였다는 점이다. 상대의 능력이 인정되면, 비록 전에 적군에 소속되었던 사람이라 할지라도 과감하게 요직에 발탁해 함께 국정을 논했다. 이 말은 그런 태종의 실전 경험에서 우러나온 말이기에 그 누구의 말보다도 설득력이 있는 것이다.

인재를 얻지 않으면 꾸려갈 수 없는 것은 비단 정치 세계에 한정된 것은 아니다. 어떤 조직이라도 능력있는 사람을 얻지 못하면 조직이 유지되지 않는다. 이것은 현대에도 변함없는 사실이다.

태종은 또 이렇게 말하고 있다.

"인재를 등용할 줄 모르면 반드시 어려움을 겪게 된다."

선 위 리 자 수 덕
善爲吏者樹德 『한비자』

선한 관리는 덕을 심는다

공자의 제자인 자고(子皐)가 위(衛)나라에서 재판관으로 재직하고 있을 때, 어느 사내에게 다리를 자르는 형벌을 가한 적이 있었다. 형을 치른 사내는 성문의 파수꾼으로 배속되어 파수꾼 일을 하게 되었다. 얼마 후 위나라에 내란이 일어나 신변에 위험을 느낀 자고는 급히 성문을 빠져나가려 했다. 그러자 파수꾼인 사내가 자고를 보더니 성 밖의 상황이 좋지 않다며 지하실로 데려가 숨겨주는 것이었다. 그 덕분에 자고는 무사할 수 있었다. 자고가 사내에게 자신을 살려준 이유를 묻자 사내는 이렇게 대답했다고 한다.

"저는 용서받을 수 없는 죄를 졌습니다. 하지만 당신은 저를 취조하면서도 저의 죄를 면해주려고 애쓰셨습니다. 또 죄상이 확정되어 판결을 내리는 순간에도 저의 처지를 딱하게 여기는 당신의 마음을 읽을 수 있었습니다. 그때부터 저는 당신의 은덕을 갚을 날만 기다리고 있었습니다."

후에 공자는 이 이야기를 듣고 이렇게 말했다고 한다.

"선한 관리는 덕(德)을 심는다."

높은 위치에 있는 사람일수록 덕을 쌓아야 한다는 말이다.

26

과 우 각 상 지 쟁
蝸牛角上之爭 『장자』

달팽이 더듬이의 전쟁

옛날 위(魏)나라의 혜왕(惠王)이 제(齊)나라를 공격하려고 할 때에 대진인(戴晋人)이라는 현자(賢者)가 찾아와 이렇게 말했다.

"달팽이를 보신 적이 있습니까?"

"물론 있소."

"달팽이의 왼쪽 더듬이에는 촉씨(觸氏)의 나라가 있고, 오른쪽 더듬이에는 만씨(蠻氏)의 나라가 있어서 두 나라는 늘 영토 전쟁을 되풀이했다고 합니다. 얼마 전에는 격전이 보름 동안이나 이어져 쌍방의 피해가 매우 심각한 지경에 이르렀다고 합니다. 지상에서 벌어지는 전쟁도 전부가 이런 덧없는 싸움이 아닙니까?"

인간이 달팽이를 보듯 광활한 우주의 저쪽에서 이 세상을 본다면 인간의 영위는 달팽이의 더듬이에서 벌어지는 전쟁과도 같은 것일지도 모른다. 흑이니 백이니 하고 싸우고 있어도 어차피 작은 세계에서 일어나는 작은 일에 지나지 않을 것이다.

현실의 방책에 골머리를 앓고 있는 사람이라면 이 이야기를 통해서 자신을 객관적으로 되돌아보고, 뜨거워진 머리를 식혀보는 것도 좋을 것이다.

27

인 자 과 불 사 기 소 장
人者寡不死其所長 『묵자』

**사람은 그 장점이 화근이 되어 오히려 죽음을
재촉하는 일이 적지 않다.**

아무리 명당(明堂)이라도 그곳에서 불행한 일이나 화를 입게 되면 오히려 그곳이 재앙을 초래하는 원인이라고 말을 한다. 이것 역시 일면(一面)의 진리다.

묵자(墨子)는 이렇게 말하고 있다.

"송곳이 다섯 자루 있을 때, 가장 먼저 부러지는 것은 날이 가장 예리한 송곳이다. 칼이 다섯 자루 있을 때, 가장 먼저 날이 무디어지는 것은 날이 가장 잘 드는 칼이다. 우물 중에서 가장 먼저 물이 마르는 건 물맛이 가장 좋은 우물이고, 나무 중에서 가장 먼저 베어지는 것은 높고 곧은 나무다."

인간도 이와 같다. 용기있는 자는 그 용기 때문에, 능력있는 자는 그 능력 때문에 오히려 해를 입을 수도 있다. 묵자는 또 이런 말도 덧붙였다.

"유능한 인물이 그 지위를 지키는 것은 참으로 어렵다."

능력이 뛰어나다고 해서 꼭 좋아할 것만은 아닌 것 같다.

익자삼우 손자삼우
益者三友 損者三友 『논어』

유익하고, 해가 되는 세 가지 유형의 벗

좋은 벗들과 교제하는 것은 인생에 있어 큰 행복 중의 하나이다. 그렇기에 친구를 사귈 때는 신중을 기해야 하는 것이다. 상대의 됨됨이를 알려면 그 주변의 친구들을 보면 알 수 있다는 말도 있지 않은가? 그렇다면 어떤 상대를 친구로 사귀어야 할 것인가? 여기에 관한 공자의 충고는 대단히 현실적이다. 공자는 유익한 세 가지 유형의 벗[益者三友]과 해가 되는 세 가지 유형의 벗[損者三友]이 있다고 했다.

익자삼우(益者三友)

1. 정직한 벗

2. 신의가 있는 벗

3. 지식이 많은 벗

손자삼우(損者三友)

1. 안이한 일만 택하는 벗

2. 착하기만 하고 줏대가 없는 벗

3. 말만 잘하고 성실하지 못한 벗

三月

서른에 서고 마흔에 흔들리지 않고

• • •

역사는 승자의 기록만이 아니다.
패자의 기록도 수두룩하다.
선인의 실패의 전철을 밟지 않으려면
그들의 실패에서 배워야 한다.

三十而立 四十而不惑 『논어』

서른에 서고 마흔에 흔들리지 않고

공자의 이 말은 너무도 유명한 말이다. 일단 전문(全文)을 보도록 하자.

"나, 열다섯에 학문에 뜻을 품어 서른에 서고, 마흔이 되어 흔들리지 않고, 쉰에 천명을 알았다. 예순에 귀를 좇고, 일흔이 되어 마음의 욕망을 따랐지만 본을 넘지 않았다."

이 말을 좀 더 풀어보자.

"열다섯 살 때 학문의 길에 들어설 것을 결심하고, 서른 살에 학문의 기초를 다지니 비로소 마흔 살이 되어서야 자신의 나갈 방향에 확신을 갖게 되었다. 쉰 살에 천명(天命)을 자각하고, 예순 살에는 누구의 말에도 겸허하게 귀를 기울이게 되었고, 일흔 살이 되어서는 욕심대로 행동하면서도 인간의 규범에 어긋나지 않는 자재(自在)의 경지에 이르게 되었다."

공자 스스로 자신의 생애를 요약한 말이다. 그러나 썩어도 준치라고 공자는 공자다. 범인인 우리에게 이런 삶을 살기를 요구한다면 그것은 억지일 뿐이다. 그렇다고 기죽을 것까지는 없다. 그런 경지를 목표로 삼는 것만으로도 충분히 의미가 있기 때문이다.

2

대 도 이 다 기 망 양
大道以多歧亡羊 『열자』

큰길은 샛길이 많아서 놓친 양을 찾지 못한다

다기(多岐)는 샛길을 이르는 말이다. 따라서 이 말의 뜻은 위에서 밝힌 그대로다.

"큰길에는 샛길이 많아서 도망간 양을 찾지 못한다."

『열자』는 우리의 인생도 이와 같은 것이라고 했다. 갈림길이 많기 때문에 생각지도 않게 헤매는 경우가 생겨 원래 가고자 했던 길을 잊어버리게 된다는 것이다. 이 말을 줄여서 다기망양(多岐亡羊) 혹은 망양의 탄(歎)이라고도 한다.

누구에게나 인생의 목표를 설정하는 것이 바람직하다. 그것도 가능하다면 10년 단위의 장기적인 것이 바람직하다. 예를 들어 이십대에 세운 목표를 삼십대에 이루고, 사십대에는 또 다른 것을 목표로 정하는 방식이다. 10년 동안이나 같은 목표를 추구한다고 생각해 보라. 대개의 경우 목적은 이루어진다.

그러나 인생에는 우여곡절이 많아서 사람의 마음을 유혹하는 갈림길도 많다. 모처럼 목표다운 목표를 세웠어도 그런 샛길에 빠져들어 우왕좌왕하다가 방향을 찾지 못하고 헤매다 끝나 버릴 수도 있다. 그렇기 때문에 늘 목표를 재확인하고 다짐하는 자세가 필요하다.

84

중국고전 일일일언

의 물 용 용 물 의
疑勿用 用勿疑『통속편』

의심스러우면 고용하지 말고, 고용했다면 의심하지 마라

사람을 부리는 진수(眞髓)를 요약한 말이다.

"의심스러우면 고용하지 말고, 고용했다면 의심하지 마라."

즉, 신뢰할 수 없는 사람이라면 처음부터 기용하지 말고, 기대하고 기용했다면 끝까지 신뢰하라는 것이다. 또한 어렵사리 부하를 기용했어도 신뢰하지 않고 일을 맡기지 않는다면 부하는 모든 면에서 위축될 수밖에 없다. 부하의 입장에서는 자신이 위로부터 신뢰받지 못하고 있다는 사실에 민감해져 있기 때문이다. 분위기가 자연스럽지 못하다 보니 자연히 자신의 행동반경에 제한을 받을 수밖에 없고, 그러다 보면 자신의 실력을 반도 발휘하지 못하게 되는, 그런 악순환이 되풀이된다.

그러나 아무 근거도 없이 무조건 부하를 신뢰하라는 말은 아니다. 신뢰하기 전에 이미 상대가 신뢰하기에 충분한 사람인지 아닌지 신중한 검토가 이루어져야 한다. 신용할 수 없는 사람을 신뢰하는 것이야말로 더 큰 과오를 범하는 일이기 때문에 신중에 신중을 기해야 하는 것이다. 사람을 제대로 볼 줄 아는 눈이 없는 자는 리더로서의 자격이 없다.

85

三月의 말

4

진 신 서 칙 불 여 무 서

盡信書則不如無書 『맹자』

책을 맹신하면 진보가 없다

여기서 『맹자』가 말하고 있는 서(書)는 『서경(書經)』을 뜻한다.

맹자는 유교의 정통을 계승한 인물이고, 『서경』은 유교의 성전(聖典)이다. 상식적으로 생각하면 맹자는 『서경』을 금과옥조(金科玉條)로 신봉했다고 해도 이상할 것 하나 없는 입장에 있었다. 그러니 그런 인물이 이런 말을 했다는 것이 쉽게 이해가 되겠는가? 그렇다. 맹자 자신이 그만큼 이 말에 무게를 두었다고 해도 지나친 말이 아니다.

'서(書)'를 믿지 말라는 맹자의 충고는 단순히 『서경』만을 지목한 것이 아니라 모든 책을 두루 지목한 것이다. 무엇이든 맹신(盲信)하면 진보는 없다는 것이다. 특히 권위가 있다고 정평이 나 있는 책일수록 있는 그대로 받아들이지 말고, 어느 정도 의심을 가지고 비판적으로 섭취하는 자세를 가져야 한다.

그것은 비단 책의 경우에만 국한된 것이 아니라 남의 말을 들을 때도 마찬가지다. 제대로 이해도 못하면서 무조건 받아들일 것이 아니라, 자기 나름대로 분석하고 판단할 때 비로소 피가 되고 살이 되는 것이다.

중국고전 일일일언

5

은감불원 재하후지세
殷鑑不遠 在夏后之世 『시경』

멸망의 선례(先例)를 보고 자신을 경계하라

보통 '은감불원(殷鑑不遠)'은 교훈은 멀리 있는 게 아니라 가까운 데 있다는 뜻으로, 남의 실패를 보고 자신의 경계로 삼으라는 뜻으로 널리 알려져 있다.

중국 왕조는 하(夏), 은(殷), 주(周)로 이어졌다. 하(夏) 왕조 최후의 황제는 걸왕(桀王), 은(殷) 왕조의 마지막 황제는 주왕(紂王)이다. 이 두 사람은 비길 데 없이 악독하고 도리에 크게 어긋났을 뿐 아니라 나라를 망하게 했다는 점에서 후세의 사람들에게 폭군의 대명사로 인식되고 있다.

이 말은 이런 사실을 근거로 해서 만들어진 말이다. 즉, 주왕의 거울이 될 만한 교훈은 먼 옛날의 일이 아니라, 바로 전대(前代)의 하 왕조[夏后]였다. 다시 말해, 주왕은 걸왕의 멸망의 선례를 자신의 경계로 삼아야 마땅했다는 것이다. 역사는 승자의 기록만이 아니다. 패자의 기록노 수두룩하다. 선인의 실패의 전철을 밟지 않으려면 그들의 실패에서 배워야 한다.

87

三月의 말

우자 암 어 성 사   지 자 견 우 미 맹
愚者闇於成事 智者見于未萌 『전국책』

우자는 성사에 어둡고 현자는 미맹에 본다

성사(成事)에 어둡다고 말하는 것은 어둠 속에 있던 사물의 형태가 이미 밝음 속에 드러났음에도 미처 신경을 쓰지 못함을 이르는 말로, 이런 사람을 우자(愚者)라고 한다. 반면에 지자(知者)는 미맹(未萌)에서도 볼 수 있는 사람이다. 미맹이란 아직 징조가 보이지 않는 상태로 사물이 형태를 갖추고 모습을 드러내기 직전의 단계를 말하는 것이다. 그 단계에서 미리 움직임을 파악하고 적절한 대책을 강구하는 사람, 그런 사람이야말로 지자라는 것이다.

그런 면에서 대부분의 경우는 후지혜(後知惠) 쪽이 많다.

"아, 그때 왜 그렇게 했을까?"

이렇게 뒤에 후회하는 일이 많은 것이다. 견미맹(見未萌)과 후지혜의 큰 차이점이다.

미맹에서도 눈을 크게 뜨고 멀리 볼 수 있는 사람일수록 이 험한 현실 세계를 살아가는 데 유리하다는 것은 새삼 말할 것도 없다.

중국고전 일일일언

백 년 사 하 청
百年俟河清 『좌전』

황하(黃河)는 백 년을 기다려도 맑아지지 않는다

아무리 기다려 봐도 도저히 해결 방법이 없을 때 백년하청(百年河淸)을 기다린다는 말을 하곤 한다. 하청(河淸)의 하(河)는 황하(黃河)를 가리킨다. 황하(黃河)는 언제나 탁한 물이 흐르는 강으로 한시도 맑을 때가 없다는 사실에서 유래한 말이지만 원래는 『좌전』의 이 이야기가 출전(出典)이다.

중국 춘추 시대, 황하 유역에 정이라는 작은 나라가 있었다. 당시 북으로는 진, 남으로는 초라고 하는 이대 강국이 있어서 다른 제국은 이 두 나라의 압력을 받으며 나라의 존립 여부마저도 위협받고 있던 실정이었다.

정이 초의 공격을 받았을 때의 일이다. 대신들은 싸워야 한다는 쪽과 항복해야 한다는 쪽의 두 파로 나누어졌다. 그때 항복을 주장하던 자사(子駟)라는 자가 고시(古詩)를 인용해 이렇게 말했다고 한다.

"사람의 목숨이 몇 개나 되기에 황하가 맑아지기만을 기다린단 말인가."

111189三月의 말

항복을 강력하게 주장한 말로 진나라의 구원병을 기다리는 것은 황하의 흐린 물이 맑아지기를 기다리는 것과 같다는 말이다.

왠지 남의 일처럼 생각되지 않는 건 어떤 연유에서일까?

진심으로 대하고 거리를 두지 않는다

후한 왕조를 일으킨 유수(劉秀, 光武帝)는 불가사의한 매력을 지니고 있는 인물이다. 처음 작은 세력을 이끌고 반란의 깃발을 들었을 때만 해도 눈에 띄는 존재는 아니었다. 그러나 어느 사이에 대군단을 이끌고 수많은 라이벌을 물리치며 황제의 자리에 우뚝 올라섰던 것이다. 그 비밀을 푸는 열쇠 중의 하나가 바로 이런 일화다.

어느 전투에서 승리를 거두었을 때, 항복을 한 적의 군사들을 파격적으로 자기 휘하에 편입시켰다. 그러나 상대 군사들은 여전히 불안을 감추지 못했다. 언제 마음이 변해 자신들을 처벌할지 몰라 전전긍긍하고 있었다. 그것을 안 유수는 직접 말을 타고 부대를 순시했다. 상대 장병들은 그것을 보고 이렇게 말하며 안

심했다고 한다.

"적심(赤心·진심)으로 우리를 대하고, 조금도 거리를 두지 않으니 우리가 어찌 목숨을 아끼겠는가."

임기응변의 술책을 부리지 않고 상대에게 진심을 보여주었다. 그런 성의있는 태도가 어제까지 적으로 맞서 싸웠던 사람들을 감동시켜, '저 사람을 위해서라면 목숨을 버려도 아깝지 않다'는 생각이 들게끔 했던 것이다.

9

화 위 귀
和爲貴 『논어』

'화'를 소중히 행하라

공자의 제자인 유약(有若)은 이렇게 말했다.

"예(禮)의 사용은 화(和)를 소중히 행하는 것이다. 선왕(先王)도 '화'를 아름답게 행했다."

이 말을 다시 설명하면 이렇다.

"예는 사회생활의 규범이지만 그것을 실천할 때는 온화한 마음이 근본이 되어야 한다. 고대의 성왕들이 뛰어난 업적을 남길 수 있었던 것도 화(和)를 행하려는 마음이 있었기 때문이다."

그러나 유약은 화만을 금과옥조(金科玉條)처럼 여기라고 추천하지는 않았다. 그 이유에 대해 이렇게 말하고 있다.

"어떤 경우에도 화심(和心)만으로는 충분하지 않다. 화가 소중한 것임엔 틀림없지만 일방적이어서는 안 된다. 예(禮)에 의한 절도가 있어야 한다."

오직 화만 선행되어야 하는 것이 아니라는 것이다. 동시에 사회생활의 규범이 견고하게 확립되지 않으면 안 된다는 것이다.

태산불양토양 고능성기대
泰山不讓土壤 故能成其大 『사기』

태산은 흙을 버리지 않기에 산용(山容)을 간직한다

태산(泰山)은 표고 1,532m의 산으로, 그렇게 높다고 할 수는 없지만 보기 드물게 경관이 수려한 산으로, 중국의 대표적인 명산으로 알려져 있다. 일본으로 말하자면 후지산[富士山]에 해당하는 산이다. 그런 태산이 조그만 흙 부스러기 하나도 버리지 않았기에 그렇게 웅대한 산용(山容)을 오래도록 유지할 수 있다는 것이다.

진(秦)의 시황제(始皇帝)가 아직 진왕(秦王)이었을 때의 이야

기다. 중신들 사이에 '다른 나라 출신의 인재는 신용할 수 없으
니 추방해 버리자'는 의견이 분분했다. 그때 이사(李斯)라는 자
가 이 말을 인용한 상서(上書)를 올려 추방령을 철회시켰다. 타
국 출신의 인재를 적극적으로 등용하는 것이야말로 나라를 부강
하게 만드는 일이라며 이 말을 적절하게 인용해 자신의 뜻을 관
철시켰던 것이다.

이것은 관리직에 있는 자들의 마음가짐에 일침을 놓는 이야기
다. 자신의 부하에 대해서 누구는 싫고, 누구는 어떻다는 등의
불만을 드러낸다면 오히려 일만 더 꼬일 것이다.

11

수 일 우 이 유 만 방
守一隅而遺萬方 『회남자』

한 귀퉁이를 유지하며 사방의 균형을 잡아라

일우(一隅)는 네 귀퉁이의 한 귀퉁이, 즉 구석을 말한다. 만방(萬
方)이란 사방(四方)을 뜻하는 말로, 이 경우엔 한쪽으로만 치우치
지 밀고 전체의 균형을 생각하라는 대국적(大局的)인 판단으로 이
해할 수 있다. 따라서 이 말의 뜻을 좀 더 분명히 할 필요가 있다.

"한 귀퉁이를 유지하되, 대국적인 판단을 잊어서는 안 된다."

리더에게 있어서는 지침과도 같은 말이다. 관리직의 경우를 생각해 보자. 과장이면 과장, 부장이면 부장으로서 자신이 맡은 직책을 충실히 수행할 때, '한 귀퉁이를 유지한다' 는 말이 적절한 비유가 된다. 그러나 그것만으로는 아직 충분하지 않다. 같은 직책을 수행하더라도 전사적(全社的)인 시야를 가지고 업무에 임하는 능동적인 능력이 요구되기 때문이다.

리더에 관해서도 같은 말을 할 수 있다.

"자신의 이익만 추구한다면 자격 미달이다. 자신의 이익과 회사의 이익을 일치시키려는 노력이 필요한 것이다."

사실이다. 악착같이 자신의 이익만을 추구하려다 그동안 애써 쌓아 올린 부와 명예를 하루아침에 실추시킨 경영자를 주위에서 많이 보지 않았는가?

그런 점을 경고하고 있는 것이 바로 이 말이다.

12

다산승 소산불승
多算勝 少算不勝 『손자』

승산이 많은 쪽이 이기고 적은 쪽이 진다

"승산(勝算)이 많은 쪽이 이기고, 적은 쪽이 진다."

공자는 이렇게 말한 후에 또 이런 말을 덧붙였다.

"승산 없이는 절대 이길 수 없다."

승산도 없는데 혈기만으로 일을 추진하려는 경우가 있다. 뻔히 안 되는 일인 줄 알면서도 실패를 각오하고 요행을 바란다는 것은 터무니없는 생각이다. 그럴 때는 과감하게 발을 빼야 한다. 잠시 한발 뒤로 물러서서 전력(戰力)을 보강하면서 다음 기회를 노려야 한다. 이것이 승산을 강조한 공자의 투철한 인식인 것이다.

여기서 말하는 산(算)은 계산(計算)을 뜻한다. 이 일절(一節)을 꼭 명심하자. 무엇인가 새로운 사업을 시작하려 할 때는 확실한 계산을 토대로 충분히 검토한 후에 시작하라는 말로 이해해도 좋다.

그런데 일반적으로 계산에 밝은 사람을 타산적이라고 해서 꺼리는 경향이 있다. 그러나 이것은 대단히 잘못된 인식이다. 우선 계산에 밝지 못하면 제대로 된 인생을 설계할 수 없다. 언제 부딪치게 될지 모르는 난관에 현명하게 대처하려면 어떤 일이든 분명한 계산을 토대로 시작해야 한다.

13

쟁천하자필선쟁인
爭天下者必先爭人 『관자』

천하를 다스리려면 먼저 사람을 다스려라

사람을 바르게 다스리려면 먼저 이 두 가지를 명심해야 한다.

1. 인재초치(人材招致)
2. 인심장악(人心掌握)

중국고전 일일일언

큰일을 성사시키려면 사람을 잘 다스려야 한다. 그러기 위해
서는 무엇보다도 이 두 가지를 명심해야 한다.

아무리 뛰어난 능력을 가졌다고 해도 인간인 이상 개인의 능력
에는 한계가 있다. 따라서 큰일을 성사시키기 위해서는 주위 사
람들의 지지와 협력이 필요하다. 결국 그것에 일의 흥망성쇠(興
亡盛衰)가 달려 있다고 해도 과언이 아니다.

예를 들면 한(漢)의 고조, 유방이 숙적인 항우를 쓰러뜨리고
천하를 쥘 수 있었던 것도, 유비가 난세에서 살아남을 수 있었던
것도 필연적인 이유가 있었기 때문이다. 그 이유란 다름 아닌,
이 두 가지를 늘 마음속에 새기고 있었기 때문이다.

선인들의 예에서 알 수 있는 것처럼 눈앞의 작은 이익에 현혹되지 않고 멀리 내다볼 수 있는 거시적인 안목이 필요하다. 관자(管子)가 말하고 있는 것도 바로 그것이다.

첨 유 아 자 오 적 야
諂諛我者吾賊也 『순자』

아첨하며 다가오는 자는 도적과 같다

첨유(諂諛)란 '아첨하여 알랑거림'을 뜻하는 말로, 듣기 좋은 달콤한 말을 하며 접근해 오는 자는 전부 도적과 같다는 말이다. 달콤한 말에 현혹되면 자신을 제대로 보지 못하기 때문에 판단이 흐려져 일을 그르치고 만다. 특히 리더의 입장에 있는 자일수록 그런 사람을 경계하지 않으면 안 된다.

자신을 칭찬하는 말에 약한 것이 인간의 특성이다. 당연하다. 자신을 칭찬해 주는데 싫어할 사람이 어디 있겠는가? 듣기 싫은 말을 하는 상대보다 듣기 좋은 말만 골라 해주는 사람에게 끌리는 것은 인지상정(人之常情)이다. 특히 어떤 조직이든 그런 사람은 꼭 있게 마련이다. 그러나 리더가 그런 말에 현혹되어서는 곤란하다. 그것은 이중적 의미에서 큰 불행이라 할 수 있다.

1. 자신을 망치는 일이다. 달콤한 말에 빠져 우쭐하다 보면 진보도 향상도 바랄
   수 없다

2. 경솔한 판단을 하게 되는 근거가 되어 그 결과 조직까지 위험해진다

인 이 무 신 불 지 기 가 야
人而無信 不知其可也『논어』

중국고전 일일일언

신의가 없는 사람은 인간의 자격이 없다

신(信)은 거짓말을 하지 않고, 약속을 꼭 지킨다는 뜻이다. 그
렇기에 신이 부족한 사람은 인간으로서 평가할 수 없다는 말이
다. 다시 말하자면 신의가 없는 사람은 인간으로서 자격이 없는
사람이라는 것이다.

이것은 공자 한 사람의 인식이 아니라 중국인의 정통적 인식
이다.

그러나 이것은 어디까지나 그렇게 되어야 바람직하다는 이
상을 말한 것으로, 현실적으로 모든 사람이 전부 신의가 있는
사람이라 말할 수는 없다. 실제로 주위를 둘러보면 평소에 아
무렇지 않게 거짓말을 하는 사람이 많다.

그래서 필요한 것이 사람을 제대로 볼 줄 아는 '눈'이다. 상대가 신의가 있는 사람인지 아닌지를 구분해서 대응하지 않으면 큰 손해를 볼 수 있다. 만일 상대가 신이 없는 사람이라고 판단되면 가까이하지 않는 게 가장 무난하다. 그것이 인간학의 ABC다.

청능유용 인능선단
清能有容 仁能善斷 『채근담』

청렴하고 포용력이 있으며 결단력이 있다

여기서 청(清)은 청렴(清廉), 인(仁)은 배려(配慮)를 뜻한다. 따라서 전체의 뜻을 풀이하면 '청렴하면서 포용력이 있다. 배려가 있으면서 결단력이 풍부하다'는 말이 된다.

세상의 탁류에 물들지 않고 청렴한 생활을 영위하기란 말처럼 쉽지 않다. 그런 의미에서 보면 청렴은 미덕이라고 할 수 있다. 그러나 청렴한 사람의 결점은 자타(自他)에 너무도 근엄해서 포용력에 결함이 있다는 것이다.

또한 배려도 미덕이다. 그러나 이것도 도가 지나치면 인정에 얽매이게 되고, 그러다 보면 판단력이 흐려져 결국 결단이 무디어진다.

이처럼 모순된 요건을 양립시키는 것에 의해 균형 잡힌 인간상이 형성되는 것이라고 한다. 『채근담』은 그런 인간상에 대해 이렇게 반문하고 있다.

"꿀을 써도 지나치게 달지 않으며, 소금을 써도 지나치게 짜지 않다. 이야말로 이상(理想)의 본연의 자세에 가깝지 않은가?"

용 병 지 해 유 예 최 대
用兵之害猶豫最大 『오자』

우유부단은 장수의 가장 큰 결점

유예(猶豫)는 우물쭈물 망설이는 것, 즉 우유부단함의 다른 말이다. 그런 태도는 군(軍)을 지휘하는 장수에게 있어 최대의 결점이라 말하고 있다. 당연한 말이다. 전쟁은 하나뿐인 목숨을 담보로 상대와 싸우는 것이다. 지휘관의 '아차' 하는 순간의 판단 착오가 많은 생명을 죽음으로 몰아넣게 되는 것이다. 결단의 순간에 확고한 결단을 내리지 못하는 지휘관이라면 한마디로 자격 미달이다.

이것은 군의 지휘관에게만 한정된 말이 아니다. 조직의 리더에게도 그대로 적용된다.

일반적으로 실수없이 정확한 결단을 내리기 위해서는 사전에 풍부한 정보를 필요로 한다. 그러나 잘못된 정보에 의존해 판단을 하게 된다면 그 결과는 말할 것도 없다. 그렇기에 꼭 정보가 많을수록 좋다고 말할 수는 없다. 잡다한 정보에 집중력이 분산되다 보면 오히려 정확한 판단을 내리기가 쉽지 않은 경우도 있기 때문이다.

여기서 요구되는 것은 냉정한 판단력이다. 어떤 상황에서도 흔들리지 않는 냉정한 판단력 없이는 정확한 결단을 내릴 수 없는 것이다.

사 위 지 기 자 사
士爲知己者死 『전국책』

사나이는 자신을 알아주는 사람을 위해 죽는다

춘추 시대 말기, 예양(豫讓)이라고 하는 사내가 진(晋)의 중신인 지백(知伯)의 천거로 중용(重用)되었다. 얼마 후, 지백은 정적인 조양자(趙襄子)에 의해 죽임을 당했다. 그때 예양은 산중으로 몸을 숨기며 복수를 다짐하는 말을 했다.

"여자는 자기를 사랑하는 자를 위해 화장하고, 사나이는 자신을 알아주는 자를 위해 죽는다. 주군(主君)의 원한은 반드시 갚고야 말겠다."

그러나 그런 고심의 보람도 없이 예양은 사로잡히는 몸이 되어 조양자의 앞에 꿇어앉혀졌다.

"너는 전에 다른 사람을 섬긴 적도 있는데 왜 꼭 지백만을 위해서 복수를 하겠다고 하느냐?"

조양자의 물음에 예양은 조금의 주저함도 없이 이렇게 대답했다.

"다른 사람을 섬길 때는 열 사람에 해당하는 대우를 받았소. 그렇기에 나도 그들에게 열 사람분의 보답을 했소. 그러나 지백은 나를 국사(國士)로서 대우해 주었소. 그렇기에 나도 국사로서의 은혜를 갚으려 하는 것이오."

이 설화는 리더가 부하의 심정을 이해해 주고 그것을 태도로써 보여주는 것이 부하의 자발적인 의욕을 끌어내는 열쇠가 된다는 사실을 말해 주고 있는 교훈이다.

19

천 시 불 여 지 리 지 리 불 여 인 화
天時不如地利 地利不如人和 『맹자』

천시는 지리에 미치지 못하고 지리는 인화에 미치지 못한다

큰일이나 사업을 성공시키기 위해서는 세 가지 조건을 갖추어야만 한다.

1. 천시(天時):실행 타이밍
2. 지리(地利):입지조건
3. 인화(人和):내부의 단결

맹자는 이 세 가지 조건에 우선순위를 부여하며 인화가 가장 중요하다며 그 이유를 이렇게 말했다.

"작은 성을 공격하기 위해 겹겹이 에워싸도 쉽게 함락하지 못하는 경우가 있다. 공격을 감행한 이상 당연히 천시(天時)는 적절했을 것이다. 그래도 성사가 되지 않는 이유는 천시가 지리(地利)에 미치지 못하는 것이다. 또 성벽도 높고 해자(垓字)도 깊으며 장비와 병력이 충분함에도 불구하고 성을 버리고 도주하는 경우가 있다. 그 이유는 지리가 인화(人和)에 미치지 못하기 때문이나."

그러면 인화를 얻기 위해서는 어떻게 하면 좋을까? 이 물음에 대한 답으로 맹자는 이렇게 말하고 있다.

"바른길을 기준으로 삼고 따라라."

모두가 지지할 수 있는 확실한 목표를 제시하라는 것이다.

빈이무원난 부이무교역
貧而無怨難 富而無驕易 『논어』

가난한 자가 원망하지 않는 것은 어려우나 부자가 교만한 티를 내지 않는 것은 쉽다

지위도 있고 재산도 있는 경우 자신은 아니라고 해도 은연중에 교만이 겉으로 드러나고, 거만한 태도를 취하게 된다. 반면 그런 풍족한 상태에 있으면서도 전혀 교만한 티를 내지 않는 사람은 꽤 숙성된 사람이다. 그러나 공자의 말에 의하면, 그것은 그래도 쉬운 일이라고 한다. 정말로 어려운 일은 가난한 상태에서 비뚤어진 근성을 갖지 않는 것이라고 한다.

인간은 누구라도 불우한 상황에 놓이게 되면, 왜 나만 이렇게 비참한 걸까? 하고 남을 원망하거나 하늘을 원망하게 된다. 그런 사람을 탓할 수는 없다. 그렇기에 인간인 것이다. 그러나 그것이 비뚤어진 인간상으로 왜곡되어서는 곤란하다.

공자는 역경 속에서 자란 사람이다. 어릴 때 부친을 잃고 생활의 어려움을 겪으며 살았기에 누구보다도 가난의 고통을 절실하게 체험하며 자란 사람이다. 이 말에는 그런 자신의 실감(實感)이 배어 있다. 그런 의미에서 인간학의 지언(至言)이라고 할 수 있다.

대부유명 소부유근
大富由命 小富由勤 『이언』

큰 재산은 하늘의 뜻에 따르고 작은 재산은 근면함에 따른다

명(命)에는 천명(天命)과 운명(運命)의 두 가지 의미가 있다. 근(勤)은 근면(勤勉)을 말한다. 따라서 이 이언(俚諺:속담)의 전체 의미는 '작은 재산은 근면함으로 모을 수 있지만 큰 재산을 모으는 것은 운명에 달렸다' 는 것이다.

명(命)은 하늘의 뜻이기에 인간의 힘으로는 어쩔 수 없는 것이다. 옛날부터 인간의 수명, 빈부, 화복 등은 모두 태어나기 전부터 이미 정해져 있는 것이기에 사람의 힘으로는 바꿀 수 없는 것, 즉 운명이라고 여겨왔다.

대무분의 경우 이 명(命)을 의식할 때는 빈곤, 불행, 요절(夭折) 등의 역경에 처했을 때이다. 또한 그런 때일수록 사람들은 마음의 평정을 회복시키는 역할로 명을 추구하고, 곤란에 처해 있는 현실 자체도 하늘의 뜻이라고 생각하며 자신을 납득시키려 한다.

그러나 인간의 노력도 무시할 수 없다. 크게는 명의 존재를 용인하면서도 그 범위 내에서 근면함의 가치를 강조하고 있는 것이 이 속담의 취지인 것이다.

환생우소홀 화기우세미
患生于所忽 禍起于細微 『세원』

병은 소홀함에서 생기고 화는 미세함에서 생긴다

'순간의 방심이 대형 사고를 부른다' 는 말이 있다. 주변에서 자주 듣는 말이기도 하지만 여기서 말하려고 하는 것도 그것과 별반 다름이 없다. 인간이 범하는 실수의 본질은 옛날이나 지금이나 별로 다를 게 없기 때문이다.

누구나 경험해 본 일이겠지만, 어떤 새로운 일을 시작하거나 어려운 일을 맡았을 때는 그것에 집중하느라 긴장감이 팽팽해진다. 긴장이 느슨해질 때는 오히려 일이 순조롭게 잘 진행되어 나갈 때다. 또 이것 역시도 인간이 범하기 쉬운 과실의 하나이지만, 무엇인가 작은 문제가 생겼을 때도 사소한 문제라 여기고 별

의식 없이 그냥 넘어가는 경우가 많다. 그 결과 사소한 문제가 점점 악화되어서 나중에는 해결하기 어려운 큰 문제로 번지게 된다.

호조(好調)일 때일수록 마음을 바짝 조이고, 사소한 것이라 할지라도 화의 근원이 될 만한 것은 아예 싹을 잘라 버리는 것이 현명한 처세술이다.

23

보 원 이 덕
報怨以德 『논어』

덕으로 원한을 갚는다

덕(德)으로 원한을 갚는다. 즉, 숙원(宿怨)에 상관없이 늘 선의로써 다른 사람을 대하라는 말이다. 말로는 쉬운 것 같아도 선뜻 실천에 옮기기엔 어려운 이야기다. 그렇기에 덕을 인간관계에 있어서 최상의 이상적인 수준으로 여겨왔던 것이다.

이 말은 오랜 옛날부터 있었던 말이다. 노자뿐만 아니라 『논어』에도 다음과 같은 문답이 기록되어져 있다.

어느 날 제자의 한 사람이 공자에게 물었다.

"옛날부터 덕으로 원한을 갚으라는 말이 있는데, 이 문제를 어떻게 생각하십니까?"

공자는 이렇게 대답했다.

"그것만으로는 부족하다. 직(直)으로 원한을 갚고, 덕에는 덕으로 보답하는 것이 좋다."

덕은 덕으로 보답하는 것이 당연하고, 원한에는 직(直:이성적 판단)으로 대처하라는 말이다. 공자의 말대로라면 노자가 말한 '덕으로 원한을 갚는다'는 것은 지극히 높은 이상이다. 그렇기에 더 실행이 어려운 것인지도 모르겠다.

중국고전 일일일언

24

만초손 겸수익
滿招損 謙受益 『서경』

자만은 손해를 부르고 겸허는 이익을 창출한다

만(滿)은 만심(慢心), 겸(謙)은 겸허(謙虛)를 뜻한다. 자신의 힘을 믿고 상대를 제압하려는 태도, 자신의 능력을 내세워 사람을 멸시하는 태도, 자신이 군자인 양 사람들을 훈계하려고 하는 태도 등 이 모든 자만심이 만인 것이다. 그런 만이 왜 좋지 않다는 것일까? 여기에는 두 가지의 이유가 있다.

1. 현재 상태에서의 더 이상의 진보나 향상을 바랄 수 없다.

2. 반드시 주위의 반발을 사게 되어 될 일도 안 된다.

'만' 은 이런 이중의 의미에서 마이너스 요인이 되는 것이다.

반면에, 겸(謙)은 반대의 특성이 있다. 겸허한 태도를 취할수록 오히려 주위의 지지를 받을 수 있다. 특히 힘이 있는 자, 능력이 있는 자가 겸허한 태도를 보일 때, 그에 따른 순이익은 한층 더 커진다.

25 언 행 군 자 지 추 기
言行君子之樞機 『역경』

군자는 언행에 경솔함이 있어서는 안 된다

추기(樞機)란 사물의 긴하고 중요한 포인트를 말한다. 결정적인 열쇠라고 할 수 있겠다. 군자인지 아닌지를 판정하는 포인트는 언행에 있다고 한다. 그래서 군자는 발언과 행동에 있어 경솔함이 있어서는 안 된다는 것을 강조하고 있는 말이다.

명군(名君)으로 불리는 당(唐) 태종(太宗)은 이것만으로는 부족하다며 '언어는 군자의 추기(樞機)다' 는 말을 전제로 이렇게 말했다.

"말을 한다는 것은 매우 어려운 일이다. 일반 서민 사이에서도 상대의 비위를 거스르는 말을 하면 언젠가는 반드시 똑같은 경우를 당한다. 군주의 경우는 서민의 경우와는 또 다른 것으로 비록 사소한 실언이라도 그 영향은 매우 크다."

발언뿐 아니라 행동 역시도 다를 바가 없는 것이다. 지위가 높아질수록 발언과 행동에 한층 더 신중해야 할 필요가 있다.

26 법삼장이
法三章耳『사기』

법은 삼장뿐

한(漢)의 고조 유방이 진(秦)을 멸한 직후, 종래의 번거롭고 복잡한 법령을 모두 폐지하고 세 개 조항으로 한정시켰다고 하는 고사(故事)로, 줄여서 '법삼장(法三章)'이라고도 한다.

유방의 군단이 진(秦)의 수도 함양(咸陽)을 함락시켰을 때의 일이다. 유방은 주위 제현(諸賢)의 유력자들을 모아놓고 이렇게 약속했다.

"제형(諸兄)은 오랜 세월을 진의 잔혹한 법에 시달려 왔소. 나는 약속하겠소. 법은 삼장(三章)뿐이오. 사람을 죽인 자는 사형, 사람에게 상처를 입힌 자, 도둑질을 한 자는 죄에 따라 처벌할 것이오. 또한 진이 정해놓은 모든 법은 폐지할 것이오."

이 포고(布告)를 전해 들은 사람들은 감격의 눈물을 흘리며 반겼다고 하니 당시 유방에 대한 칭송과 지지가 어떠했는지는 말로 다 하지 않아도 짐작할 수 있을 것이다.

후에 유방이 천하를 장악할 수 있었던 기반은 이때 만들어졌던 것이나 진배없다. 정교한 인심수람술(人心收攬術)인 동시에 훌륭한 정치적 배려였던 것이다.

임난무구면
臨難毋苟免『예기』

곤란은 피하지 말고 정면으로 부딪쳐라

곤란한 경우에 처했을 때는 상황을 회피하려 하지 말고 정면으로 돌파해 나가라는 말이다. 여기서는 단순히 곤란이라고만 표현했지만, 사실 곤란의 종류도 여러 가지다. 여기서 말하려는 것은, 어떤 종류의 곤란에 처하든 겁내지 말고 부딪치라는 의미가 아니다. 때를 봐서 물러서야 할 때는 한발 비켜서야 한다. 상황을 제대로 파악하지 못하고 무턱대고 정면 돌파만 시도하다간 오히려 곤란만 더 가중시켜 최악의 상황을 만들 수도 있기 때문이다.

『예기』에 있는 이 문장의 주해(註解)를 찾아보면 이렇게 명시되어 있다.

"피하는 것은 의(義)에 반(反)하는 행위이므로 그것은 졸렬한 방법이다."

이번에는 원전(元典)을 보자.

"자신이 옳다고 믿고 나아가는 길은, 전도(前途)에 어떤 곤란이 기다리고 있더라도 피하거나 돌아가서는 안 된다."

융통성 있게 말하자면, 곤란한 입장에 처한 경우에는 회피해도 좋고, 돌아가도 좋다는 것이다. 즉, 그때의 상황에 대응해 임기응변으로 대처하라는 것이다. 무엇이든 정면 돌파만이 능사가 아니기 때문이다. 그러나 자신이 확신을 갖는 일만큼은 별개의 이야기다. 어떤 곤란한 상황에 처하더라도 과감하게 부딪치며 헤쳐 나가야 할 것이다.

28

유욕칙무강
有欲則無剛 『근사록』

욕심이 많은 자는 강해질 수 없다

강(剛)은 유(柔)의 반대로 '굳세다', '억세다'는 뜻이다. 또 이와 관련된 말들을 보더라도 강의(剛毅), 강직(剛直), 강건(剛健) 등 한결같이 강한 이미지다. 그러나 여기서 말하는 강의 강인함은 자신이 옳다고 믿는 일은 끝까지 주장하며 양보하지 않는 강인함 혹은 세찬 폭풍우에도 끄떡없이 버티고 서 있는 나무와 같은 강인함, 이런 이미지에 가깝다.

물론 이것은 미덕이다. 그러나 그것도 사욕이 있으면 잃어버리게 된다. 사욕에 휘말려 타협의 길로 들어서기 때문이다.

『논어』에 이런 이야기가 있다. 어느 날 공자가 나는 아직 강인한 자를 보지 못했다고 한탄을 하자, '신정(申根)이라는 사내는 어떻습니까?' 하고 묻는 제자가 있었다. 공자는 이렇게 대답했다고 한다.

"그는 욕심이 있어서 강인해질 수 없다."

욕심이 있는 사람은 강인해질 수 없다는 말이다.

『근사록』의 이 말은 이 일절을 인용한 것인지도 모른다.

29

세유백락 연후유천리마
世有伯樂 然後有千里馬 『문장궤범』

백락이 있어 천리마가 있다

백락(伯樂)이라는 인물은 말을 감정(鑑定)하는 명인으로 '마식(馬喰, 博勞)'이 그 어원이다. 천리마(千里馬)는 하루에 천 리를 달린다고 하는 준마(駿馬)다.

옛날 어느 사내가 살림이 궁핍해지자 아끼던 준마를 팔려고 시장에 갔다. 그러나 사흘을 시장에 서 있었지만 누구 하나 사내의 말에 눈길을 주지 않았다. 사내는 한 가지 계책을 생각하고, 그 길로 백락을 찾아갔다.

"부디 시장에 오셔서 제 말을 유심히 살펴봐 주십시오. 그리고 돌아갈 때 걸음을 멈추고 한 번만 더 뒤돌아봐 주십시오. 사례는 톡톡히 하겠습니다."

다음날 시장을 찾은 백락은 사내가 말한 대로 말의 주위를 맴돌며 말을 유심히 본 뒤 돌아서서 가다가 제자리에 서서 한 번 더 뒤돌아보았다. 그러자 그 즉시 말의 값이 열 배나 뛰어올랐다고 한다.

이처럼 천리마도 백락이 있었기에 그 가치를 인정받을 수 있었다. 사람도 마찬가지다. 재능이 아무리 뛰어나도 그것을 인정해 주는 백락을 만나지 못한다면 출세하기 어렵다.

전 차 복 후 차 계

前車覆 後車誡 『한서』

앞의 차가 엎어지면 뒤의 차는 조심해야 한다

한대(漢代)의 가의(賈誼)라는 학자가 당시의 문제(文帝)에게
헌책한 문장에 '비언(鄙諺)에 가라사대…' 로 말을 꺼내며 이 말
을 인용했다고 한다. 미루어 짐작해 보면, 이 말은 이미 그 당시
에도 널리 사용되고 있었던 말이라는 것을 알 수 있다. 의미는
설명할 것도 없다. 앞의 마차가 뒤집어졌으니 뒤의 마차는 그렇
게 되지 않도록 조심하라는 것이다. 다시 말해 앞 사람의 실수와
똑같은 실수를 되풀이하지 말라는 충고의 말이다.

이때 가의가 앞의 차로 비유한 것은 한(漢)의 바로 앞인 진(秦)
의 실정(失政)이다. 진은 시황제의 강권 정치가 탈이 되어 결국
이대(二代)에서 멸망하고 말았다. 문제는 진의 실패를 거울삼아
근면하고 검소한 태도로 정치에 임했다. 그 결과 치적(治積)을
인정받아 명군으로 칭송을 받게 된 것이다.

당(唐)의 태종(太宗)에 대해서도 같은 말을 할 수 있다. 그가
명군의 대명사로 손꼽히게 된 것도 비로 앞의 수(隋) 양제(煬帝)
의 실정을 반면교사(反面敎師)로 삼아 같은 실수를 되풀이하지
않으려한 각고의 노력에서 비롯된 것이기 때문이다.

전인(前人)의 실패보다 더 훌륭한 교훈은 없다.

115

三月의 말

31

경 락 자 필 과 신
輕諾者必寡信 『논어』

경솔한 수락은 불신의 근원

경락(輕諾)은 별생각없이 '잘 알았습니다' 하고 대답하는 것을 말한다. 즉, 경솔하게 수락하는 것을 이르는 말이다. 따라서이 말 '경락자필과신'은 경솔한 수락은 불신의 근원이라는 해석이 가능하다.

우리가 범하기 쉬운 과실의 하나가 바로 이 경솔한 수락이다. 앞뒤 사정은 생각하지도 않고 그때의 분위기에 휩쓸려 '알았어. 걱정 마' 이렇게 상대에게 희망을 안겨주는 말을 무심결에 해버린다. 그 결과 나중에 자신의 실언으로 인해 자신이 고통을 겪는 것은 물론, 상대에게도 불신만 안겨주게 된다. 이런 경험을 해보지 않은 사람도 있겠지만, 대부분의 경우 한두 번 정도는 있을 것이다. 결론부터 말하자면 이것처럼 수지가 맞지 않는 일도 없다.

조직의 리더인 경우, 이 '경락'의 마이너스는 극히 심각한 것이다. 왜냐하면 함부로 실언을 취소하려고 하다가는 신뢰도가땅에 떨어지는 것은 물론 자신의 위신마저도 떨어져서 위계질서에 막대한 지장을 초래할 수 있기 때문이다. 서툰 웅변보다 차라리 과묵을 깊이 새겨보는 것은 어떨까?

중국고전 일일일언

四月

유수의 청탁은 수원에 달렸다

• • •

현명한 리더라면
부하들의 근무 태도에 불만을 갖기 전에
평소 자신의 언동을 체크해 볼 필요가 있다.

유 수 청 탁 재 기 원
流水淸濁在基源 『정관정요』

유수의 청탁은 수원에 달렸다

원(源)은 지도자를 비유한 말이다. 지도자가 총명하면 그 부하들도 총기를 본받아 영민(英敏)해지지만, 지도자가 흐릿하면 자연히 그 부하들도 그런 쪽으로 감염된다는 뜻이다.

명군으로 불리는 당(唐) 태종(太宗)은 이 말을 인용해 이렇게 말했다.

"유수(流水)의 청탁(淸濁)은 수원(水源)의 좋고 나쁨에 달려 있다. 군주와 백성의 관계를 강에 비유하면 군주는 수원(水源), 백성은 유수(流水)와 같은 것이다. 군주가 터무니없는 짓을 하면서 신하가 제대로 하기를 바라는 것은 탁한 수원(水源)을 그대로 두고 유수(流水)가 맑아지기를 바라는 것과 같다."

태종이 말한 군주와 백성의 관계를 기업의 관리직과 부하의 관계에 적용해도 조금도 어색할 것이 없다. 현명한 리더라면 부하들의 근무 태노에 불만을 갖기 전에 평소 자신의 언동을 체크해 볼 필요가 있다.

군자화이부동 소인동이불화
君子和而不同 小人同而不和 『논어』

군자는 화하되 동하지 않고, 소인은 동화되 화하지 못한다

화(和)는 주체성을 견지하면서 외부와 협조하는 것, 동(同)은 부화뇌동(附和雷同)하는 것을 뜻한다. 문장 전체의 뜻을 살펴보기로 하자.

'군자는 협조성이 풍부하지만 무원칙인 타협은 배척한다. 소인은 그 반대다. 멋대로 타협은 하지만 협조성에는 결함이 있는 것이 흠이다.'

일본 사회에서는 옛날부터 '화'가 강조되어 왔다. 지금에 이르러서도 꾸준히 조직의 화가 강조되고 있다. 그러나 공자의 이 말에 비추어 볼 때, 지금까지 우리가 이해하고 있는 화의 개념과는 조금 다른 면이 있다. 우리가 몸담고 있는 조직 내에서는 화의 단면이 지나치게 강조된 나머지 개인이 조직 안에서 매몰되는 경향이 짙기 때문이다. 공자의 말에 의하면 그것은 화라기 보다는 동(動)에 가깝다.

화를 강조하는 것은 그것 자체로 나무랄 데가 없다. 그러나 그 전제로 개인 한 사람, 한 사람의 주체성이 분명하게 확립되지 않

으면 안 된다. 그렇지 않고서는 진정한 화가 이루어질 수 없는
것이다.

膠柱而鼓瑟 『사기』

고지식하고 융통성 없이 꼭 달라붙은 소견

거문고의 기러기발[琴柱]을 아교[膠]로 고정시켜 놓고 거문고
를 타면 한결같이 똑같은 소리만 난다. 그렇게 해서는 음악이 되
지 않는다. 즉, 융통성 없는 경직된 사고를 비웃는 말이 바로 이
말이다.

전국 시대(戰國時代), 조(趙)나라에 조사(趙奢)라는 명장(名
將)이 있었다. 그의 아들 조괄(趙括)은 어릴 적부터 병법서를 연
구해 병법에 관해서는 자신을 당할 사람이 없다며 늘 자만에 차
있었다.

조사가 죽고 난 뒤, 조괄이 군의 총사령관에 발탁되어 진(秦)
의 대군을 맞아 전투를 벌이게 되었다. 그러나 조괄의 군대는 변
변한 대응도 못해본 채 참패를 하고, 그 자신도 전사했다.

병법에 능한 조괄이 어이없는 참패를 한 이유는 무엇일까? 사

실 그의 패배는 이미 예견된 것이나 다름없었다. 그가 총사령관
에 기용되었을 때 중신의 한 사람이 이런 말을 하며 부당성을 주
장했던 것이다.

"조괄의 병법은 거문고의 기러기발을 아교로 고정시켜 놓고
거문고를 타는 것과 같습니다. 즉, 평소에는 병법에 밝은 것처럼
보이지만, 막상 실전에 임하면 임기응변의 지휘가 불가능한 사
람입니다."

결론을 말하자면 조괄의 패인은 융통성 없는 경직된 사고 탓
이라는 것이다.

유현유덕 복능어인
惟賢惟德 能服於人 『삼국지』

현과 덕, 이 두 가지가 사람을 움직인다

유비가 오(吳)와 싸워 대패한 뒤 승상(丞相)인 제갈공명에게
뒷일을 부탁하고 백제성(白帝城)에서 죽음을 맞이할 때 아들인
유선(劉禪)에게 한 통의 유서를 남겼다. 이 말은 그 유서 안에 들
어 있는 말이다.

"인생, 50까지 살았다면 단명(短命)이라고 말할 수 없다. 하물

며 내 나이 60여 세, 후회할 것도 없고 원망할 것도 없다. 그러나 오직 하나 마음에 걸리는 것은 너희 형제의 일이다."

부모로서 자식을 걱정하는 마음은 누구나 매한가지다. 덧붙여서 이런 말도 잊지 않았다.

"작은 악(惡)이라고 해서 행하면 안 된다. 작은 선(善)이라고 해서 게을리 해서도 안 된다. 현(賢)과 덕(德) 이 두 자가 사람을 움직이는 것이다. 나는 덕이 모자랐다. 너희는 결코 나처럼 되어서는 안 된다."

유비는 늘 겸허한 자세를 유지했으며 부하들을 신뢰했다. 누구보다도 덕을 지니고 있었던 사람이다. 그럼에도 자신의 덕이 부족하다고 반성을 하고 있는 점이 그 누구보다도 유비답지 않은가.

복구자비필고
伏久者飛必高『菜根譚』

오랜 세월 웅크리고 있던 새는 반드시 높이 날아오른다.

"오랜 세월을 웅크리고 앉아 힘을 기른 새는 한 번 날기 시작하면 반드시 높게 날아오른다."

『채근담』은 또 이런 말로 부연 설명을 하고 있다.

"먼저 피어난 꽃은 일찍 시든다. 이 도리를 깨닫는다면 쓸데없는 걱정을 할 필요가 없고, 조급한 마음을 가질 필요도 없다."

인생에 역경은 따르게 마련이다. 문제는 그 시기를 어떻게 넘기느냐 하는 것이다. 가장 조심해야 할 것은 조바심을 내며 안달하는 일이다. 그래 봐야 오히려 에너지만 소진할 뿐이다.

'위기는 곧 기회'라는 말이 있다. 어려움에 처했을 때야말로 사실은 자신을 갈고닦을 기회인 것이다. 조바심 낼 것도 없고 허둥댈 것도 없다. 조용히 힘을 비축하면서 때를 기다려야 한다. 대기만성(大器晚成)이라는 말도 있지 않은가.

6 처 사 불 가 유 심
處事不可有心 『송명신언행록』

일을 처리하는 데 허튼 속셈이 있으면 안 된다

여기서의 심(心)은 속셈을 뜻한다.

송(宋)대의 명재상인 한기(韓琦)의 말로, 그 뒷말을 이어보자.

"일을 처리하는 데 허튼 속셈이 있으면 안 된다. 자연스럽지 못해 혼란이 생기기 때문이다."

어떤 일을 처리하면서 그것 외에 다른 속셈이 있어서는 안 된다는 것이다. 허튼 마음을 먹게 되면 어떻게 하더라도 무리가 생겨 소동의 원인이 된다는 것이다.

한기는 또 이런 예를 들었다.

"태원지구(太原地區)는 옛날부터 사술(射術)이 성행했다. 그지구의 장관이 이 점을 악용해 사술이 뛰어난 자를 군에 입적(入籍)시킨 뒤, 그로 하여금 병사들이 각궁(角弓)을 사용하도록 부추기게 했다. 그런데 그곳은 워낙 가난한 지역이었기에 목궁(木弓)밖에 없었다. 그래서 사람들은 일부러 소를 팔아 각궁(角弓)을 준비해야 했다. 당연히 큰 소동이 일어날 수밖에 없었다."

이 이야기의 결말은 독자의 상상에 맡기기로 한다. 분명한 사실은 허튼 마음은 어설픈 임기응변과도 같기에 그 끝이 좋을 리가 없다는 것이다.

7

선전자승 승역승자야
善戰者勝 勝易勝者也 『손자』

이기기 쉽게 이긴다

'이기기 쉽게 이긴다' 는 것은 여유를 가지고 편안하게 이긴다는 말이다. 무리 없는 자연스러운 승리 방식이라고 말할 수 있겠다. 이해를 돕기 위해 야구의 예를 들어보겠다.

어느 야구 해설자에 의하면, 어설픈 야수일수록 멋진 플레이를 한다고 한다. 날아오는 공의 방향을 감지한 이후에 움직이기 때문에 별로 어렵지 않은 타구(打球)도 어렵게 잡아낸다고 한다. 이것이 관중의 입장에서 보면 멋진 플레이로 보인다는 것이다. 이에 비해 실력 있는 야수는 미리 타자의 버릇을 읽어두었다가 상황에 따라 수비 위치를 바꾸고, '딱一' 하는 타격음을 듣는 순간 움직이기 시작한다는 것이다. 그렇기에 아무리 어려운 타구라도 몸의 정면에서 편하게 잡는다는 것이다.

'이기기 쉽게 이긴다'는 것은 잘하는 야수가 몸의 정면에서 공을 잡는 것과 같다. 이것이 가능하기 위해서는 정황에 대한 깊은 통찰과 만전의 준비를 필요로 한다. 당신이라면 어떤 승리 방식을 택하고 싶은가?

중국고전 일일일언

8

화기광 동기진
和其光 同其塵 『논어』

재능을 감추고 세속을 좇는다

이 말을 줄여서 화광동진(和光同塵)이라고도 한다.

노자는 만물의 근원에 도(道)가 있다는 인식에서 출발해 도에서 만물이 생성되었다고 생각했다. 또 도는 이렇다 할 큰 움직임도 없고, 조금도 자기주장을 하지 않으며 언제나 조용한 모양새를 유지하고 있다고 생각했다. 그런 도의 이상적인 상태를 설명하고 있는 것이 바로 이 말이다.

여기서 광(光)은 재능이나 지식을 의미하고, 진(塵)은 세속(世俗)을 이르는 말이다.

"자신의 재능을 감추고 세속과 동조(同調)한다."

다시 말해 세속을 좇는다는 뜻으로 부처가 중생을 제도하기 위하여 본색을 감추고 속계에 나타나는 것과 같다.

'도'가 가지고 있는 이런 큰 덕(德)을 지닐 수 있다면 어떤 난세(亂世)에서도 살아남을 수 있을 것이다. 결론적으로 말하자면 재능을 자랑하거나 자신을 너무 내세우는 생활 태도를 자제하라는 말이다. 강인한 잡초(雜草) 정신이라고 말할 수 있겠다.

9 봉생마중 불부이직
蓬生麻中 不扶而直 『순자』

삼의 틈에 있는 쑥은 곧게 자란다

쑥[蓬]이라는 풀은 일반적으로 땅에 찰싹 달라붙어서 자란다. 그러나 그런 쑥이 삼[麻]의 틈 속에서 자라면 곧게 쑥쑥 자란다고 한다. 그 이유는 삼이 위를 향해 곧장 자라기 때문에 그 안에서 자라는 쑥도 그 영향을 받기 때문이라고 한다. 사람도 마찬가지다. 좋은 환경에서 좋은 교우 관계를 갖는다면 그것에 감화되어 훌륭한 사람이 될 수 있다.

순자는 이 말을 인용하며 이렇게 말했다.

"군자는 반드시 땅을 골라서 거처를 정하고, 바른 인물하고만 교제한다. 옳지 못한 것을 멀리하고 바른 것을 가까이하기 위해서다."

확실히 사람의 성격은 환경에 의해 결정되는 부분이 적지 않다. 그러나 환경은 불변의 것이 아니다. 변경 불가능한 것이 아니라는 말이다. 그럴 마음만 있다면 얼마든지 바꿀 수 있다. 환경을 만드는 것도 결국은 자신의 책임이다.

장대유위지군 필유소불소지신
將大有爲之君 必有所不召之臣 『맹자』

큰일을 할 군주에겐 쉽게 응하지 않는 신하가 있다

큰일을 도모하는 군주에게는 반드시 쉽게 응하지 않는 신하가 있다는 말이다. 과거의 예를 보면 이 말의 뜻이 좀 더 분명해진다.

춘추 시대 최초의 패자(覇者)였던 환공(桓公)에게는 관중(管仲)이라는 명보좌관이 늘 곁에 있었다. 환공은 신하인 관중을 존경해 중부(仲父)라 부르며 가르침을 받았다고 한다. 또 유비도 삼고(三顧)의 예를 갖추어 제갈공명을 군사(軍師)로 맞아들였고, 그 후 작전 계획과 입안 책정(立案策定)의 전권을 위임했다.

그러나 일반적인 지도자에게는 이런 일이 가능하지 않다. 그렇기에 맹자는 이렇게 탄식했다.

"지금 각국의 왕들을 비교하자면 도토리 키 재기다. 한마디로 걸출한 인물이 없다. 그것은 자신보다 못한 인물만을 신하로 삼고, 자신보다 뛰어난 인물을 신하로 삼지 않았기 때문이다."

언제 어디서든 부르기만 하면 곧장 달려올 수 있는 신하들만 주위에 있다면 장차 큰일을 이루지 못할 뿐 아니라, 인간적인 함락(陷落)의 위험까지도 있다.

11

포호빙하 사이무회자 오불여야
暴虎馮河 死而無悔者 吾不與也 『논어』

맨손으로 호랑이에 대항하고 걸어서 황하를 건너려는 자는 신임할 수 없다

공자의 제자 중에 자로라는 혈기 왕성한 인물이 있었다. 어느 날 자로가 공자에게 물었다.

"만일 선생님이 대국(大國)의 총사령관에 임명된다면 어떤 부하를 신임하겠습니까?"

공자는 이렇게 대답했다.

"맨손으로 호랑이에게 대항하는 자, 걸어서 황하를 건너려는 자는 용기는 있으나 무모하다. 이런 자는 신임할 수 없다. 겁이 많더라도 주의가 깊고, 주도면밀한 계획을 세우는 자라면 신임할 수 있다."

용기는 있어도 무모한 사람을 경원(敬遠)하는 것은 공자뿐만이 아니다. 윗사람의 입장에서 볼 때, 안심하고 일을 맡길 수 있는 사람은 역시 사려가 깊고 신중한 사람임에 틀림없다.

12

명철보신
明哲保身 『중용』

총명하고 사리에 밝아서 몸을 잘 보호한다

일반적으로 보신(保身)이라는 말은 그렇게 좋은 의미로 사용되고 있지는 않다. '보신에 급급하다', '자기 보신할 줄만 안다' 등 비난의 뜻이 담겨 있는 뉘앙스로 쓰이는 경우가 많기 때문이다.

그러나 원래는 비난을 받을 만한 요소를 품고 있는 말이 아니었다. 살아가기 어려운 세상에서 무사하게 살아남는 것, 그것이 몸을 보호하는 것, 즉 보신인 것이다. 그런데 생각하기에 따라 물론 다르겠지만, 자신을 보호하는 것처럼 어려운 일도 없다.

그 어려운 일을 가능하게 하려면 무엇을 갖추어야 할까? 바로 명(明)과 철(哲)이다. 이 둘은 결국 같은 의미로 해석할 수 있다. 사리에 밝고, 이치에 맞게 처신한다는 뜻으로 해석할 수 있다. 이 두 가지만 갖출 수 있다면 어떤 난세에서도 분명하게 자신을 보호할 수 있을 것이다.

13 문정지경중
問鼎之輕重 『좌전』

남의 실력을 의심해 그를 끌어내리려 한다

상당한 지위에 있는 사람에게 그 자격을 의심하고, 퇴임을 종용하는 일이다.

옛날 주왕실(周王室)에는 왕위의 상징으로 세 발 달린 가마솥이 대대로 전해져 내려왔다. 그러나 위세를 떨치던 주왕실도 춘추 시대에 접어들며 그 힘이 쇠퇴해졌고, 그를 대신해 패자로 불리는 실력자들이 천하의 권세를 나누어 가졌다. 그중 초(楚)의 장왕(莊王)은 유난히도 주왕실의 권위에 의심을 품고 있었다.

어느 날 장왕이 왕실의 사자(使者)에게 왕위의 상징인 세 발 가마솥의 크기와 무게에 관해 물었다. 그러자 사자는 이렇게 대답했다.

"비록 왕실의 덕(德)이 쇠퇴했을지라도 천명(天命)이 바뀌지 않는 한 가마솥[鼎]의 경중(輕重)을 물어서는 안 됩니다."

그러나 현실은 왕실의 상징인 가마솥의 경중을 의심할 정도로 주왕실의 권위는 이미 땅에 떨어져 있었던 것이다.

단순히 옛날이야기로만 넘겨 버리기엔 그 의미가 예사롭지 않

132

중국고전 일일일언

다. 현대의 지도자도 권위를 의심받을 정도가 되면 이미 지도자로서의 자격을 상실한 것이다. 정지경중(鼎之輕重)을 의심받지 않으려면 리더로서의 덕과 힘을 확실하게 보유하고 있지 않으면 안 된다.

14

국궁진력 사이후이
鞠躬盡力 死而後已 『삼국지』

뜻을 받들어 죽는 순간까지 최선을 다한다

제갈공명은 유비가 죽은 후, 그의 유언에 따라 촉(蜀)의 전권을 잡고, 한(漢) 왕조의 정통을 회복하기 위해 숙적인 위(魏)와의 결전에 나섰다.

이 싸움은 국력의 차이는 물론 제반 사정을 헤아려 볼 때 처음부터 승산이 없는 싸움이었다.

그러나 공명으로서는 어떻게든 하지 않으면 안 되는 싸움이었다. 유비의 유언이자 촉의 대의명분, 다시 말해 국가 목표였기 때문이다. 그때 공명이 결의를 다지며 한 말이 바로 이 말이다.

"존경하는 마음으로 몸을 굽혀 죽을 때까지 열심히 노력하여 그치지 아니할 것이다[鞠躬盡力 死而後已]."

이것은 유비의 뒤를 이은 그의 아들 유선(劉禪)에게 바치는 공명의 상주문(上奏文)으로, 출사표(出師表)라고도 한다.

국궁(鞠躬), 존경하는 마음으로 몸을 굽힌다는 것은 윗사람의 명령을 겸허하게 받들겠다는 뜻으로, 유비의 유언에 따르겠다고 하는 강한 의지를 표명한 말이다.

이처럼 공명의 후반생(後半生)은 '국궁진력' 그 자체였다. 또한 그것이 오래오래 사람들의 감동을 자아내는 근원적 이유가 되었던 것이다.

군자교절불출악성
君子交絶不出惡聲 『사기』

군자는 절교를 해도 상대의 험담을 하지 않는다

만약 친구와 교우 관계가 끝나는 경우가 있어도 '그 자식 나쁜 놈이야' 하는 식의 비난을 해서는 안 된다는 말이다. 또한 그것이 군자의 교제라는 것이다.

중국인은 일반적인 대인 관계에 있어서, 상대가 신뢰할 수 있는 사람이라는 확신이 서기 전까지는 쉽게 마음을 열지 않는다. 그러나 일단 마음을 연 상대라면 끝까지 신뢰한다. 어떤 사정—

예를 들면 배신 행위—으로 인해 교제가 끊어졌다고 해도 상대의 힘담은 결코 하지 않는다. 그들의 그런 개념에는 두 가지 이유가 있다.

1. 그런 상대를 친구로 두었다는 것은 결국 자신이 사람을 보는 안목이 없었기 때문이라고, 모든 결과를 자신의 부덕(不德)의 소치로 인정하기 때문이다.
2. 힘담이 상대의 귀에 들어가면 자신도 언젠가는 반격을 당한다. 결코 자신에게 득이 될 것이 없다는 판단에서다.

관포지교
管鮑之交 『사기』

관중과 포숙의 교제

참된 우정이란 과연 어떤 것일까? 이런 질문에 대한 답으로 가장 먼저 떠오르는 것이 바로 이 말, 관포지교(管鮑之交)다.

관(管)은 제(齊)나라의 명재상이었던 관중(管仲), 포(鮑)는 역시 중신(重臣)이었던 포숙(鮑叔)을 말한다.

후에 관중은 포숙과의 우정에 관해 이렇게 술회했다.

"내가 가난했던 시절에 포숙과 함께 장사를 한 적이 있었다.

이익금을 나누어 가질 때, 내가 여분의 돈을 가졌지만 그는 나를 욕심쟁이로 보지 않았다. 내가 가난했음을 알고 있었기 때문이다. 또 후에 내가 몇 번이나 사관(士官)직에서 해고를 당했음에도 그는 나를 무능력자로 보지 않았다. 내가 운이 없었음을 잘 알고 있었기 때문이다. 또 내가 전장에 나갈 때마다 도망쳐 돌아왔지만 그는 나를 겁쟁이로 보지 않았다. 나에게 연로한 어머니가 계심을 알고 있었기 때문이다."

참된 우정이 무엇인지 명쾌한 답을 들려주고 있다. 상대의 입장에서 생각하는 것, 그것이 우정의 본질임을……

17

불여호획 불위호성
弗慮胡獲 弗爲胡成 『서경』

스스로 생각하고 반드시 실행하라

전단(前段)과 후단(後段)의 대구(對句) 형식으로, 강조에 동등한 무게를 둔 것이 과연 중국적이다. 우선 전단(前段)의 일구(一句)를 보도록 하자.

아무리 유용한 가르침을 받아도 흘려 버린다면 아무 도움도 되지 못한다[弗慮胡獲].

정말로 자신의 것으로 만들기 위해서는 자신의 머리로 생각하라고 하는 말이다. 특히 현대의 젊은이들은 이 말을 깊이 명심할 필요가 있다. 대부분 인스턴트 식 요건에 익숙해 있어서 자신의 머리로 깊게 생각하려고 하지 않는다. 그래서는 아무리 쓸모있는 지식이라도 자신의 것으로 만들지 못한다. 후단구(後段句)는 구태여 설명할 것도 없다.

머리로 생각만 하고 실행을 하지 않는다면 모처럼의 지식도 꿰지 않은 구슬과 같다[不爲胡成].

'구슬이 서 말이라도 꿰어야 보배' 라는 말처럼 실행의 중요함을 강조한 말이다.

18 과전불납리 이하불정관
瓜田不納履 李下不整冠 『문선』

참외밭에서는 신발 끈을 고쳐 매지 말고 자두나무 아래서는 관을 고쳐 쓰지 마라

의심만으로는 치벌힐 수 없다는 것은 법률상의 문제이고, 개인의 도덕적 규범에 의한다면 의심받을 짓을 하면 안 된다는 자세가 필요하다. 그것을 말하고 있는 것이 바로 이 말이다.

"참외밭에서는 신발 끈을 고쳐 매지 말고, 자두나무 아래서는 관을 고쳐 쓰지 마라."

그 이유는 너무도 분명하다. 그런 행위를 함으로써 참외나 자두를 훔쳐 간다고 의심을 받을 수 있기 때문이다.

남에게 공연한 의심을 받게 되면 기분이 나쁜 것은 당연하다. 살다 보면 무고한 누명을 쓰고 화를 내는 일을 한두 번 정도는 경험하기 마련이다.

그러나 남들로부터 의심을 받게 되는 원인을 자신이 만드는 경우도 있다. 특히 부주의한 언동이나 단정치 못한 행위 등은 남들에게 의심을 받기 쉽다. 그런 불상사가 생기지 않게 하려면 평소에 자신의 사고방식에 대한 엄한 기준이 있어야 한다. 남에게 의심을 받아서 득 될 것은 하나도 없다.

19

타산지석 가이공옥
他山之石 可以攻玉 『시경』

남의 행동을 보며 나를 바로잡는다

다른 산에 있는 돌멩이라도 가져와서 구슬을 만드는 재료로 쓸 수 있다는 말이다. 즉, 별로 볼품이 없는 타인의 언동이라도 자신을 갈고닦는 도구로 활용할 수 있다는 것이다. 더 알기 쉽게 말하자면 남의 언행을 보면서 나를 바로잡는다는 것이다.

자신을 갈고닦는 것은 누구나 바라는 일이다. 특히 남들보다 위에 위치하는 리더에게는 필수 조건이다. 그런데 자신을 갈고닦기 위해서는 구체적으로 무엇을 어떻게 해야 한단 말인가? 우선 쉽게 생각해 보자. 먼저 할 수 있는 것은 훌륭한 인물을 목표로 잡고 노력하는 일이다.

주위에 그런 훌륭한 인물이 없는 경우는 어떻게 할까? 다시 한번 주위를 둘러보라. 그저 그렇고 그런 삶을 살아간다고 여겨지는 사람은 많을 것이다. 또한 그들 중에는 '저 사람처럼 살면 곤란해' 하는 생각이 들 정도의 사람도 있을 것이다. 그런 사람을 반면교사로 삼고 자신은 그렇게 되지 않기 위해서 노력하라는 것이다.

잘 생각해 보면 어떤 상대이든 배움의 가치는 있다. 그것을 말하는 것이 바로 이 말, 타산지석이다.

20

삼 인 행 필 유 아 사 언
三人行 必有我師焉 『논어』

나에게는 모두가 선생이다

만일 몇 사람과 함께 어떤 일을 한다고 할 때, 내 입장에서 보면 그들 전부가 나의 선생님이라는 것이다. 물론 이 말에는 또 다른 해석도 있다. 그러나 지금은 그렇게만 알아두자. 공자는 또 이런 말도 했다.

"뛰어난 자에게는 적극적으로 배워라. 또 졸렬한 자는 나에게 반성의 재료를 준다."

앞에서도 말했듯이 공자는 가난한 가정에서 자랐기에 일찍부터 자신이 일을 하지 않으면 안 되는 상황이었다. 말하자면 가난을 온몸으로 체험하며 그 설움을 누구보다도 절절히 겪으며 어린 시절을 보냈던 것이다. 그런 가운데서도 공자는 학문의 길에 들어서기로 마음을 굳혔다. 그러나 가난한 소년이 선생을 두고 공부한다는 것은 불가능한 일이었다. 그에게 가르침을 준 선생은 주위의 사람들이었고, 주위에서 보고 듣는 것 전부가 공부의 재료가 되었다. 그 역시 타산지석으로 자신을 연마했던 것이다.

21

가 정 맹 어 호
苛政猛於虎 『예기』

가혹한 정치는 호랑이보다 더 모질다

공자가 제자들과 함께 태산(泰山) 기슭에 당도했을 때, 한 여인이 무덤 앞에서 하염없이 울고 있는 것을 보고 가던 길을 멈추었다. 한동안 여인이 우는 것을 바라보던 공자는 울음소리가 잦아들기를 기다려 자로라는 제자에게 그 까닭을 물어보게 하였다.

"그렇게 슬피 우는 이유가 무엇입니까?"

"옛날에 시아버님이 호랑이에게 물려 죽었고, 그 뒤에 남편도 호랑이에게 물려 죽더니, 이번엔 아들마저 호랑이에게 물려 죽었습니다."

"그런데도 왜 이곳을 떠나지 않았습니까?"

"여기서 살면 막중한 세금을 내지 않기 때문입니다."

이 말을 들은 공자는 제자들에게 이렇게 말했다.

"아무쪼록 명심하거라. 가혹한 정치는 호랑이보다 더 모질다는 것을 말이다."

꼭 옛날에 있었던 일만은 아니다. 지금도 예외는 아니다.

22   천하다 기휘 이 민 미 빈

天下多忌諱 而民彌貧 『논어』

금기의 종류가 늘면 백성들은 어려워진다

"이것은 안 되고, 저것은 금지!"

이렇게 금령(禁令)의 종류가 늘어나면 늘어날수록 백성들의 생활은 점점 더 어려워진다는 말이다.

관에서 목을 조르면 사회 전체의 숨통이 막혀 버린다. 사람들의 창조성을 기대할 수 없고, 전체의 활력마저도 잃어버리게 된다. 그 결과 생활 수준도 향상되지 않는다. 이것은 과거 일부 사회주의 국가의 예를 보면 쉽게 수긍할 수 있는 대목이다.

이번엔 노자의 주장을 야구에 비유해 예를 들어보자. 이른바 '관리 야구'라는 것이 그것이다. 개인 플레이보다는 팀 플레이를 중시해 선수 하나하나의 사생활까지도 일일이 간섭하기 때문에 선수는 독창적인 개성을 발휘하지 못한다. 그래서 관리 야구는 봐도 재미가 없다.

노자는 또 이렇게 말하고 있다.

"기술이 진보할수록 사회는 어지러워지고, 인간의 지혜가 늘어갈수록 불행한 사건이 끊이지 않는다. 법령을 갖추면 갖출수록 범죄자는 늘어나기 마련이다."

노자는 관리 사회의 현실에 날카로운 반성을 촉구하고 있는 것이다.

궁 역 락 통 역 락

窮亦樂 通亦樂『장자』

없어도 즐기고 있어도 즐긴다

중국을 여행할 때 가장 먼저 느끼는 것은 그들의 생활 수준이 낮다는 것이다. 그러나 조금만 주의 깊게 그들을 관찰해 보면, 느긋한 태도로 세월의 흐름에 순응하며 그들 나름대로의 방식으로 인생을 즐기고 있는 것을 알 수 있다.

예를 들어 이른 아침의 거리에 나가 보면 새장을 든 노인들이 삼삼오오 모여서 서로의 새를 자랑하면서 새 울음소리에 귀를 기울인다. 넓은 공터에서는 한 무리의 사람들이 유유자적한 모습으로 태극권(太極拳)을 즐기고 있다. 주어진 환경에 스스로 만족하면서 차분히 인생을 즐기는 모습을 그들에게서 볼 수 있다. 물론 인생을 즐기기 위해서는 경제적인 여유가 있는 편이 좋다. 그러나 경제적인 여유가 없다고 해서 인생을 즐기지 못한다고 말하면 그것은 편견이다.

단 한 번밖에 살 수 없는 인생이다. 어렵게 세상에 태어난 이상, 나름대로 생활 속의 즐거움을 찾아가며 천천히 인생의 맛을 음미해 보는 것도 좋을 것이다.

화간반개 주음미주
花看半開 酒飲微酒 『채근담』

매사 적당한 것이 좋다

"꽃의 관상(觀賞)을 즐기려면 반쯤 피었을 때가 가장 좋고, 술을 마실 때는 취하기 전에 멈추는 것이 가장 좋다. 취해서 토할 정도로 술을 마시는 것은 저질 중의 저질이다"

『채근담』은 이렇게 말한 후, 다음과 같은 말을 덧붙였다.

"영만(盈滿)을 거친 자는 깊이 생각해 봄이 마땅하다."

충분히 만족할 수 있는 위치에 있는 사람은 이 말을 명심하라는 뜻이다. 즉, 이 일구(一句)는 꽃을 보는 법, 술을 마시는 법을 이야기하면서 실은 삶을 살아가는 현명한 라이프 스타일에 대해 설명하고 있는 것이다.

무엇이든 뜻대로 할 수 있는 풍족한 환경은 오히려 사람을 망치기 쉽다. 오만해지기도 하고 고집쟁이가 되기도 해 오히려 사람들로부터 미움을 받는 경우가 많다. 물론 하고 싶은 일을 충분히 하지 못하는 어려운 환경도 곤란하다. 그렇기에 매사 적당한 것이 좋다는 말이다.

지나치게 풍족한 것보다 하나나 둘 정도 부족한 것들을 포용할 수 있는 마음의 자세가 더 소중한 것 아닐까?

화복무문 유인소소
禍福無門 唯人所召 『좌전』

행복과 불행이 들어오는 문은 없다. 사람이 불러들이는 것이다

화복(禍福), 즉 행복과 불행은 특별한 문이 있어서 들어오는 것이 아니다. 둘 중 어느 것이든 당사자가 불러들이기 나름이라는 것이다. 행복해지고 싶다면 먼저 부지런히 노력하지 않으면 안 된다. 또 불행한 상태에 있다 하더라도 그 원인을 만든 것은 자신이기 때문에 남을 책망해서는 안 된다. 어디까지나 자신의 힘으로 불행에서 탈출할 수 있도록 노력해야 한다는 것이다.

원래 이 말은 부당한 처우에 화가 나서 일에서 손을 떼고 불평불만을 하는 사람들에게 '그러면 지금보다 더 나쁜 상황에 처하게 된다'고 하는 경고의 말이었다.

불행한 상태가 되면 자신의 책임은 일단 제쳐 놓고 남의 탓부터 하게 되는 것이 사람이다. 그러나 그런 사고가 지속된다면 아무리 시간이 지니도 불행에서 탈출히기는 어렵다. 행복은 남이 주는 게 아니라 자신의 땀으로 일구는 것이기 때문이다. 하늘은 스스로 돕는 자를 돕는다고 했다.

전 화 이 위 복
轉禍而爲福『전국책』

화가 바뀌어 복이 된다

정황(情況)이 악화되어 국면타개(局面打開)를 도모할 때 흔히 하는 말로, 중국은 물론 일본에서도 이미 보편화된 말이다. 일단 여기에서는 『전국책』을 출전(出典)으로 하고 있는데, 이 말과 관련된 것으로 이런 말도 있다.

"지자(智者)의 일은 화(禍)를 복(福)으로 하고, 패인(敗因)으로 공(功)을 쌓는다."

이 말을 다시 설명해 보자.

"현명한 사람은 일을 함에 있어 화(禍)를 복(福)으로 전환시키고 실패를 성공의 모체로 삼는다."

인생에는 반드시 불행이나 실패가 따라붙는다. 준비가 아무리 철저하다고 해도 최소한 한 번이나 두 번 정도는 불행이나 실패의 경험을 하게 되는 게 우리의 인생이다. 문제는 그런 상황에 처했을 때 대처하는 방법이다.

『전국책』에 의하면 한두 번의 실패로 좌절해 버리는 사람은 우자(愚者)의 부류에 속한다. 실패를 거울삼아 인생의 새로운 전망을 열어갈 수 있는 그런 늠름한 생활 태도를 요구하고 있는 것이다.

접 인 칙 운 시 일 단 화 기
接人則運是一團和氣 『근사록』

화기가 있는 사람의 곁에는 사람이 많이 모인다

처음 봤을 때 냉정한 느낌을 주는 사람이나 심술궂고 모난 분위기를 풍기는 사람의 주위에는 사람이 모이지 않는다. 사람들에게 호감을 주는 사람은 온화한 느낌의 사람이다. 그것이 여기서 말하는 화기(和氣)다. 그렇기에 화기는 인간관계를 원만하게 해주는 중요한 조건이라고 할 수 있다.

그러나 화기가 필요하다고 해서 억지로 갖다 붙인 것 같은 외형적 꾸밈은 오히려 역효과만 낼 뿐이다. 애초에 없었던 화기를 꾸며서 만들어낸다고 해도 그것을 구별하지 못하는 사람은 없을 것이다. 화기는 겉모습으로만 드러나는 것이 아니라 내면 깊숙한 곳에서 은은하게 발아해 겉으로 드러나게 되는 것이기 때문이다. 이에 관해 『채근담』은 부연 설명을 덧붙이고 있다.

"관대하고 마음이 따뜻한 사람은 만물을 자라게 하는 춘풍(春

風)과 같다. 그런 사람의 곁에 있는 모든 것은 쑥쑥 성장한다. 반면
에 잔혹하고 박정(薄情)한 사람은 만물을 얼게 하는 한겨울의 눈과
같다. 그런 사람의 곁에 있는 모든 것은 죽음을 면하기 어렵다."

마음속의 온화함, 그리고 거기에서 움트는 화기가 필요한 것이
다.

군 자 필 신 기 독 야
君子必愼其獨也 『대학』

군자는 혼자 있을 때 더 신중하다

"군자는 혼자 있을 때 더 신중하다."

이 말을 줄여서 '신독(愼獨)'이라고도 한다. 다른 사람이 보지
않는 곳에서도 실수하지 않도록 자신의 언동을 스스로 체크하는
일이다.

사람들과 함께 있는 자리에서는 군자처럼 행동하다가도 혼자가
되면 전혀 다른 사람처럼 돌변하는 사람이 있다. 반면 누가 있으나
없으나 항시 같은 태도로 신중함을 잃지 않는 사람이 있다. 바로
그런 사람이 군자라는 것이다.

"혼자 있으면서 경우에 어긋나는 짓을 했을 때, 비록 그것이 다

른 사람들에게 알려지지 않는다고 해도 자신은 알고 있다. 남의 눈은 속일 수 있어도 자신의 눈은 속일 수 없는 것이다. 그러나 그 마음은 사라지지 않아, 무의식 중에 용모나 태도에 드러나게 된다."

그 좋은 예가 골프다. 골프의 스코어는 자기 신고제(自己申告制)다. 속이려고 하면 속이지 못할 것도 없다. 그런데 속이려고 속인 것이 아니라 무심코 과소(過少) 신고할 때가 있다. 그러나 나중이라도 그것을 의식하는 순간부터는 신경이 쓰이게 된다. 당연한 일이지만 뒷맛이 개운할 리 없다. 비단 그런 일은 필자만의 경험이 아니리라.

혼자 있을 때일수록 더 신중해야 하는 것은 결국 자신을 위한 일이다.

29

견험이능지 지의재
見險而能止 知矣哉 『역경』

지자(知者)는 위험을 깨닫는 순간 멈출 줄 안다

도중에 위험을 찰지(察知)했다면 더 이상의 진행을 미루고 그 자리에서 멈추어야 한다. 그것이 지자(知者)인 것이다. 중국인이 인식하고 있는 '지자'는 단순히 지식이 많은 사람이 아니다.

자신의 진퇴(進退)에 관해 적절한 판단을 할 수 있는 사람이 지자인 것이다.

정황 판단도 제대로 하지 않고 무턱대고 앞으로 나아가기만 하는 것을 비유한 말이 '필부지용(匹夫之勇)'이다. 그렇게 해서는 목숨이 몇 개 있다 해도 모자랄 것이다. 그런 자를 용감하다고 말할 수 있을지는 모르지만 결코 지자라고 할 수는 없다.

불확실한 시대를 살아가기 위해서는 전천후형(全天候型) 인간을 목표로 하지 않으면 안 된다. 전천후형 인간이란 공격과 수비 둘 다 강한 사람을 말한다. 즉, 나아갈 때는 적극적으로 밀고 나가고, 물러서야 할 때는 과감하게 발을 뺄 줄 알아야 한다.

그렇게 되려면 필부지용의 만용은 절대 금물이다. 거침없이 나아가다가도 위험하다고 판단될 때는 그 즉시 발을 멈출 수 있는 견실한 생활 태도가 습관이 되어야 한다.

오 불 가 장 욕 불 가 종
敖不可長 欲不可從 『예기』

오만은 오래가지 못하고 욕망은 도를 지나치면 안 된다

오(敖)는 오만(傲慢)이다. 자신의 능력이나 지위를 뽐내며 남을 멸시하는 일이다. 그런 마음이 있고, 그것이 표정이나 태도에 나타날 때 그것을 '오'라고 한다.

이와 비슷한 것으로 긍지(肯志)가 있다. 자존심이다. 이것은 인간으로서 마땅히 있어야 할 것이다. 그러나 그것이 비뚤어진 모양으로 발현하면 오가 되어버린다. 누구라도 자칫 방심을 하면 자신도 의식하지 못하는 가운데 내면에 잠재해 있는 오(敖)가 머리를 쳐들게 된다. 그렇게 되지 않으려면 평소에 이것을 주의해서 눌러놓아 두지 않으면 안 된다.

욕(欲)에 관해서도 같은 말을 할 수 있다. 인간의 욕망에 의해 사회는 진보해 왔다. 그런 의미에서 욕망은 적극적으로 평가되지 않으면 안 된다. 그러나 무제한적인 욕망의 추구는 주위 사람들에게 폐를 끼치는 일이다. 나의 행복이 상대에게 불행을 안겨준다면 행복은 오래 지속되지 않는다. 무엇이든 지나치면 좋지 않다. 정도를 모르는 것은 결국 자신을 망치는 일이다.

五月

창조적 혁신

• • •

급박한 시대 변화에 뒤떨어지지 않으려면
늘 자신을 충전하고,
창조적 혁신을 추구하지 않으면 안 된다.

군자표변
君子豹變 『역경』

창조적 혁신

처음에는 '찬성!' 하고 이렇게 말하다가 어떤 사정으로─예를 들면 금품 등에 관련하여─언제 그랬냐는 듯 태도를 바꿔 '반대!' 하고 외친다. 이렇게 마음이나 행동이 돌변하는 것을 비유한 말이 군자표변(君子豹變)이다.

이처럼 별로 좋지 않은 뉘앙스의 말로 널리 쓰이고 있지만, 본래의 의미는 그렇지 않았다. 변화하는 뜻을 가진 말임에는 변함이 없지만 좋은 방향으로 변화하는 의미였던 것이다.

표범[豹]의 가죽은 무늬와 모양이 아름답다. 그런 아름다움에 변화를 주는 일이 '표변' 이다. 즉, 지금까지의 자신으로부터 탈피해서 새로운 자신을 창조하는 것을 말한다. 진보 또는 향상이라고 말할 수 있겠다.

현대는 급변하는 사회다. 하루하루가 다르게 변해간다. 이렇게 급박한 시대 변화에 뒤떨어지지 않으려면 늘 자신을 충전하고, 창조적 혁신을 추구하지 않으면 안 된다. 그것이 군자표변의 본래 의미다.

'미즈텐[俗語:기생이 사람을 가리지 않고 돈만 보고 정을 통하는 것]' 처럼 여인이 조석지변으로 태도를 바꾸는 표변이 아니라 창조적 혁신을 추구하기 위한 자세를 가져야 하는 것이다.

이 비 대 시 이 시 흥 사
以備待時 以時興事 『관자』

충분한 준비 없이는 성공을 바랄 수 없다

어떤 일이든 충분한 사전 준비 없이 일에 착수한다면 성공은 기대할 수 없다. 또 만반의 준비를 갖추었다 해도 적절한 시기에 맞추어 시작하지 않으면 실패를 면할 수 없다. 그것을 말하고 있는 것이 관자(管子)의 이 말이다. 그의 말을 좀 더 들어보자.

"주도(周到)한 준비를 갖추고 호기(好期)의 도래(到來)를 기다린다. 호기도래(好期到來)의 순간엔 즉시 행동을 개시한다."

관자에 의하면 옛날부터 뛰어난 지도자는 전부 이렇게 행동했다고 한다. 그래서 그 결과 큰 성공을 거둘 수 있었다는 것이다. 그 말이 사실인 것은 분명하다. 그런데 여기서 관심이 가는 대목은 '기다린다' 는 말이다. 기다린다고 해서 단지 막연히 기다리는 것은 아니다.

충분하게 준비를 하면서 때가 오기를 기다린다는 것이다. '평생에 세 번의 기회가 찾아온다'는 말도 있다. 누구의 인생이든, 반드시 한두 번의 기회는 찾아오기 마련이다. 그때를 대비해 평소에 충분히 힘을 비축해 둘 필요가 있는 것이다.

3

존호인자 막량어모자
存乎人者 莫良於眸子 『맹자』

상대의 눈을 보면 좋고 나쁨을 알 수 있다

상대의 인물 됨됨이를 판단하는 가장 좋은 방법은 상대의 눈을 관찰하는 것이라고 한다. 맹자는 그 이유에 대해 이렇게 말하였다.

"눈동자는 악(惡)을 감추는 일에 능하지 못하다. 마음이 바르면 눈동자에서 빛이 나고, 마음이 어지러우면 눈동자가 탁하다. 말을 들으며 눈동자를 보는데 어찌 마음을 감출 수 있겠는가."

맹자의 이 말에는 그럴 만한 이유가 있다. 흔히 눈은 마음의 창이라고 하지 않는가. 마음이 맑으면 눈빛도 맑고, 마음이 탁하면 눈빛도 탁한 법이다.

그러나 눈만 보고 사람을 판단한다는 것은 아무리 생각해 봐도 무리가 따른다. 그렇기에 맹자는 이 말, '말을 들으며' 라는 일구(一句)를 덧붙였던 것이다. 상대의 눈만 보고 판단할 것이 아니라, 눈을 보면서 동시에 상대의 이야기를 듣고 판단해야 틀림없다는 것이다. 그러나 그 정도 수준에 도달하려면 상당한 수준의 관찰력을 필요로 한다.

위 산 구 인 공 휴 일 궤
爲山九仞 功虧一簣 『서경』

구 인의 공이 일 궤에 무너져 내린다

주(周)의 무왕(武王)이 은(殷)의 주왕(紂王)을 멸하고 주(周) 왕조를 창업하자 사방의 모든 나라가 주나라에 복종하게 되었다. 마침 여(旅)나라에서 헌상(獻上)한 진귀한 짐승을 보고 기뻐하는 무왕을 보고 소공(召公)이라는 중신이 충고한 말이다.

『서경』에 기록되어 있는 당시의 문장을 보면, 우선 진귀한 헌상품에 마음을 뺏겨 정치를 소홀히 해서는 안 된다는 충고의 말과 함께 다음과 같은 말이 있다.

"아침 일찍부터 밤늦게까지 정진하며, 왕으로서의 덕을 갈고 닦아야 합니다. 사소한 일이라고 방심하다 보면 결국에는 큰 덕을 잃게 됩니다. 구 인(九仞) 높이의 산을 쌓다가도 마무리 일 궤(一簣)를 소홀히 하면 무너져 버리는 법입니다."

여기서의 인(仞)은 팔 척(八尺), 궤(簣)는 흙을 담아 나르는 도구이다.

이렇듯 '구 인(九仞)의 공(功)이 일 궤(一簣)에 무너져 내린다'는 말은 왕의 정진을 촉구하는 신하의 충심에서 나온 말이다. 또한 이 말은 시대를 막론하고 언제, 어느 경우에서나 적합하게 쓰일 수 있는 말이기도 하다.

5

명 극 칙 과 찰 이 다 의
明極則過察而多疑 『근사록』

뛰어남도 도를 지나치면 의심이 쌓이게 된다

명(明)은 통찰력(洞察力)이다. 흔히 '머리가 좋다', '뛰어난 인물이다'라는 말을 하는데, 그렇게 말하는 '좋다', '뛰어나다'는 뉘앙스가 이 경우의 '명'에 가깝다. 이것은 세상을 살아나가기 위해 필요한 조건의 하나이다. 그러나 이러한 명도 정도를 지나치면 세세한 부분까지 지나치게 신경을 쓰게 되어 오히려 의심이 깊어질 수 있다는 것이다. 이 말 역시도 인간학(人間學)의

지언(至言)이다. 특히 사람을 부리는 입장에 있는 리더로서는 깊이 명심해야 할 말이다.

명은 리더가 갖추어야 할 필수 조건이다. 이것이 없으면 조직을 장악할 수 없어 조직을 원만하게 이끌어 나가지 못한다. 그러나 그것과 동시에 필요한 것이 결단력이다. 통찰력이 지나쳐서 의심을 하게 된다면 이성에 혼선이 생겨 결단이 필요한 시기에 결단이 불가능하게 된다. 한마디로 말해, 리더로서의 자격을 상실한 것이다.

중국고전 일일일언

6

인 생 백 년 주 야 명 분
人生百年 晝夜名分 『열자』

인생 백 년, 밤낮으로 나누어져 있다

옛날 주(周)나라에 윤(尹)이라는 남자가 있었다. 그는 늘 재산을 늘릴 생각만 하고 있었기에 노복에게 쉴 틈도 주지 않고 일만 시켰다. 주위 사람들은 그런 노복을 측은하게 여겼다. 그러나 노복은 조금도 그런 기색을 보이지 않았다. 오히려 자신을 측은하게 여기는 사람들을 향해 이렇게 말하였다.

"인생 백 년, 밤낮 각각 나누어져 있어 낮에는 노복으로 힘들게 일을 하지만 밤에는 인군(人君)이 되니 그 즐거움을 무엇에 비하겠소? 누구를 원망할 일도 없소이다."

밤이 되면 꿈에서 왕이 되어 영달이 극에 달하니 어떤 불만도 없다고 하는 것이다.

노복의 말대로 인생을 백 년이라고 보면 낮이 오십 년, 밤이 오십 년이다. 그렇다면 사람의 행복을 낮의 생활만으로 단정 지을 수는 없다. 낮에는 악착같이 일하고, 밤에는 밤대로 악몽에 시달린다면 수지가 맞지 않는다. 또 낮에 겪은 고충에 대한 보상으로 꿈에서 환락을 누린다는 것도 말이 되지 않는다. 가능하다면 낮이나 밤이나 적당하게 즐거움을 누릴 수 있는 그런 삶이 바람직하지 않겠는가.

7 이인동심 기리단금
二人同心 其利斷金 『역경』

두 사람의 뜻이 맞으면 금고도 부술 수 있다

마음이 맞는 두 사람이 일치협력(一致協力)하면 세상의 어떤 금고라도 부술 수 있는 위력을 발휘한다는 뜻의 말로, 단금지교(斷金之交)라는 말의 어원이기도 하다. 또 이 말과 연관되는 것으로 이런 말이 있다.

"동심(同心)의 말[言]은 난(蘭)의 향기와 같다."

마음이 맞는 두 사람이 하는 말에서는 난(蘭)의 향기가 난다는 것이다. 이 두 말이 합쳐져서 금란지교(金蘭之交)라는 말이 만들어졌다.

단금(斷金)도 좋고, 금란(金蘭)도 좋다. 부부 사이의 금실의 좋음을 뜻하는 말로 이해하는 사람이 있을지도 모르지만 그것은 아니다. 이것은 어디까지나 남자와 남자의 두텁게 맺어진 우정에 관해 이야기한 말이기 때문이다.

인간은 혼자서는 살아갈 수 없다. 어차피 혼자서 살아나가지 못한다면 능력있고 이해심있는 협력자를 얻는 것이 성공의 포인트가 된다. 더구나 뜻을 같이하는 자와 마음을 같이할 수 있다면 그것보다 더 마음 든든한 일은 없을 것이다.

언고행 행고언
言顧行 行顧言 『중용』

말할 땐 행동을 되돌아보고 행동할 땐 말을 되돌아본다

언행일치(言行一致), 즉 말과 행동이 일치하는 예는 극히 드물다. 대부분의 경우 말이 앞서고 행동은 그것을 따르지 못한다. 가정에서의 한 예를 들어보자. 부모가 아이에게 이렇게 해라, 저렇게 해라 하고 잔소리를 하는 것은 좋지만, "엄마, 아빠도 잘하지 못하면서 왜 나한테만 시켜요?" 이런 말을 아이가 할 때 마땅한 대답을 하지 못하고 주저하는 경우라면 그 부모는 아이에 대해 설득력을 잃고 만다.

사람은 누구라도 자신만큼은 언행일치의 예에서 벗어나지 않기를 희망한다. 그러나 그것은 단지 희망일 뿐, 그렇게 되기란 말처럼 쉬운 일이 아니다. 우선, 언(言)으로 행(行)을 되돌아보고, 행(行)으로 언(言)을 되돌아보는 노력이 필요하다.

도대체 이 말이 무슨 뜻인가? '언으로 행을 되돌아본다' 는 것은 발언하기 전에 먼저, 행동이 말에 따를 수 있는지의 여부를 생각해 보는 것이다. 그렇게 하면 자연히 브레이크가 걸려 말이 조심스러워진다. '행으로 언을 되돌아본다' 는 말은 어떤 행동을 할 때 자신이 했던 말을 돌이켜 생각해 보라는 뜻이다. 그렇게 함으로써 말에 비해 행동이 부족하지는 않나 하는 각성과 함께 반성도 하게 되고, 그러면서 한층 더 성숙해진다는 것이다.

의 모 물 성
疑謀勿成 『서경』

의문점이 있다면 실행에 옮기지 마라

사업이든 업무든 실행에 옮기기 전에 반드시 거쳐야 하는 것으로 기획 입안(企劃立案)의 단계가 있다. 그 단계를 거치는 과정에서 조금이라도 의문점이 남아 있다면 실행에 옮겨서는 안 된다. 철저하게 의문점을 해소하고, 만전(萬全)의 확신이 섰을 때 비로소 실행에 옮겨야 한다는 것이다.

누구나 알고 있는 당연한 말이라고 생각할지도 모른다. 그러나 다 알고 있는 이런 대원칙이 무시되고 있으니 그것이 문제다. 국회에서 시간상의 이유를 들어 안건 심의를 충분히 하지 않고 바로 체결해 버리는 것도 그 전형적인 예 중의 하나다. 시간이 촉박하다면 연기를 하거나 다음으로 미루어놓으면 된다. 절차상 불가한 일이라고 항변할 수도 있지만, 의혹을 남겨놓고 확정을 짓는 것보다 차라리 그 편이 훨씬 낫다. 물론 그렇게 서둘러 체결을 했어도 그것이 잘 진행되어 좋은 결과를 얻는 경우가 없는 것은 아니다. 그러나 그것은 운이 좋았기 때문이라고 이해해야 한다. 의혹이 명확하게 해소되지 않는 한 그 저의를 의심하지 않

중국고전 일일일언

을 수 없기 때문이다.

남에게 의심을 사지 않는 사람이라면 최소한 삶의 실패자는
아니라고 말할 수 있다.

衆怒難犯 專欲難成 『좌전』

대중의 분노에 저항하기 어렵고, 한 사람의 욕망을 이루기는 더 어렵다

"대중의 분노에 저항하기 어렵고, 한 사람의 욕망을 이루기는
더 어렵다."

정(鄭)나라의 자공(子孔)이라는 재상이 제멋대로 개혁안을 만
들어 중신들에게 강요하다가 모두에게 따돌림을 당했다. 이에
격분한 자공은 반대하는 자를 전부 죽일 계략을 꾸몄다. 그때 자
산(子産)이라고 하는 인물이 자공을 설득하는 데 이 말을 인용했
다고 한다.

"두 개의 번거로움으로 나라를 편하게 할 수 없고, 전욕(專欲)
은 이루어지지 않으며, 대중을 거스르는 것은 화를 자초하는 일
입니다."

자산은 후에 재상에 등용되어 개명적(開明的)인 정치를 행했

다. 그 역시 명재상의 한 사람으로 후세에 기억되었음은 말할 것도 없다. 지금에 와서는 민주주의 원칙에 부합되는 일반적인 상식으로 통하는 말이지만 이천 수백 년 전에 벌써 그런 인식을 가질 수 있었다는 것만 보더라도 뛰어난 인물임에 틀림없는 사실이다.

그러나 시대를 훌쩍 뛰어넘은 지금에 이르러서도, 자공과 같은 예가 자취를 감추지 않는 것은 어떻게 된 현상일까? 위정자(爲政者)들의 자기 경계가 절실히 필요한 시점이다.

세 인 지 애 인 야 이 고 식
細人之愛人也以姑息 『예기』

세인(細人)의 사랑은 임시변통에 지나지 않는다

세인(細人)은 소인을 이르는 말로, 군자와는 상반된 의미다. 즉, 흔히 말하는 별 볼일 없는 사람을 일컫는 말이다. 고식(姑息)은 임시방편으로 당면한 문제를 어름어름 숨겨 넘기는 일이다. 이와 관련된 원래의 문장은 다음과 같은 대구로 이루어져 있다.

군자는 사람을 사랑하되 덕(德)으로 대하고,

세인(細人)은 사람을 사랑하되 고식(姑息)으로 대한다.

이것을 보면 사람을 사랑하는 방식에도 종류가 있다. 덕으로 하는 사랑이란 자신의 전인격(全人格)으로 상대를 대한다는 것을 뜻한다. 즉, 본질적으로 상대에 대한 배려를 잊지 않는다는 것이다. 원래 진정한 사랑이란, 상대를 위해서 무엇인가 해주고 싶은 강한 소원을 동반하는 법이다. 그러나 세인의 경우는 다르다. 상대를 위해 해줄 수 있는 것이라고는 고작해야 고식의 성(城)에서 벗어나지 않는다.

군자와 소인의 차이는 사랑의 깊이 차이가 아니라 인간 수준의 차이라고 할 수 있다.

12

양 심 막 선 어 과 욕
養心莫善於寡慾 『맹자』

마음을 바르게 하려면 욕심을 줄여라

"마음을 바르게 다스리려면 욕망을 줄이는 것이 가장 좋은 방법이다."

맹자 사상의 근본을 이루고 있는 것은 성선설(性善說)이다. 그에 의하면 인간의 본성은 선(善)이며 이런 본성은 누구나 갖추고 있다. 왕후이든 서민이든 본성 그 자체는 전혀 다르지 않다. 그러나 인간의 본성이 선이라고 해서 모든 사람이 선을 행하고 있다 말할 수는 없다. 정말로 선을 행할 수 있는 근본인 성(性)을 전면적으로 개화시키기 위해서는 인격 완성을 위한 수양이 필요하다는 것이다. 이 수양에 의해서 인격을 완성시킨 자만이 군자로서의 자격이 있다는 것이 그가 주장하는 요지다.

인격을 완성하기 위해서는 우선 자신의 마음을 바르게 할 필요가 있다. 그 최선의 방법이 과욕이라는 것이다. 맹자는 이렇게 말한 뒤, 다음과 같은 다짐을 두었다.

"욕심이 없는 사람치고 양심이 없는 사람은 극히 드물다. 욕심이 많은 사람치고 양심이 있는 사람 또한 극히 드물다."

선 용 인 자 위 지 하
善用人者爲之下 『논어』

사람을 잘 다스리는 자는 공손한 태도를 잃지 않는다

사람을 잘 다스리는 자는 늘 상대에게 공손한 태도로 임한다

고 한다. 그 점에 대해 노자는 이렇게 말하고 있다

"뛰어난 지휘관은 무력을 쓰지 않는다. 전공자(戰功者)는 감정에 치우쳐서 행동하지 않는다."

노자는 이 말을 부쟁지덕(不爭之德)이라고 표현했다. 힘을 과시하거나 무모하게 쓰지 않고, 겸허한 태도로 상대를 높이고 자신을 낮추다 보면 자연히 사람들에 의해 지도자로 추대된다는 것이다.

큰소리나 치고 나서기를 즐기는 사람은 반드시 사람들에게 배척당한다. 만일에 힘으로 굴복시키거나 지위를 이용해 복종하게끔 만든다고 해도 그것은 어디까지나 표면상의 정복일 뿐, 결코 마음까지 정복할 수는 없다. 힘이나 지위의 영향력이 감퇴하면 그 즉시 이반(離反)의 징후가 나타나기 시작한다. 실제로 그런 기미를 오판하는 리더가 적지 않다.

노자의 말은 단순히 겸허한 태도를 가지라는 것만이 아니다. 확실한 계산으로 그 효과를 극대화시키라는 것이다.

14

여사심원 칙근어우의
慮事深遠 則近於迂矣 『송명신언행록』

숙고가 깊으면 우에 가까워진다

우(迂)의 원래 의미는 멀리 돌아간다는 것이다. 여기에서 비실제적이라는 뜻이 생겨났다. 우활(迂闊)이나 우원(迂遠)과 같은 말이 바로 그것들이다.

표제의 말은 주의에 주의를 거듭해서 생각하고, 신중히 대처하면 할수록 우(迂)에 가까워진다는 뜻이다.

그러나 이 말은 비방을 하기 위한 말이 아니다. 예를 들어보자. 어떤 사람이 다른 사람들로부터 '우'라고 비난을 받자 그의 친구가 그를 감싸주며 이렇게 말했다.

"저 사람은 확실히 '우'일지도 모른다. 그러나 그 내면을 생각해 보자. 매사에 주도면밀하기 때문에 그 점이 오히려 '우'로 보이는 것이다. 보이는 것만으로 판단하지 말고 좋은 점을 평가해 주자."

이런 뉘앙스로 사용되는 말이다.

주도면밀하게 생각을 짜내면서 기민한 대응이 가능하다면 그것이 가장 이상적인 방법이 될 수 있을지도 모른다. 또 '우에 가깝다'고 하는 것이 대인의 풍격과도 통하는 면이 있기 때문에 한마디로 부정할 수만은 없는 것이다.

인막감어유수 이감어지수
人莫鑑於流水 而鑑於止水 『장자』

명경지수(明鏡止水)

흐르는 물은 언제나 일렁이기 때문에 사람의 모습이 비치지 않는다. 이것에 비해 고여 있는 물[止水]은 언제나 맑기 때문에 있는 그대로 사람의 모습이 드러나 보인다. 사람도 이와 같이 조용하고 맑은 심경의 상태로 있으면 언제 어떤 사태에 직면하게 되더라도 서두르지 않고 오해의 소지가 없는 판단을 하는 것이 가능하다는 뜻의 말이다. 조용하고 맑은 심경을 형용하는 명경지수(明鏡止水)는 바로 여기에서 나온 말이다.

이것은 또 무심의 경지라고 할 수 있다. 어떤 일을 할 때, 잡념이나 욕망이 마음속에 쌓여 있으면 그것에 집착해 일을 그르치고 만다. 또한 고정관념으로 가득 차 있으면 그것에 휩쓸려 유동하는 정세에 유연하게 대처하지 못한다. 스포츠의 예를 보더라도, 결정적인 순간에 이기려는 마음만 너무 앞선 나머지 몸이 굳어져 평소의 실력을 제대로 발휘하지 못하는 경우가 종종 있다.

적절한 대응을 하기 위해서는 명경지수의 심경이 될 것, 이것 역시 삶을 살아가는 데 중요한 하나의 포인트다.

16

군자 주야 서민자 수야

君者 舟也 庶人者 水也 『순자』

군자는 배, 백성은 물

"군자는 배, 백성은 물."

배가 물살의 세기에 의해 안정되기도 하고, 전복되기도 하는 것처럼 군주의 자리도 백성의 의지에 의해 안정되기도 하고 전복되기도 하는 것이다. 따라서 군주에게 가장 중요한 것은 백성의 신뢰를 얻는 것이라는 말이다.

이것은 위정자의 마음가짐으로, 이천 수백 년 전이나 민주주의가 꽃을 피운 지금이나 정치에 임하는 자의 본연의 본질은 변함이 없다는 것을 알 수 있다.

그렇다면 위정자가 백성의 신뢰를 얻기 위해서는 어떻게 해야 할까. 순자는 다음과 같은 세 가지 항목을 강조하고 있다.

1. 공평한 정치. 백성을 위한 정치를 하려는 마음 자세.
2. 사회의 규칙을 존중하고 뛰어난 인물에 대한 존경심.
3. 인재를 등용해 유능한 인물에게 일을 맡긴다.

17

백전백승비선지선자야
百戰百勝非善之善者也 『손자』

싸우지 않고 이기는 것이 최선이다

"백 번 싸워서 백 번 이겼다고 해도 그것이 최선의 방법이었다고는 말할 수 없다."

손자는 이렇게 말하고 있다. 그렇다면 과연 어떻게 이기는 것이 이상적인 승리일까? 이 물음에 대해서도 손자는 지극히 간단명료한 대답을 들려주고 있다.

"싸우지 않고 이기는 것이 최선이다."

그렇다면 싸우지 않고 이길 수 있는 비책은 어떤 것일까? 손자는 이 물음에 대한 답으로 두 가지 예를 제시했다.

1. 외교 교섭(外交交涉)으로 상대의 의지를 봉쇄한다.
2. 모략(謀略) 활동으로 상대의 내부 붕괴를 획책한다.

결론적으로 말해, 효율적인 승리 방식을 택하라는 말이다. 무력을 써서 싸우게 되면 어떻게 이기든 아군도 그에 상응하는 손실을 입게 된다. 그런 승리 방식은 비록 이겼다고 해도 현명한

173

五月의 말

승리 방식이 아니라는 것이다.

손자의 이 말을 전제로 생각하다 보니 이런 생각이 들기도 한다.
비참한 승리보다도 현명한 패배가 오히려 더 나을 수도 있다는.

인생여조로
人生如朝露 『한서』

인생은 아침 이슬과 같다

인생의 짧고 덧없음을 한탄한 말이다.

한(漢)시대, 흉노(匈奴)에 사자로 갔던 소무(蘇武)라는 자가
북쪽의 오지에 구금되는 신세가 되자, 이릉(李陵)이라는 장군이
그를 찾아가 흉노로 귀순할 것을 권유했다. 그때 이릉이 이 말을
인용했다고 한다. 짧은 인생, 좀 더 편한 삶을 사는 것이 어떠냐
고. 소무를 회유하기 위해서였다.

그런 의미에서 조조(曹操)가 읊었던 「단가행(短歌行)」이라는
제목의 시(詩)를 음미해 보는 것도 괜찮을 듯싶다.

술독을 앞에 두고 노래 부르자[對酒當歌].
인생이 무릇 얼마이더냐?[人生幾何].

아침 이슬처럼 덧없는 것을[譬如朝露].

지나간 고통은 또 얼마였던고?[去日苦多].

주먹 불끈 쥐고 울분을 토해도[慨當以慷].

지나간 근심은 잊을 수 없어라[憂思難忘].

아! 어찌하면 잊을까?[何以解憂].

오직 두강주뿐인 것을[唯有杜康].

질 재황지상 고지하
疾 在肓之上 膏之下 『좌전』

황(肓)의 위, 고(膏)의 아래

옛날 진의 경공(景公)이 중병에 걸렸을 때의 일이다. 시간이
지나도 차도가 없자 인접한 진(秦)나라에서 고완(高緩)이라는 명
의를 불렀다. 고완이 오기 전날 밤, 경공은 꿈을 꾸었다. 병(病)이
두 동자의 모습을 빌려서 이야기를 하는 꿈이었다.

"진(秦)에서 고완이라는 유명한 의사가 온대. 우리가 위험해
졌어. 도대체 어디로 도망가면 좋을까?"

"황(肓. 횡격막)의 위, 고(膏. 심장 아래의 막)의 아래라면 안
전해. 거기로 도망가서 숨자."

다음날 고완은 경공을 진찰한 뒤에 이렇게 말했다.

"대단히 죄송한 말씀이오나 병은 황의 위, 고의 아래에 깊숙이 파고들었습니다. 여기는 침도 약도 쓸 수 없는 곳이라 어떤 처방도 할 수가 없습니다."

그 후 오래 지나지 않아 경공은 죽었다고 한다.

우리에게 교훈을 주는 이야기다. 매사 질병이 고황(膏肓)에 침투하기 전에 빠르게 손을 쓰지 않으면 경공의 전철을 밟게 된다는 것이다.

운용지묘존호일심
運用之妙存乎一心『십팔사략』

운용의 묘

남송(南宋) 시대에 악비(岳飛)라는 장군이 있었다. 북방 이민족 금(金)의 침공을 받았을 때 뛰어난 전공(戰功)을 세워 구국의 영웅으로 칭송을 받았던 인물이다.

악비가 젊었을 때의 일이다. 의용군(義勇軍)에 응모해 금군(金軍)과의 전투에 참가한 악비는 뛰어난 전과를 올려 지휘관의 눈에 띄게 되었다. 그러나 지휘관은 그의 활약에 감탄하면서도 한

중국고전 일일일언

편으로는 불안한 생각이 들었다. 지휘관은 악비를 불러 이렇게 말했다.

"그대의 용맹과 지혜는 칭찬할 만하지만 야전(野戰)에서 필요한 것은 만전의 계책이다."

지휘관은 악비에게 포진도(布陣圖)를 주려고 했다. 그러자 악비는 그것을 거절하며 이렇게 대답했다고 한다.

"물론 병법의 정석은 꼭 필요한 것입니다. 하지만 야전에서 더 중요한 것은 임기응변의 운용입니다."

악비의 이 말은 오히려 현대의 기업 경영에 꼭 들어맞는 이야기로 들린다.

무급승이망패
無急勝而忘敗 『순자』

질 때도 있다는 것을 명심해야 한다

『순자』의병편(義兵篇)에 장수(將帥)의 마음가짐에 관한 다섯 가지 항목이 들어 있다.

1. 해임을 두려워해 윗사람에게 아부하지 마라.

2. 승리에 너무 집착하지 마라. 질 때도 있다는 것을 명심해야 한다.

3. 내부에서 위신을 세우는 것에 급급해 적을 소홀히 여겨서는 안 된다.

4. 유리한 점만을 보고 불리한 점을 잊어서는 안 된다.

5. 작전 계획은 어디까지나 신중을 기해야 한다. 자재 경비를 아끼지 마라.

표제의 '무급승이망패'는 두 번째 항목이다. 전쟁에 임할 때는 만일의 경우, 패배를 상정해 그에 대한 대책을 세워놓으라는 뜻으로, 만전태세(萬全態勢)라는 것은 바로 이런 것을 두고 하는 말이다.

준비를 철저히 해두면 만일의 경우가 생기더라도 손실을 최소한으로 줄일 수 있는 것이다.

의 심 생 암 귀
疑心生暗鬼 『열자』

의심의 눈으로 보면 모든 것이 의심스럽다

의심을 품고 보면 모든 것이 의심쩍게 보인다는 말로, 열자(列子)는 이런 이야기를 예로 들었다.

큰 도끼를 잃어버린 어느 사내가 옆집에 사는 친구의 아들을 의심하기 시작했다. 그러자 그때까지 아무렇지 않게 보아왔던 그 아들의 행동거지 하나하나가 수상하게만 여겨지는 것이었다. 걸음걸이를 보더라도 도끼를 훔친 자의 어색한 걸음걸이다. 얼굴 생김새도 수상하고, 말투도 수상하다. 영락없이 도끼를 훔친 범인의 모습이다.

그러던 어느 날, 골짜기를 파던 사내는 흙더미 속에서 잃어버린 도끼를 찾게 되었다. 그 후로는 옆집 아들이 다시 예전처럼 보이게 되었다는 이야기다.

자신이 꼭 그렇다고 믿어버리면 죄없는 사람을 턱없이 의심하게 된다는 이야기로 전혀 근거 없는 이야기가 아니다. 이와 비슷한 경험을 해본 사람도 있을 것이다.

잘못된 예측이나 선입관은 오판(誤判)을 부른다. 자신의 판단이라도 무조건 신뢰해서는 안 된다는 것을 말해 주고 있다.

고구무대고 칙불기야
故舊無大故 則不棄也 『논어』

옛 친구는 큰 잘못을 범하지 않는 한 버리지 마라

주(周) 왕조의 창업 공신으로 주공단(周公旦)이라는 인물이 있었다. 공적에 의해 노공(魯公)에 봉해졌지만 자신은 수도에 머물며 대신 아들을 봉지(封地)로 파견했다. 이 말은 그때 주공 단이 아들에게 훈계를 한 말이다.

"군자는 친구를 버리지 않으며, 신하에게 원망을 사지 않는다. 또 오래된 친구가 대고를 범하지 않는 한 버려서는 안 되며, 상대에게 너무 많은 것을 바라지 마라."

대고(大故)는 악사(惡事)라는 뜻으로, 위의 말을 좀 더 구체적으로 말하면 다음과 같다.

1. 친구를 소홀히 대하지 마라.
2. 부하들에게 자신이 무시당했다는 불만을 갖게 해서는 안 된다.
3. 예전부터 친했던 사람들은, 큰 잘못을 저지르지 않는 한 배척하지 마라.
4. 상대에게 완벽하기를 요구하지 마라.

어느 것 하나도 버릴 것 없는 말들이다. 리더라면 기본적으로 갖추어야 할 소양이라고도 할 수 있다.

24

원 소 리 칙 대 리 지 잔 야
願小利則大利之殘也 『한비자』

작은 이익에 팔려 큰 이익을 놓친다

눈앞의 작은 이익에 현혹되어 큰 이익을 놓쳐 버린다는 말이다. 당위성을 따질 것도 없이 지극히 당연한 말이다. 이에 한비자(韓非子)는 이런 예를 들었다.

강대국인 진이 괵(虢)이라는 작은 나라를 치려고 했다. 그런데 괵을 침공하기 위해서는 우(虞)나라의 영내를 가로지르지 않고서는 불가능했다. 진은 우나라에 사신을 보내 준마와 보석을 예물로 건네며 길을 내줄 것을 간청했다. 우의 중신들은 괵이 멸망하면 그 다음은 우의 차례라며 반대를 했지만 눈앞의 값진 선물에 현혹된 왕은 진의 요구를 들어주었다. 그 결과 괵을 멸한 진은 그 여세를 몰아 우마저도 한입에 삼켜 버렸다.

우왕(虞王)의 어리석음을 비유한 이야기다. 그러나 그의 어리석음을 비웃을 수는 있지만 만일 자신이 같은 입장에 놓인다면 그와 같은 과실을 범하지 않을 것이라는 보장은 없다. 그것이 인간이 가질 수 있는 치명적인 약점이기 때문이다.

그렇기에 그런 과실을 범하지 않기 위해서는 꼭 명심해야 할 지침이 있다.

1. 대국적인 판단

2. 목표 관리(目標管理)

치 대 국 약 팽 소 선
治大國若烹小鮮 『논어』

정치란 작은 생선을 굽는 것

중국고전 일일일언

소선(小鮮)은 말 그대로 작은 생선이다. 작은 생선을 구울 때는 함부로 찌르거나 휘저으면 안 된다. 모양이 흐트러지고, 맛도 떨어지기 때문이다.

"정치의 요체도 이와 같다. 가능한 정부의 개입을 자제하고 민간의 활력에 맡겨야 한다. 위정자는 크고 높은 곳에 서서 조용히 지켜보며 위엄을 지켜야 한다."

노자는 정치를 작은 생선에 비유해 이상적인 정치상에 대해 피력했다.

이것은 나라를 다스리는 정치에만 국한되는 말이 아니다. 기업의 조직 관리에 있어서도 적합한 예시가 될 것이다. 리더 자신이 진두에 서서 하나에서 열까지 일일이 지시하고 관리한다면 그 조직은 활기를 띠지 못한다. 누구보다도 리더 자신이 먼저 지쳐 버릴 것이다.

그런 비효율적인 방법은 일단 제쳐 놓고, 우선 사원이 솔선해서 의욕을 발휘할 수 있는 환경을 만들어주어야 한다. 그리고 조용히 지켜보며 위엄을 유지하는 것이다.

노자의 이 말은 효율적인 조직 관리에 대한 조언이라고 할 수 있겠다.

인생감성일분 편초탈일분
人生減省一分 便超脫一分 『채근담』

일부를 줄이면 속세에서 일부 벗어날 수 있다

흔히 삶을 이야기할 때 삭막하다는 말을 자주 한다. 현대를 살고 있는 사람이라면 누구라도 한 번쯤은 자신이 살고 있는 세계로부터의 일탈을 꿈꿔본 적이 있을 것이다. 이 말은 속세로부터 벗어나는 방법에 대해 이야기하고 있다. 즉, 무엇이든지 줄이는 것을 생각하면 그것만으로도 속세에서 탈출하는 것이 가능하다는 말이다. 『채근담』은 또 이런 말로 보충을 하고 있다.

"교섭을 줄이면 분쟁에서 벗어난다. 말수를 줄이면 비난이 줄어든다. 분별을 줄이면 마음의 피곤함이 가벼워진다. 지혜를 줄이면 본성이 온전함을 얻는다. 줄이는 것을 생각하지 않고 늘리는 것만 생각하는 사람은 인생의 굴레에서 벗어나지 못하고 있는 사람이다."

무턱대고 잡용(雜用)만 늘려가며 바쁘게 사는 사람은 쇠퇴한 인간이라는 것이다.

늘리는 것도 어렵지만 줄이는 것은 더 어렵다. 더구나 그것이 어쩔 수 없는 경우에 의해서가 아니라 무욕(無慾)에 의한 자발적인 축소라면 더욱더 어렵다. 능숙하게 줄일 수 있는 사람은 인생의 달인일지도 모른다. 이제는 줄이는 것을 생각해 봐야 할 때가 된 것 같기도 하다.

학 이 불 사 칙 망 사 이 불 학 칙 태
學而不思則罔 思而不學則殆 『논어』

배우면서 사색하고, 사색하면서 배운다

이 말은 워낙 유명한 말이라 기억하는 사람도 많을 것이다. 굳이 좀 더 자세한 설명을 하자면 이렇게 말할 수 있다.

"독서에 골몰해 사색을 게을리 하면 지식이 몸에 붙지 않는다. 사색에 열중해 독서를 게을리 하면 독선적이 된다."

중국고전 일일일언

지식이 몸에 붙지 않는다는 것은, 지식의 잡다한 단편(斷片)만 주입한 탓에 살아 있는 지혜로서 작동하지 않는다는 것이다. 한마디로 말해 지식의 소화 불량이다.

후단(後段) 문장에 관한 설명은 예를 들어 대신하겠다.

실제로 있었던 이야기다. 초등학교를 막 졸업한 소년이 중학교에 진학하지 않고, 오로지 독학으로만 수학 공부를 시작했다. 초등학교 시절엔 꽤 수재였지만 독학에는 한계가 있어, 곧 벽에 부딪치게 되었다. 쉽게 풀리지 않는 문제로 몇 년을 고심한 끝에 드디어 그 문제를 풀게 되었다. "드디어 풀었다!" 소년은 기뻐하며 그 길로 자신의 초등학교 시절의 은사를 찾아갔다. 그 문제를 본 소년의 은사는 잠시 할 말을 잃어야만 했다. 소년이 몇 년을 고심해서 풀었던 그 문제는 중학교 과정의 이차 방정식 문제로, 중학생이라면 간단하게 풀 수 있는 문제였기 때문이다.

선인의 업적에서 배우지 않으면 이런 웃지 못할 일이 생길 수도 있는 것이다.

28

비 오 하 아 몽
非吳下阿蒙 『삼국지』

오하(吳下)의 어리석은 여몽은 없어졌다

오(吳)의 손권(孫權)은 『삼국지』 영웅 중의 하나다. 그 손권의 부하 중에 여몽(呂蒙)이라는 장군이 있었다. 발군의 전투 수행 능력을 인정받아 장군의 지위에까지 오른 그였지만 소년 시절에 집이 가난해서 공부를 하지 못한 탓에 무교양(無敎養)에 가까운 무학자(無學者)였다. 이런 경우 일개 병사라면 상관이 없지만 장군의 경우라면 곤란한 것이 중국 사회의 일반적인 인식이다.

결심을 굳힌 여몽은 촌음을 아껴가며 병법서와 역사서를 읽기 시작했다. 그러던 어느 날, 한 선배 장군이 부임지로 가는 길에 여몽의 주둔지에 들렀다. 선배를 대접하는 술자리를 마련한 여몽, 그런데 거침없는 어조로 전략 전술을 논하며 선배가 미처 신경 쓰지 못한 점까지 일깨워 주는 것이 아닌가. 그때 그 선배 장군이 감탄에 겨워 내뱉은 한마디가 바로 이 말이다.

"옛날 오의 수도에 있던 어리석은 여몽은 없어졌다[非吳下阿蒙]."

그동안 다른 사람이 된 것처럼 크게 발전했다는 감탄의 심경을 표현한 말이다.

진보하지 않은 인간에서 벗어나기 위해서 여몽이 택한 방법은 오직 노력, 그것뿐이었다[吳下阿蒙].

군 자 욕 눌 어 언 이 민 어 행
君子欲訥於言而敏於行 『논어』

군자는 말보다 실행이 앞선다

"군자는 뛰어난 변설(辯舌)보다도 실천에 있어서 용감하다."

간단하게 말해 입보다 실행이라는 것이다. 그런 점에서 이 말은 이 땅의 정치가들에게 꼭 들려주고 싶은 말이다.

원래 중국인은 자기주장이 강했기에 변설(辯舌)도 뛰어났다. 특히 불이익을 당했을 때는 그 기세가 한층 더 맹렬해진다. 공자는 그런 사람들을 대상으로 말하고 있는 것이다.

그런 점에서 일본인은 전통적으로 자기주장에 약한 경향이 있다. 불이익을 당했을 경우에도 일을 크게 벌이기보다는 억울해도 단념해 버리는 경향이 강하다. 그래서 일본인의 경우엔 중국인과 달리 변(辯)을 갈고닦을 필요가 있다.

그러나 민족적 특성을 고려한다고 해도, 능변(能辯)이나 언변이 좋은 사람일수록 정도가 지나치면 오히려 마이너스 요인으로 작용한다는 것은 불변의 진리다. 자신의 의견을 분명하게 밝혀야 할 때 나서는 것은 당연하지만 평소에는 과묵하게 행동하는 것도 그리 나쁘지 않다.

187

五
月
의
말

거 안 사 위
居安思危『정관정요』

평온할 때 위험을 생각하라

『정관정요』라는 책은 명군으로 칭송받고 있는 당(唐)의 태종(太宗)과 그의 측근들이 힘을 합해 정치를 바로 세우기 위해 고심했던 흔적의 기록이라고 말할 수 있다.

그 안의 일절(一節)을 볼 것 같으면, 어느 날 신하 중에 위징(魏徵)이라는 자가 태종에게 다음과 같이 말했다.

"지금까지의 제왕(帝王)을 보십시오. 나라가 위험에 처했을 때는 뛰어난 인재를 등용하고 그 의견에 귀를 기울이지만, 나라의 기반이 안정된 이후에는 방심합니다. 그렇게 되면 신하도 자신의 이익을 챙기는 일에만 급급해 군주에게 잘못이 있어도 충고하려고 하지 않습니다. 그렇게 되면 나라의 운세는 날이 갈수록 하락하고, 마침내는 멸망하고 마는 것입니다. 성인이 이르기를, 평온할 때 위험을 생각하라고 했습니다. 나라가 평안한 때일수록 오히려 긴장의 고삐를 더 바짝 조이며 정치에 임해야 합니다."

기업 경영도 이와 마찬가지다. 경기가 좋고 실적이 좋은 때일

중국고전 일일일언

수록 긴장을 늦추지 말고, 불황을 대비해 대책을 강구해 놓아야
한다.

31
久受尊名不祥 『사기』

영달이 오래 지속되면 화를 부른다

월왕(越王) 구천(勾踐)을 섬겼던 범려(范蠡)라는 인물이 있었
다. 그는 중국 역사상 둘도 없는 충신의 대명사로 널리 알려져
있다. 잘 알려진 것처럼 그는 구천을 보필해 오왕(吳王) 부차(夫
差)에 대한 복수를 할 수 있게 했다. 그러나 목적을 달성한 그 순
간, 대장군이라는 더 바랄 것 없는 지위를 버리고 홀연히 구천의
곁을 떠났다. 이런 점, 단순한 충신상으로 보기에는 애매한 점이
있다.

구천의 곁을 떠나 제(齊)나라로 이주한 범려는 실업가로 변신
해 큰 성공을 거두었다. 그 수완을 높이 평가한 제의 조정은 그
에게 재상의 자리에 오를 것을 권유했다. 그러자 범려는 이렇게
말했다.

"영달(榮達)이 오래 지속되면 화(禍)를 부른다."

제의 요청을 거절한 범려는 그동안 모은 재물을 모두 홀홀 털어버리고 제나라를 떠나 다른 곳으로 가서 또 큰 부(富)를 쌓았다고 한다.

사람은 누구나 일신의 영달을 바란다. 그러나 정상에 오르면 내려와야 하는 것처럼 영달도 오래 지속되면 화의 근원이 된다. 그런 진리를 몸소 실천했던 범려야말로 명철보신(明哲保身)에 철저한 인물이었다고 할 수 있다.

六月

가는 자 잡지 않고, 오는 자 막지 않는다

● ● ●

상대에게 보답을 받기 위해
작은 은혜를 베푸는 일에 급급하다 보면
전체의 이익이 희생된다.

왕 자 불 추 내 자 불 거
往者不追 來者不拒 『맹자』

가는 자 잡지 않고, 오는 자 막지 않는다

"떠나가는 자는 가게 내버려 두고 뒤를 쫓지 않는다. 오는 자
는 누구라도 거절하지 않고 받아들인다."

그 무엇에도 구애받지 않는 자유활달한 인간관계를 표현한 말
이다. 실생활에서도 널리 쓰이는 말로 보통 '가는 사람 잡지 않
고, 오는 사람 막지 않는다' 고 한다.

맹자가 등(滕)나라의 영빈관에 머물고 있을 때의 일이다. 관
의 말단 관리가 창틀에 올려놓은 짚신이 없어졌다. 관리는 누군
가가 집어간 것이 분명하다고 투덜거리며 맹자를 찾았다.

"당신 제자의 솜씨가 좋군요."

두말할 것도 없이 의심에 찬 어조로 비아냥거리는 말이다. 그
러나 맹자는 얼굴빛 하나 붉히지 않고 이렇게 말했다.

"내 제자들이 짚신을 훔치기 위해 나를 따라다니는 것이라 말
하고 싶소? 으음, 어쩌면 그럴 수도 있겠군. 누구라도 내 제자가
될 수 있으니까 말이오. 가는 자는 잡지 않고 오는 자는 막지 않
소. 배움을 갈망하는 열정이 있는 자라면 누구라도 내 제자가 될

193

六
月
의
말

수 있소."

이런 경지에 도달할 수 있다면 인생의 참맛도 한층 더 깊어질 것이다.

무 사 소 혜 이 상 대 체
毋私小惠而傷大體 『채근담』

작은 은혜로 전체를 희생시킨다

"상대에게 보답을 받기 위해 작은 은혜를 베푸는 일에 급급하다 보면 전체의 이익이 희생된다. 그렇게 되어서는 안 된다."

이것은 특히 조직의 리더가 경계하지 않으면 안 되는 말이다.

국회의원을 예로 들어보자. 나라의 예산으로 자신의 지역구에 다리를 놓거나 길을 포장한다고 하는 것은 공적인 것을 사용화(私用化)하는 예다. 물론 선거 공약도 있고, 정치라는 제반 사항을 폭넓게 감안할 수도 있다. 그러나 그것이 지나치면 곤란하다. 돈을 뿌려대는 선심성 복지 정책으로 인해 재정 파탄을 불러올 수도 있기 때문이다. 작은 이득을 위해 전체의 이익을 희생해서는 안 된다고 강조하는 것은 바로 이런 차원에서 하는 말이다.

이런 예는 회사나 조직에서도 많이 볼 수 있다. 자신의 세력을 확장하거나 유지하기 위해 이런저런 방법으로 작은 선심을 베푸는 간부를 볼 수 있는데, 그들이 바로 이런 부류다. 이런 자들의 영역이 넓으면 넓을수록 그 조직은 장래성이 없다.

큰 몸[大體]에 상처를 입히는 리더는 리더로서의 자격이 없는 것이다.

무 의 무 필 무 고 무 아
毋意 毋必 毋固 毋我 『논어』

무의 무필 무고 무아

공자의 인간상을 나타낸 말이다.

의(意)−주관(主觀)만으로 억측하는 것.

필(必)−자신의 생각을 무리하게 관철시키려는 것.

고(固)−하나의 판단에 집착하는 것.

아(我)−자신의 사정밖에 생각하지 않는 것.

공자에게는 이런 네 가지 결점이 없었다고 한다. 그가 얼마나 균형 잡힌 인간상을 형성하고 있었는지 쉽게 짐작이 간다. 의,

필, 고, 아 어느 하나만을 취해도 그것으로부터 벗어나는 일이 그리 쉽지만은 않다. 우리가 정말로 노력에 노력을 거듭한다면 하나 정도는 극복할 수 있을지 모른다. 그러나 네 가지 전부를 극복하기란 거의 불가능에 가까운 일이다.

그렇다면 공자가 이렇게 균형 잡힌 인간상을 형성하게 된 이유는 무엇일까? 물음에 비해 대답은 너무나도 간단하다. 인생의 역경에 굴하지 않았고, 자신을 갈고닦는 일에 소홀하지 않았기 때문이다.

공사유공리 무사기
公事有公利 無私忌 『좌전』

공사에는 공리만 있을 뿐, 사기는 없어야 한다

"공적(公的)인 일에 종사하는 자는 공공의 이익만을 추구해야 하며, 개인적인 감정에 좌우되거나 사적(私的)인 이익을 추구해서는 안 된다."

말이야 백 번 옳은 말이다. 그러나 그만한 입장이 되었을 때 이를 실천하기란 그리 쉬운 일이 아니다.

정치인들을 보라. 가당치 않은 일이지만 정치를 빙자해 사리 사욕을 채우는 정치인이 어디 한둘인가? 또 고추장에 밥 비비듯 공과 사를 적당히 뒤섞어, 일견 공을 추구하는 것처럼 행세하며 뒤로는 사만을 추구하는 예도 적지 않다. 정치인이 정치로 인해 재산을 탕진하고 그 가족이 길거리로 내몰리는 상황도 바람직하지 않지만, 정치인이 이런저런 명목으로 재산을 축적하는 것도 결코 곱게 봐줄 수만은 없는 일이다.

경영자에 관해서도 같은 말을 할 수 있다. 기업은 공기(公器)라고 할 수 있다. 공기를 맡고 있는 자는 그 나름대로 사명감이 있어야 한다. 헛된 욕심으로 사기(私器)만을 추구하려 한다면, 그것은 결국 자신은 물론 사회에 큰 해악을 끼치는 일이다.

경 친 자 불 감 만 어 인
敬親者不敢慢於人 『효경』

부모를 존경하는 자는 남을 경시하지 않는다

'효는 덕의 근본'이라는 『효경』의 말을 군이 인용하지 않더라도 부모를 존경하는 자는 결코 남을 경시하지 않는다. 그런데 효도라는 것은 단순히 부모를 소중히 여기는 것만으로는 충분하지 않다. 그 안에 경(敬), 즉 경애(敬愛)의 마음이 포함되어야 한다는 것이다. 공자는 또 이렇게 말하고 있다.

"요즘 부모를 고생시키지 않고 편안하게 해주는 것이 효라고 생각하는 사람들이 많다. 그러나 그것이 효라면 개나 고양이를 소중히 아끼는 것과 무엇이 다른가? 경애의 마음이야말로 효의 근본인 것이다."

효의 근본을 아는 자는 절대로 남을 경시하지 않는다. 그렇기에 효를 행하는 사람치고 못된 사람이 없다는 것이다.

6 인생대병지시일오자
人生大病只是一傲字 『전습록』

인생의 가장 큰 병은 '오(傲)'

'오(傲)'는 자신의 능력을 뽐내며 남을 깔보는 행위를 이르는 말로, 겸허(謙虛)의 반대말이라 할 수 있다.

"인생에 있어 최대 고질병은 바로 '오(傲)'라는 글자 한 자다."

왕양명은 이렇게 말한 뒤, 좀 더 상세하게 덧붙였다.

"자식으로서 오만하면 반드시 불효(不孝), 신하로서 오만하면 반드시 불충(不忠), 부모로서 오만하면 반드시 부자(不慈), 친구

198

중국고전 일일일언

로서 오만하면 반드시 불신(不信)."

결론부터 말하자면 오(傲)에는 좋은 점이 하나도 없고 있는 것이라고는 고작 모든 악의 근원이 되는 것뿐이라는 것이다.

그러면 오만함에 빠지지 않으려면 어떻게 하면 좋을까? 왕양명은 이에 대한 답으로 '무아(無我)'를 들었다.

"무아(無我)가 되면 마음이 겸허해진다. 겸(謙)은 모든 선(善)의 근본이고, 오(傲)는 모든 악에 앞장선다."

무아는 마음속에 아무것도 담아두지 않는 경지(境地)를 말한다. 또 천성적으로 타고난 마음이라고 할 수도 있다. 우리가 그런 경지에 이르기는 다소 어렵겠지만 '오'가 모든 악의 근원이라는 점 하나만큼은 확실하게 명심해 두자.

7

선 대 문 자 여 당 종
善待問者如撞鐘 『예기』

좋은 질문을 기다리는 자는 종을 치는 것과 같다

요즘 들어 '교사(教師)의 수난 시대'라는 말이 언론 매체에 자주 등장한다. 더러는 교사에게 문제가 있는 경우도 있지만, 요즘의 교실 풍경은 예전 같지 않다고 한다. 배움에 의욕이 없는 학생을 달래가면서 가르쳐야 한다는 것은 무엇보다도 힘든 일일 것이다.

"좋은 질문을 기다리는 자는 종을 치는 것과 같다."

이 말은 요즘의 그런 교실 풍경과는 달랐던 예전의 교사와 학생의 좋은 관계를 비유한 말이다. 좋은 질문을 기다리는 자는 훌륭한 교사를 뜻한다.

"종을 세게 치면 크게 울리고, 살살 치면 작게 울린다."

이 말을 다시 설명하면, 종을 치는 방법에 따라 큰 소리가 날 수도 있고 작은 소리가 날 수도 있다는 것이다. 즉, 가르침을 받는 쪽의 태도 여하에 따라 그 효과에 차이가 난다는 것이다. 이 모든 것을 종합해서 말하면, 먼저 질문을 하라는 것이다. 바로 그것이 종을 치는 방법이라는 것이다.

교실에서뿐만이 아니다. 비즈니스 현장에서도 통용될 수 있는 말이다.

8

대 변 약 눌
大辯若訥 『논어』

참된 웅변은 눌변처럼 보인다

참된 웅변(雄辯)은 눌변(訥辯)처럼 보인다는 뜻으로, 웅변보다도 눌변, 눌변보다는 무언의 설득이 바람직하다는 것을 피력하고 있다. 『노자』의 이 일절(一節)을 조금 더 인용해 보자.

정말로 바르게 곧은 것은 굽은 것처럼 보인다[大直若屈].
정말로 교묘한 것은 치졸한 것처럼 보인다[大巧若拙].
참된 웅변은 눌변처럼 보인다[大辯若訥].
정말로 풍족한 것은 부족한 것처럼 보인다[大贏絀如].

역설적인 표현이지만 진리를 깨치기에 부족함이 없는 말들이다. 대변눌여(大弁訥如)의 일구(一句)만 보더라도 그 뜻은 명확해진다. 여기서 노자가 말하고자 하는 것은 말이 지나치게 많으면 오히려 손해를 볼 수 있다는 것이다. 말을 많이 하면 백해(百害)는 있을지언정 일리(一利)도 없다는 것이니 공연히 말을 많이 해서 손해 볼 필요는 없다.

9

유 음 덕 자 필 유 양 보
有陰德者必有陽報 『회남자』

음덕이 있는 자는 반드시 양보가 있다

음덕(陰德)이란 사람들에게 알려지지 않은 선행을 말한다. 같은 선행이라도 사람들의 눈에 띄는 것은 음덕이라고 할 수 없다. 음덕에 관해서는 또 이런 말도 있다.

"음덕은 이명(耳鳴)과 같다." 『북사』

'이명'은 귀울음이다. 귀울음은 어떤 소리가 귀에 들리는 것처럼 느껴지는 것으로, 자신만 그렇게 느낄 뿐이지 실제로 들리는 소리는 아니다. 음덕도 이와 같이 남이 알지 못하게 행해야 한다고 하는 말이다.

그런 음덕을 쌓은 자에겐 반드시 양보(陽報)가 있다고 했다. 양보는 확실하게 드러나 보이는 보답이다. 남이 모르게 한 선행에 대해서 확연히 드러나는 보답이 따른다는 것이다. 그런데 여기서 한 가지 의문이 생긴다. 아무에게도 알려지지 않은 선행을 누가 어떻게 알고 보답을 한다는 것인가? 그 대답은 의외로 간단하다. 바로 하늘이다. 사람이 알지 못하는 것도 하늘은 알고 있다. 그렇기에 하늘이 보답을 해주는 것이라고 중국인들은 믿고 있는 것이다.

이것을 믿고 안 믿고는 본인 마음의 문제이다. 하지만 단순하게 음덕을 쌓으라고 설교하는 것이 아니라, 그것을 양보와 연관시킨 점이 중국인답다.

행 험 이 요 행
10 行險以徼幸 『중용』

소인은 위험을 행하며 행운을 기대한다

업무에 임하는 마음가짐에 관한 말이다. 이 일절(一節)을 조금
더 자세하게 볼 것 같으면, 다음과 같은 대구(對句)로 되어 있다.

군자거역이사명(君子居易以俟命)

소인행험이요행(小人行險以徼幸)

거역이사명(居易以俟命)를 좀 더 쉽게 설명해 보자. 예를 들
어, 과장직에 있을 때는 과장으로서 수행할 수 있는 것만 생각하
고 그 외의 일은 염두에 두지 않는다는 것이다.

행험이요행(行險以徼幸)은 신분에 맞지 않는 허황한 일이나
위험한 일에 손을 대면서 요행을 기대하는 것이다. 일확천금을
바라는 투기나 요즘 만연하고 있는 소위 한탕주의가 이런 부류
에 속한다.

군자(성실한 사회인)는 그런 위험한 일에는 일체 관여하지 않
고, 오로지 자신의 본분을 지키며 맡은 일에만 전념한다는 말이다.

六
月
의
말

사람은 처지가 어려워질수록 자칫 행험이요행(行險以徼幸)에
치우치기 쉽다. 설사 운이 따라서 일확천금을 얻었다고 해도, 그
것은 요행일 뿐 결코 성공한 삶이라 말할 수 없다.

사 양 지 심 예 지 단 야
辭讓之心 禮之端也 『맹자』

양보하는 마음에서 예가 시작된다

양보하는 마음이 예(禮)의 시작이라는 뜻으로, 맹자의 그 유
명한 사단지설(四端之說)의 하나이다. 맹자에 의하면 인간은 누
구라도 다음과 같은 네 종류의 마음을 가지고 있다고 한다.

측은지심(惻隱之心)─불쌍하다고 생각하는 마음
수오지심(羞惡之心)─악을 부끄러워하는 마음
사양지심(辭讓之心)─양보하는 마음
시비지심(是非之心)─선악을 판단하는 마음

또 이런 마음에서 각각 인(仁), 의(義), 예(禮), 지(智)가 생겨
난다는 것이다.

측은지심(惻隱之心)−인의 발단

수오지심(羞惡之心)−의의 발단

사양지심(辭讓之心)−예의 발단

시비지심(是非之心)−지의 발단

맹자는 이 사단(四端)을 발육시키면 누구라도 군자가 될 수
있다고 했다.

무 우 불 여 기 자
無友不如己者 『논어』

나보다 뛰어난 자를 친구로 삼아라

친구를 사귈 땐 반드시 자기보다 뛰어난 사람을 사귀라는 말
이다. 의외로 공자가 꽤 현실적인 말을 했다는 생각이 든다. 그
렇다면 그 이유는? 두말할 것도 없다. 자신을 계발하는 데 도움
이 되기 때문이다.

남북조(南北朝) 시대의 난세를 살았던 안지추(顏之推)라는 인
물은 자손의 번영을 바라며 '안씨가훈(顏氏家訓)'이라는 한 통

의 글을 남겼다. 그는 공자의 이 말을 인용해 이렇게 말했다.

"향기가 좋은 꽃을 곁에 두고 사는 사람의 몸에는 꽃의 향기가 배어 있다. 이와 마찬가지로 뛰어난 인물을 친구로 두게 되면 자신도 향기를 발하는 사람이 된다. 그렇기에 교우 관계는 신중을 기해야 한다."

실제로 여러 종류의 사람과 교우 관계를 맺고 있는 것이 현실이다. 그러나 수준이 낮은 사람들 틈에서 자신이 가장 뛰어나다고 거들먹거려 봐야 결국은 그 나물에 그 밥이다.

부지기자 시기우
不知其子 視其友 『순자』

내 아이에 대해 알고 싶으면 그 친구를 보라

아들과 딸이 무슨 생각을 하고 있는지 도대체 알 수 없다고 푸념하는 부모가 적지 않다. 특히 요즘처럼 가치관이 다양해지고, 세대 간의 단절이 깊어진 시대에는 그런 푸념도 상당한 설득력이 있다. 어떻게 보면 잘 알지 못하는 것이 당연한 일인지도 모른다.

그러나 지레 낙심해 포기할 필요는 없다. '그의 친구를 보라'는 『순자』의 이 말 한마디가 하나의 유력한 실마리가 될 수도 있

중국고전 일일일언

기 때문이다.

인간은 환경의 동물이다. 자신이 처해 있는 환경에 따라서 좋아지기도 하고 나빠지기도 한다. 그중에서도 가장 큰 영향을 주는 환경요소는 인간이다. 특히 청소년기의 교우 관계는 상당히 큰 비중을 차지하고 있어서, 이 시기에 받는 친구의 영향을 무시할 수 없다. 묘한 패거리와 어울리기 시작했다면 주의 신호로 봐도 무방하다. 또 부모의 말을 잘 듣지 않고, 말대꾸를 하더라도 친구들과의 우인(友人) 관계가 양호하다면 크게 걱정할 필요는 없다.

'그의 친구를 보라' 는 순자의 말은 그 나름대로 설득력을 갖고 있는 것이다.

14

과 유 불 급
過猶不及 『논어』

지나침은 미치지 못함과 같다

공자의 제자 중에 자공이라는 자가 있다. 머리도 명석하고 언변도 좋아서 사업가로서도 큰 성공을 거둔 인물이다. 자공은 또 인물에 대해 평하기를 좋아했다.

어느 날, 자공은 공자의 젊은 제자인 자장(子張)과 자하에 대해 의견을 물었다.

"자장과 자하 중 누가 더 뛰어납니까?"

"자장은 도(度)에 넘치는 면이 있고, 자하는 도(度)에 미치지 못하는 면이 있다."

자장은 앞서 가는 경향이 있고, 자하는 적극성이 부족한 성격이기에 공자는 그것을 말한 것이었다.

"자장이 더 뛰어나다는 말씀입니까?"

자공이 재차 묻자 공자는 이렇게 대답했다.

"지나침은 미치지 못하는 것과 같다."

지나쳐도 좋지 않고 모자라도 좋지 않다는 것이다. 즉, 공자는 균형있는 중용의 인간상을 이상형으로 생각했던 것이다.

15

빈 계 지 신 유 가 지 색
牝雞之晨 惟家之索 『서경』

암탉이 울면 집안이 망한다

꼬끼오.

아침을 알리는 것은 수탉의 역할이다. 그에 비해 암탉이 넉살

좋게 앞으로 나서며 '꼬끼오 꼬꼬' 하고 울기 시작할라 치면 집안의 어른은 질색을 하며 암탉의 꽁지를 잡아챈다. 암탉이 울면 집안이 망한다고 믿기 때문이다.

옛날의 중국은 전형적인 남존여비의 사회였다. 여성은 집안에만 들어앉아 있었기에 사회적 존재로서의 역할은 거의 제로에 가까웠다.

"결혼하기 전에는 아버지를 따르고, 결혼을 한 뒤엔 남편을 따르고, 남편이 죽은 후엔 자식을 따른다."

이 말이 그런 당시의 사상을 반영하고 있다. 그러나 지금은 중국도 옛날과 달라 남녀의 동등한 권리가 보장되어 있다. 그러나 또다시 강청(江靑)과 같은 여성이 나타나서 정계를 마구 휘젖는다면, 역시 남자들은 이 말을 입에 담으며 씁쓰레할 것이다.

미국에서조차도 여성이 부대통령 후보에 이름을 올렸다는 것만으로도 시끄러웠던 적이 있다. 영국의 경우엔 어떤가? 남자들의 본심을 알고 싶다는 생각이 들지 않는가?

초료소어심림불과일기
鷦鷯巢於深林不過一枝 『장자』

굴뚝새는 집을 지을 때 나뭇가지 하나면 충분하다

"굴뚝새는 숲의 깊숙한 곳에 집을 짓는다. 그때 필요한 것은 오직 나뭇가지 하나에 지나지 않는다."

장자는 이렇게 말하고 나서 이런 말을 덧붙였다.

"수달은 황하의 물을 마실 때 배가 부를 정도만 마신다."

옛날에 허유(許由)라는 현인은 성천자(聖天子)가 천하를 넘겨 주겠다고 했을 때, 이 말을 인용하며 거절했다고 한다. 허유라는 인물은 예외적인 인물이었는지도 모른다. 인간은 누구나 욕망을 가지고 있다. 하물며 눈앞의 이익에 이끌리는 것은 인지상정이다. 그런 욕구에 휘말리며 울기도 하고 웃기도 하면서 일생을 마치는 것이 우리의 인생이다. 그러나 때로는 장자의 이 말을 생각하며 자신의 삶을 비추어 보는 것도 뜻 깊은 일이 될 것이다. 요즘처럼 어려운 시기에 조금이라도 마음의 동요를 해소하는 데 도움이 될 수 있지 않을까.

17 과 이 불 개 시 위 과 의
過而不改 是謂過矣 『논어』

잘못을 고치지 않는 것이 잘못이다

중국 고전 일일일언

인간이라면 누구나 실수를 한다. 그렇기에 실수에 대해 반드시 책망만 할 수는 없다. 그러나 실수는 실수로 치더라도, 정작 문제는 그 뒤처리에 있다. 우리는 자신이 잘못한 일인 줄 알면서도 그것을 인정하지 않고 시치미를 떼거나 모르는 척할 때가 많기 때문이다.

그 점에 대해 공자는 이렇게 말하고 있다.

"잘못을 고치는 것을 꺼려해서는 안 된다."

실수를 실수로 인정하고 자신의 잘못된 점을 고치려는 자세를 보일 때 비로소 인간으로서의 진보가 시작된다는 것이다.

더 문제가 되는 것은 자신이 저지른 실수를 자신이 알지 못할 때다. 이것은 중요한 문제다. 자신이 의식하지 못하는 가운데 똑같은 실수를 되풀이할 염려가 있기 때문이다. 남들에게 실수를 지적받는 것은 싫겠지만 사실은 그런 사람이 곁에 있다는 것은 고마운 일이다.

요즘의 젊은이들을 보면서 장래성이 있다고 생각하는 것은, 그들 중에 의외로 솔직한 사람이 많기 때문이다. 그런 젊은이들은 남의 의견을 들을 줄 알기에 공자가 말하는 '잘못'을 저지를 확률이 적다.

수 칙 다 욕

壽則多辱『장자』

오래 살면 수치도 많이 겪게 된다

오래 살다 보면 수치를 겪을 일도 많아진다고 하는 말로, 다음과 같은 이야기 속에서 나온 말이다.

옛날 성왕(聖王)인 요(堯)가 화(華)라는 곳을 시찰할 때의 일이다. 그곳의 관리가 요를 위해 축언(祝言)을 했다.

"원컨대 아들을 많이 생산하게 해주시고, 부(富)를 누리게 하옵시며, 장수(長壽)하게 하옵소서."

한마디도 나무랄 데 없는 말이다. 그 이상 더 무엇을 바라겠는가? 그러나 요는 이 축언을 받으려 하지 않았다. 관리가 그 이유를 묻자 요는 이렇게 대답했다.

"아들이 많다 보면 걱정할 일이 끊이질 않네. 돈이 많으면 번거로운 일만 생기지. 오래 살면 그만큼 수치를 겪을 일도 많아지는 법. 모처럼의 축언이지만 거절하겠네."

이 말 역시 나름대로 훌륭한 견식(見識)이다. 그러나 장자가 이 이야기를 통해 하려는 말은 그런 일에 구애되는 것은 아직 수준이 낮은 단계로, 인생을 달관했다고 말하기는 어렵다는 것이다.

화발다풍우 인생족별리
花發多風雨 人生足別離 『당시선』

꽃에는 비바람, 사람에게는 이별

우무릉(于武陵)이라는 사람이 지은 「권주(勸酒)」라는 오행절구(五行絶句)의 일절(一節)이다. 중국의 시는 친구와의 이별을 아쉬워하며 노래한 것이 많다. 또 헤어짐에는 으레 술이 따르기 마련이다. 이것 역시도 그런 류의 대표적인 시다.

권군금굴치(權君金屈卮)
―그대여 이 잔을 들으라.
만작불수사(滿酌不須辭)
―가득 부었다 사양치 마소.
화발다풍우(花發多風雨)
―꽃 피자 비바람 더욱 많거니
인생족별리(人生足別離)
―우리 헤어짐인들 서럽다 하리.

조금 설명을 덧붙이자면, 금굴치(金屈卮)는 금술잔을 뜻하는 말이다. '꽃에는 폭풍, 사람에게는 이별' 이라는 대구로 세상일이 뜻대로 되지 않음을 비유했다. 적어도 이렇게 함께 있는 동안 만이라도 서로의 잔을 채우며 마음껏 즐기자고 하는 것이다.

중국고전 일일일언

사 시 지 서 성 공 자 거
四時之序 成功者去 『사기』

순리에 따라 물러나라

'사시지서(四時之序)' 란 춘하추동의 사계절이 변하는 것을 뜻한다. 봄은 봄의 역할을 다한 뒤에 여름에게 자리를 넘겨주고, 여름은 여름대로 제 역할을 다한 뒤에 주역의 자리를 가을에게 양보하고 자신은 무대를 떠난다. 그것이 자연의 순리다. 이와 같이 인간도 순리에 따라 물러나야 할 때에 물러나야 한다는 말이다.

시황제가 등장하기 얼마 전의, 진(秦) 시대 때의 일이다. 재상 중에 범저(范雎)라는 인물이 있었다. 내정은 물론 외교에서도 눈부신 공적을 쌓으며 군주의 두터운 신임을 받아, 신하로서는 최절정의 자리에 올라 있었다. 그때 채택(蔡澤)이라는 자가 이 말을 인용하며 은퇴를 권고하자 범저는 그 즉시 사직서를 내고 공직에서 물러났다고 한다.

자신의 역할을 다한 후에 미련없이 무대를 떠나는 사람이야말로 진정한 주인공이다. 이것 역시도 인생작법(人生作法)에 있어 하나의 방책일 수 있다.

원 수 불 구 근 화 야
遠水不救近火也 『한비자』

먼 곳의 물은 가까운 곳의 불을 끌 수 없다

아무리 유용한 것이라도 멀리 떨어져 있는 것은 정작 급할 때 아무 소용 없다는 말이다.

옛날, 노(魯)나라는 인근의 강국인 제(齊)나라의 압력을 받고 있었다. 노나라의 왕은 만일의 사태에 대비해 아들들을 진과 초(楚)에 보내어 양국의 원조에 기대를 걸어보려 했다. 그때 이서(犂鉏)라는 중신이 이런 말을 했다.

"여기 물에 빠져 위태로운 사람이 있다고 가정할 때, 수영 실력이 뛰어난 월(越)나라 사람에게 도움을 청하러 가기엔 정황이 급박합니다. 또 이곳에 불이 났다고 가정할 때, 해수(海水)가 아무리 많다 해도 여기까지 끌어오려면 시간이 많이 걸립니다. 먼 곳의 물로는 가까운 곳의 불을 끌 수 없는 법입니다. 진과 초가 강국임에는 틀림이 없으나 멀리 떨어져 있는 곳이므로 제의 침공을 받았을 때 아무 도움도 기대할 수 없습니다."

일리가 있는 말이다. '먼 친척보다 가까운 이웃이 낫다' 는 말과도 어느 정도 상통하는 말이다.

비 무 안 거 야 아 무 안 심 야
非無安居也 我無安心也 『묵자』

편안함을 얻지 못하는 것은 내 마음이 편치 않기 때문이다

"마음만 편안하다면 어떤 어려운 상황에 처하더라도 온화하게 살 수 있다. 온화한 삶을 살지 못하는 것은 내 마음에 문제가 있기 때문이다."

또 한비자(韓非子)에도 이런 이야기가 있다.

제(齊)나라의 경봉(慶封)이라는 중신이 반란을 일으켰으나 실패했다. 경봉은 서둘러서 월(越)나라로 도망을 가려고 했다. 그것을 본 친척 하나가 "진나라가 더 가까운데 왜 그쪽으로 가지 않는가?" 하고 묻자 경봉은 이렇게 대답했다.

"월나라는 멀기 때문에 몸을 숨기기에 더 좋은 곳입니다."

이 말을 들은 친척은 이렇게 비아냥거렸다고 한다.

중국고전 일일일언

"쯧쯧, 마음만 편하다면 그 어느 곳에 있더라도 겁낼 필요는 없네. 배짱이 그 정도밖에 되지 않는다면 월나라로 도망을 간다 해도 결코 안심할 수 없을 걸세."

사람에게 환경이 중요하다는 것은 부정할 수 없는 사실이다. 그러나 환경이 아무리 좋아도 사람의 마음이 불안정하다면 참된 편안함은 결코 얻지 못할 것이다.

시여처녀 후여탈토
始如處女 後如脫兎 『손자』

처음엔 처녀처럼, 나중엔 우리를 빠져 달아나는 토끼처럼

우선 이 문장의 뜻을 직역해 보자.

"처음은 처녀(處女)와 같고, 뒤는 탈토와 같다."

탈토(脫兎)란 우리를 빠져 달아나는 토끼를 말한다. 토끼가 우리를 빠져나와 달아날 때에는 필사적이기에 동작이 빠르고 힘이 넘친다. 그런 힘찬 기세를 비유한 말이다. 자, 그럼 문장을 좀 더 살펴보기로 하자.

"처음에는 처녀와 같이 적의 방심을 유도한 뒤, 그 기회를 놓치지 말고 탈토지세(脫兎之勢)로 공격하면 적은 피할 길이 없다."

다시 말해 이 말은 공격과 수비에 임하는 자세에 대한 병법의
지침이다. 수비에 임할 때는 얌전한 자태의 처녀처럼 경거망동(輕
擧妄動)을 자제해 적의 방심을 유도하고, 일단 공격이 시작되면
적에게 여유를 주지 말고 우리를 빠져나와 달아나는 토끼의 힘찬
기세처럼 일기(一氣)에 밀어붙이라는 말이다.

그러나 처녀 같다고 해서 아무것도 하지 않고 그저 얌전하게
만 있으라는 것이 아니다. 곧 다가올 공격의 순간에 대비해 차분
하게 준비 태세를 갖추는 노력을 끊임없이 행하라는 것이다.

쟁 신 필 간 기 점
諍臣必諫其漸 『정관정요』

쟁신은 필히 시기를 택해 간언한다

'쟁신(諍臣)'이란 왕에게 과실이 있을 때 주저하지 않고 과감
하게 간언하는 신하를 이르는 말이다. 그러나 그런 신하라도 간
언의 시기를 택함에 있어서는 '점(漸)', 즉 조짐이 나타나는 단
계를 택하라는 것이다. 왜냐하면 왕의 과실 조짐이 지나쳐 말기
증상이 드러날 즈음이라면 어떤 충고라도 이미 약효를 상실했다

고 보기 때문이다.

당(唐)의 저수양(褚遂良)이라는 중신이 태종(太宗)에게 이런 말을 했다.

"쟁신은 반드시 그 조짐이 있을 때 간언하는 법입니다. 때가 지나면 간언할 것도 없어지는 법입니다."

간언을 해야 할 시기가 지난 뒤에는 아무리 강력한 충고를 해도 아무 효과가 없다는 것이다. 또 아무 효과도 없는 간언은 아예 안 하느니만 못하다는 것이다.

옛날이나 지금이나 간언을 싫어하는 지도자가 많다. 그런 분위기가 형성되면 부하들도 지도자의 기분을 맞추는 일에만 급급해 간언 따위는 아예 그 존재 자체가 유명무실해진다. 그렇게 되면, 지도자가 잘못된 길로 들어서는 경우에도 궤도를 수정할 방법이 없다.

25

조 강 지 처 불 하 당
糟糠之妻不下堂 『후한서』

조강지처는 마루 아래로 내려보내지 마라

젊은 시절에 조(糟 : 술지게미)와 강(糠 : 겨)을 먹으며 함께 고

생한 아내는 성공해 돈을 많이 벌었다고 해도 버리거나 소홀히 취급해서는 안 된다고 하는 말이다.

후한의 광무제에게 이혼을 한 누이가 있었다. 그 누이는 송홍(宋弘)이라는 중신에게 마음을 두고 있었다. 이것을 안 광무제는 송홍을 불러서 슬며시 운을 뗐다.

"항간에 들리는 말로는 돈이 많은 자와 신분이 높은 자는 처도 바꿀 수 있다던데 공은 어떻게 생각하오?"

"저는 어려웠던 시절을 결코 잊을 수 없습니다. 가난할 때 고생을 함께한 처는 마루 아래로 내려가게 해서는 안 된다고 들었습니다."

송홍의 의향을 확인한 광무제는 누이에게 자초지종을 이야기하고 그를 단념하게 했다고 한다. 참으로 감동적인 이야기다.

치국지도재호관맹득중
治國之道在乎寬猛得中 『宋明臣言行錄』

나라를 다스리는 길은 관맹의 균형을 잡는 일이다

"나라를 다스리는 요체는 관(寬 : 완만함)과 맹(猛 : 엄함)의 균형을 잡는 것이다."

명군으로 추앙받고 있는 송(宋)의 태종(太宗)이 한 말이다.

"나라를 다스리는 길은 관맹을 얻는 데에 있다. 관만으로 나라를 다스리면 영(令)이 제 몫을 못하고, 맹만으로 나라를 다스리면 백성의 손발을 잡지 않을 수 없다. 천하를 가진 자는 이것을 명심하지 않으면 안 된다."

이것은 현대의 정치에도 그대로 적용되는 말이다. 관이 지나치면 나라의 기강이 바로 서지 않아 나라의 기본 체제마저도 위태로워진다. 또 반대로 맹이 지나치면 민간의 활력이 사라져 버린다. '언더그라운드 머니'가 그 하나의 예라고 할 수 있다. 위에서 너무 꽉 죄어대면 경제계의 혼란도 그만큼 가중되는 것이다. 그렇기에 관맹(寬猛)의 적절한 조화가 어려운 것이다. 이것은 정치뿐만 아니라 조직 관리 전체에 통용되는 말이다.

27

읍 참 마 속
泣斬馬謖 『삼국지』

울면서 마속을 참하다

이 말을 모르는 사람은 거의 없다. 그만큼 유명한 말이다. 그래도 모르는 사람이 있다면 이번 기회에 꼭 기억해 두기 바란다.

제갈공명이 처음으로 원정길에 나섰을 때다. 선발군의 사령관에 전부터 눈여겨봐 두었던 마속(馬謖)이라는 젊은 참모 장교를 기용했다. 그런데 마속은 공명의 지시를 따르지 않아 적에게 대패를 하고 말았다. 그것이 원인이 되어 결국 원정은 실패로 끝나고 말았다.

공명은 마속의 책임을 물어 군법에 따라 참형에 처했다.

그때 공명은 '군법을 지키지 않고 어떻게 적을 이길 수 있겠는가?' 하며 눈물을 흘렸다고 한다. 리더로서의 엄한 자세와 맞물린 인간미가 드러나는 에피소드다.

결국 공명은 마속을 참형에 처했지만 남은 그의 유족에게는 종전과 같은 대우를 보장해 주었다고 한다. 엄한 지휘관의 면모 뒤에는 그렇게 인정 깊은 일면도 있었던 것이다.

28

공 인 지 악 무 태 엄
攻人之惡 毋太嚴 『채근담』

상대를 꾸짖을 때는 엄한 태도를 보이지 마라

상대가 부하 직원이든 자식이든 누군가를 꾸짖는다는 것은 참으로 어려운 일이다. 상대가 자신과 직접 관련이 없는 사람이라면 다소 잘못을 저질렀다 해도 모르는 척 눈감아줄 수도 있다. 그러나 부하 직원이나 자식의 경우라면 입장상 그냥 넘어갈 수는 없는 것이다. 만일 그대로 방치한다면 그것이야말로 책임 회피인 것이다. 그런데 문제는 꾸짖는 방법이다.『채근담』은 그 점에 대해 이렇게 말하고 있다.

"상대의 나쁜 점을 꾸짖을 때는 엄한 태도로 임해서는 안 된다."

또 이런 말도 보태고 있다.

"상대가 받아들일 수 있는 한도를 생각해야 한다."

엄한 태도로 임하지 말라는 이유가 무엇일까? 다른 이유는 없다. 상대의 반발을 사게 되어 설득 효과가 반감된다는 것이다. 즉, 상대를 꾸짖는 의미 그 자체가 유명무실해진다는 것이다. 명심하자. 자신의 감정을 억제하지 못하고 호통으로 상대를 꾸짖는 것은 진정한 꾸짖음이 아니라는 것을.

29 항룡유회
亢龍有悔『역경』

항룡은 후회를 남긴다

항룡(亢龍)이란 더 이상 오를 데가 없는 최정상까지 올라간

용을 뜻하는 말이다. 즉, 정상에 오른 자는 언제고 전락(轉落)의 길을 더듬으며 후회를 남기게 된다는 경계의 말이다.

이것에 관해 역경(易經)은 설명을 부연하고 있다.

"더 이상 오를 데가 없는 곳까지 올라간 자는 높은 자리에 있음에도 부하의 지지를 잃고, 인재가 있어도 그의 보좌를 받는 일이 불가능하다. 그렇게 되면 무엇을 해도 후회를 남기는 결과가 된다."

역(易)이라는 것은 이 세상에는 무엇 하나라도 일정불변(一定不變)의 것은 있을 수 없다고 하는 인식을 바탕으로, 극성(極盛) 안에서 쇠약하고 미미한 조짐을 찾으려는 사상이다. 이 말 역시도 그런 사상의 표현이라고 할 수 있다.

정상에 올라 있는 자가 전락을 면하기 위해서는 내려갈 타이밍을 놓치지 않는 지혜가 필요하다. 극단적으로 말해 정상에 올라설 때는 은퇴의 시기를 염두에 두라는 것이다.

30 오월동주
吳越同舟 『손자』

오월동주

중국고전 일일일언

작년에 갔을 때 보니까 가이드가 '오월동주'를 인용해 제법 요령있게 소주(蘇州)에 관해 설명을 하였다. 소주는 옛날 오(吳)의 수도였기에 소주를 설명하는 데는 역시 이 말을 인용하는 것이 가장 효과적이었을 것이다.

오월동주라는 말이, 지금은 단순히 사이가 좋지 않는 사람들이 한 테이블에 나란히 앉는 것을 비유하는 의미로 널리 사용되고 있지만 원전 『손자』에서의 의미는 이것과 다르다.

오나라와 월나라는 옛날부터 앙숙이었다. 만일 오나라 사람과 월나라 사람이 같은 배를 탔는데 큰 풍랑을 만나 배가 난파 직전에 이르렀다면 그들은 과연 어떻게 할 것인가? 살고 싶어하는 일심(一心)으로 미움이나 증오 따위는 잊어버리고 서로 협력할 것이 틀림없다. 조직의 활성화를 꾀하는 것도 이와 같은 요령이라는 하나의 예시로써 오월동주라는 말이 생겨난 것이다.

七月

배움으로 부족함을 알고, 가르침으로 곤란을 겪는다

• • •

부족함을 아는 것도, 곤란을 겪는 것도
자신을 향상시키기 위한 좋은 동기가 된다.

학 연 후 지 부 족   교 연 후 지 곤
學然後知不足 敎然後知困 『예기』

배움으로 부족함을 알고, 가르침으로 곤란을 겪는다

학연후지부족(學然後知不足)은 배움에 의해 자신의 부족함을 깨닫는다는, 배움의 끝은 없다는 것이다.

교연후지곤(敎然後知困)은 가르침에 의해 곤란을 겪는다는 것으로, 가르치는 입장에 있는 사람이 아니면 이해하기 어려운 면이 있을지도 모른다. 일반적으로 배우는 것보다 가르치는 것에 두세 배의 노력이 더 필요하다고 한다. 남에게 잘못된 것을 가르칠 수는 없는 것이기에 시간을 내서 공부를 하고 준비를 해야 한다. 그렇게 해도 충분하다고는 할 수 없다. 늘 자신의 미숙함이 드러나는 것만 같다. 그것이 여기서 말하는 '곤란'이다. 그렇기에 그 곤란을 발판으로 한층 더 공부에 정진하지 않으면 안 되는 것이다.

결론적으로 이 말의 참뜻은 이런 것이다.

"부족함을 아는 것도, 곤란을 겪는 것도 자신을 향상시키기 위한 좋은 동기가 된다."

검 대 지 이 후 능 리
劍待砥而後能利 『회남자』

검은 숫돌로 갈아놓아야 쓸모가 있다

"검(劍)은 숫돌에 갈아 날을 세워놓지 않으면 예리함이 생기지 않는다. 또 아무리 예리한 검이라도 오랜 시간을 방치해 두면 녹이 슬어 쓸모가 없게 된다. 사람도 그와 마찬가지다. 현명한 사람, 뛰어난 사람으로 성장하려면 자신을 갈고닦는 데 게을러서는 안 된다."

유감스럽게도 요즘은 리더로서의 설득력을 갖춘 사람을 찾아보기 어렵다. 그것은 정치계뿐만 아니라 각계각층에서도 마찬가지다. 소위 지도자라는 자들이 별로 좋지 않은 사건에 연계되었다는 보도를 접할 때마다 "아, 그 사람? 언젠가는 이렇게 될 줄 알았지" 이런 말이 자연스럽게 튀어나온다. 누구 하나 예외라 할 것도 없다. 굵직굵직한 사건이 터질 때마다 그들의 이름이 매스컴을 통해 쏟아져 나온다. 진정 리더다운 리더를 찾기란 하늘의 별 따기다.

리더로서의 덕은 하루아침에 생겨나는 게 아니다. 자신을 갈고닦는 부단한 노력이 있어야 한다. 장래의 리더를 꿈꾸는 자라면 자신을 숫돌로 갈아 날을 세우는 노력을 게을리 해서는 안 된다.

애 자 증 지 시 야   덕 자 원 지 본 야
愛者憎之始也 德者怨之本也 『관자』

사랑은 미움의 시작, 덕은 원망의 근원

사랑은 미움의 시작, 유행가 가사의 한 구절 같은 말이지만 실은 지금으로부터 이천 수백 년이나 전에 쓰여진 『관자』에 엄연하게 기록되어 있는 말이다. 이것만 보더라도, 인간관계의 기미는 예나 지금이나 다를 바 없다는 생각이 든다.

그런데 왜 사랑이 미움의 시작이 되고, 덕이 원망의 근원이 된다는 것일까? 그 이유 역시 『관자』에서 찾아보자. 관자에 의하면 보답을 바라기 때문이라고 한다. 즉, 욕심이 지나치기 때문이라는 것이다.

부모와 자식 간의 애정을 예로 들면, 처음에는 순수한 애정에서 출발하지만 세월이 흐르면서 부모의 기대도 점점 커지고, 그것이 자식의 생각과 대립하고 얽히면서 차츰차츰 순수한 애정이 미움으로 변해갈 수도 있다는 것이다. 또한 덕 역시도 본래는 자신을 위한 것인데, 그것을 착각하면 원망의 근원이 될 수도 있다는 것이다.

또 관자는 이런 일구(一句)를 덧붙였다.

231

七月의 말

"단, 현자(賢者)는 그렇지 아니하다."

바라건대, 우리 모두가 그렇지 아니하면 좋겠다.

온온공인은 덕의 기본

온온(溫溫)은 온화함과 유화(柔和), 공(恭)은 자신에게는 신중하고, 남을 대할 때는 정중하고 공손한 태도를 취하라는 뜻으로, 이것들이 바로 덕의 기본이라는 것이다.

덕이 있는 사람은 주위 사람들로부터 신뢰를 받는다. 설사 조금 실수가 있다고 해도 남들로부터 원망을 받는 일은 없다. 그런 점에서 합격점을 줄 수 있는 사람이 온온공인이라는 것이다.

이번엔 반대의 경우를 생각해 보자. 우선 온온의 반대말로는 냉정이나 완고, 혹은 근엄 등의 말이 떠오른다. 온온이라는 말을 들으면 봄의 따뜻함이 느껴지는 것에 비해 이런 말들은 겨울의 추위를 연상케 한다. 가까이 다가서는 사람 하나 없을 뿐 아니라 마음을 열어줄 사람도 하나 없다.

공인의 반대는 교만한 사람이다. 이 경우도 마찬가지로 주위에 사람이 모이지 않는다. 덕과는 전혀 관련이 없는 사람이다. 공자도 이렇게 말했다.

"공손한 자는 경시당하지 않는다."

공 역시도 처세의 요체임에 분명하다.

신언불미 미언불신
信言不美 美言不信 『논어』

진실된 말은 꾸밈이 없고, 꾸밈이 있는 말엔 진실이 없다

'진실미(眞實味)'가 있는 말은 꾸밈이 없고, 꾸밈이 있는 말은 진실미가 없다'는 말이다. 이 문장 역시도 『노자』의 특징인 역설적 표현으로 되어 있다.

그런데 말의 내용은 쉽게 이해되지만 실제 문제, 즉 현실에서 신언(信言)과 미언(美言)을 구분하기란 그렇게 쉽지 않다.

미언의 예를 들면, 대표적인 것이 칭찬이다. 상대의 기분을 좋게 해주는 정도의 칭찬이나 속이 뻔히 드러나 보이는 입에 발린 말 정도는 누구나 쉽게 진의를 알 수 있다. 또 구분하기 어려운 교묘한 아첨에 넘어가 그 분위기에 휩쓸리는 경우도 있다. 그러나 이런 것으로 입는 피해는 그리 크지 않다. 심각한 문제는 달콤한 말에 현혹되어 피해를 보는 경우이다. 특히 남녀관계에 있어서는 더 심각하다. 자칫 일생을 망치는 경우도 있고, 금전 문제로 큰 손해를 보는 경우도 결코 적지 않다.

"미언은 신뢰할 수 없다."

노자의 이 말을 깊이 명심해야 할 것이다.

식 전 언 왕 행 이 축 기 덕
識前言往行 以蓄其德 『역경』

전언왕행을 배워서 덕을 쌓는다

설득력을 가진 사람이 되기 위해서는 그 나름대로의 덕을 갖추어야 한다. 그러면 덕을 갖추기 위해서는 어떻게 하면 좋을까? 그 하나의 방법이 전언왕행(前言往行)을 배우는 것이라고 한다. 전언왕행이란 훌륭한 고인(古人)의 언행이다. 그들의 수준을 목표로 삼아 한발이라도 더 가까이 다가서려는 노력을 할 때 자연스럽게 덕이 붙게 된다는 것이다.

중국인은 옛날부터 언행록의 편집에 열성을 다했다. 예를 들면, 본서에도 자주 등장하는 『논어』, 『정관정요』, 『송명신언행록』 등이 그런 종류의 책이다.

또 전언왕행을 배우려면 전기(傳記)도 좋다. 이것은 꼭 고전이 아니라도 상관없다. 그러나 가능하면 정평이 난 것을 골라 읽기 바란다. 자신의 연마에 도움이 될 것이다.

인 지 기 소 친 애 이 벽 언
人之其所親愛而辟焉 『대학』

사람은 친애함에 있어 편파적이다

치우친다는 것은 균형을 잃는다는 뜻으로, 공평한 판단이 불가능해져서 편파적인 태도를 취하는 것을 이르는 말이다. 애인의 얼굴에 있는 마마 자국이 보조개로 보인다거나 부모가 자기 자식만은 남들과 다르다고 생각하는 것은 사랑이 지나친 나머지 정확한 판단이 불가능하기 때문이다. '친애(親愛)함에 있어 편파적'인 전형(典型)이다. 『대학』은 또 이렇게 말하고 있다.

"좋아하는 것의 악(惡)을 아는 자는 천하에 없다."

사랑하고 있는 동안은 상대의 결점이 보이지 않는다. 설사 보인다고 해도 일부러 보지 않으려고 한다. 당연히 판단이 흐려지게 마련이다.

마마 자국이 보조개로 보이는 것은 그래도 애교로 봐줄 만하다. 그러나 문제는 리더의 경우다. 사람들을 이끌고 나아가야 할 사람이 편파적인 태도를 취한다면 그로 인해 조직 내에 파급되는 마이너스 요인은 극히 심각한 것이다.

리더 역시도 감정을 가진 인간이기에 사람을 친애할 수는 있지만, 그 결과 편애를 하게 된다면 그때는 이미 위험 수위에 도달한 상태다.

기즉다원
忌則多怨 『좌전』

싫어하는 감정을 드러내면 원망을 산다

꺼린다는 것은 싫어한다는 뜻이다. 대인 관계에서 그런 감정을 노골적으로 드러내면 상대의 원망을 사게 된다. 당연한 말이다. 그러나 아무리 애를 써봐도 좋아지지 않는 상대가 있기 마련이다. 물론 그럴 수 있다. 그러나 여기서 말하려는 것은, 그런 상대라 할지라도 거리를 두고 그냥 담담하게 대하면 그것으로 좋지 않겠는가, 하는 말이다. 지나치게 혐오감을 드러내 보이는 것은 더없이 어리석은 행동이라 말하고 있는 것이다.

"싫어하는 감정을 드러내면 원망을 산다."

특히 명심해야 할 것은 조직을 이끌고 나가는 리더가 부하에 대해서 누구는 좋고, 누구는 싫다는 등 자신의 취향대로 골라 취하려 한다면 조직은 흔들리고 만다.

리더는 공평한 태도로 부하를 대해야 한다. 이것은 리더가 지켜야 할 철칙이다. 편파적인 태도는 공평 원칙을 깨뜨리는 원인이 되고, 그 결과로 감정적인 인사가 통용되다 보면 그 무리함으로 인한 피해는 반드시 리더 자신이 입게 된다.

9

수 유 자 기 불 여 대 시
雖有鎡基 不如待時 『맹자』

아무리 좋은 농기구가 있어도 때를 기다려야 한다

자기(鎡基)는 밭을 가는 데 쓰는 농기구다. 아무리 좋은 농기구가 있어도 제철이 지난 농사를 짓는다면 수확은 기대할 수 없다. 계절을 지켜 제철에 맞는 농사를 짓는다면 보잘것없는 농기구로도 좋은 수확을 올릴 수 있다는 것이다.

이것은 농사일뿐만 아니라 모든 일에서도 통할 수 있는 말이다.

'자기' 는 사람의 능력을 뜻한다. 충분한 능력이 있어도 때를 만나지 못하면 그 능력을 발휘할 수 없다. 반면에 때를 잘 만나면 뛰어난 능력은 없다 하더라도 그것을 두 배, 세 배 발휘할 수 있다는 것이다.

능력도 있고 때도 잘 만난다면 그야말로 금상첨화, 더 이상 바랄 게 없겠지만 마음대로 되지 않는 게 인생이다. 때를 기다리며, 그때를 대비해 자신을 갈고닦는 자가 결국은 최후에 웃을 수 있는 것이다.

불 학 편 노 이 쇠
不學便老而衰 『근사록』

배움은 늙음도 막을 수 있다

요즘 항간에 노인성 치매 문제가 많이 거론되고 있다. 왜 치매가 생기는 것일까? 생리학적으로 어려운 설명이 뒤따르겠지만 치매를 예방하는 방법으로 '배움'이 효과가 있다.

여기서 배움이라 하는 것은 꼭 책을 읽거나 학문을 하는 것만을 의미하는 것은 아니다. 무엇인가를 끊임없이 배워서 자신을 향상시키려고 하는 적극적인 의욕을 말하는 것이다. 이 의욕의 유무 여하에 따라 정신 건강에도 변화가 생긴다. 하고자 하는 의욕은 정신적인 긴장감을 지속시키는 것이 가능하다. 그것이 뇌에 영향을 끼쳐 좋은 결과로 연결되는 것이다.

70대의 숙년(熟年)층을 유심히 살펴보자. 늙고 쇠잔해진 사람이 있는가 하면, 아무리 봐도 50대로밖에 보이지 않는 사람이 있다. 개인차가 꽤 심한 편이다. 그것은 앞날에 대한 의욕을 갖고 사는 것과 그렇지 않은 것의 차이에서 온다.

무엇이든 좋다. 생애에 걸쳐서 집중할 수 있는 대상을 한시라도 빨리 발견하는 것이 좋다.

인도악 영이호 겸
人道惡盈而好謙 『역경』

교만을 꺼리고 겸손한 마음을 갖는다

영(盈)의 원래 의미는 가득 찼다는 것으로, 충분히 만족한 상태, 더 오를 데가 없는 곳까지 오른 상태를 의미한다. 그러나 여기서는 그것에서 파행된 교만이나 오만을 뜻하는 말로 사용되고 있다. 겸(謙)은 겸허, 겸손이라는 의미다. 따라서 문장을 해석하면 이렇다.

"교만을 꺼리고 겸허한 마음을 갖는 것이 사람의 길이다."

겸허한 마음을 좋아하는 것은 꼭 사람에게만 한정된 것은 아닌 것 같다. 그렇기에 『역경』은 이런 말도 덧붙였다.

"천도(天道)는 영(盈)을 이지러지게 하고 겸(謙)을 이롭게 하며, 지도(地道)는 영을 막고 겸을 흐르게 하며, 귀신(鬼神)은 영을 해롭게 하고 겸을 축복한다."

또 이런 말들도 있다.

"겸허한 마음은 자연히 언동에 나타난다. 이 마음을 잃지 말아야 한다."

"모든 것을 겸허한 마음으로 처리하면 법도에 어긋남이 없어 만사가 순조롭다."

처세의 으뜸을 겸으로 보았다고 해도 과언이 아니다. 특히 리더의 입장에 있는 사람일수록 이 말을 명심해야 할 것이다.

부적규보 무이지천리
不積み步 無以至千里 『순자』

천 리 길도 한 걸음부터

규보(跬步)란 왼발, 오른발에 상관없이 일보(一步) 앞으로 나아가는 것이다. 천 리 길도 그렇게 한 걸음부터 시작해 도달하는 것이라는 뜻이다.

이것은 또 평소에 끊임없는 노력을 기울일 것을 권유하는 말이기도 하다. 이것에 관해『순자』는 재미있는 예를 인용했다.

"지렁이는 손톱도 이도 없다. 또 튼튼한 뼈도 없다. 그러나 땅속의 흙을 먹고, 땅속의 물을 먹으며 한 가지 일에만 전념한다. 이와 대조적으로 게는 여덟 개의 다리와 두 개의 집게발이 있는데도 뱀이나 뱀장어가 판 굴을 거처로 삼는 것 말고는 다른 능력이 없다. 침착함이 없고 한 가지 일에 전념하지 않기 때문이다. 이와 마찬가지로 눈에 보이지 않는 노력을 기울이지 않는 자는 영예를 얻을 수 없고, 보이지 않는 곳에서 일손을 놓는 자는 빛나는 성과를 올리지 못한다."

누구의 눈치도 보지 않고, 자신의 일을 묵묵히 수행하는 듬직한 마음가짐이 바로 규보(跬步)라는 것이다.

13

망 지 사 목 계
望之似木鷄『장자』

위엄만으로 상대를 굴복시킨다

옛날 중국에 기성자(紀渻子)라고 하는 이름난 투계(鬪鷄) 조련사가 있었다. 어느 날 왕으로부터 한 마리의 닭을 훈련시키라는 분부를 받았다. 열흘 후 왕이 닭을 데려오라고 재촉하자 그는 이렇게 말했다.

"아직 멀었습니다. 지금은 살기(殺氣)를 띠고 열심히 적을 찾고 있습니다."

그 후, 두세 번 을 더 재촉했지만 그의 대답은 한결같았다. 마침내 40일이 지나서야 겨우 OK 사인이 떨어졌다.

"이제 됐습니다. 옆에서 다른 닭이 시끄럽게 울어대도 조금도 동요하는 기색이 없습니다. 마치 나무로 깎아 만든 닭처럼 보입니다. 이것이야말로 덕이 충만해 있다는 증거입니다. 주위의 닭들은 그 모습을 보는 것만으로도 꽁지를 내리고 줄행랑을 치고 있습니다."

덕을 지닌 자, 뛰어난 계모(計謀)나 능력을 지닌 자는 그 위엄만으로도 상대를 굴복시킨다. 이런 목계(木鷄)의 자세야말로 이상적인 지도자의 자세라 할 수 있다.

후 생 가 외
後生可畏 『논어』

젊은이를 두려워한다

흔히 후세가외(後世可畏)라고 쓰기도 하는데, 이것은 틀린 말이다.

후생(後生)이란 후에 태어난 사람, 즉 젊은이를 말한다. 젊은이, 그들은 나이가 젊다는 것뿐만 아니라 무한한 가능성을 가지고 있다. 그것을 두려워해야 한다는 것이다. 젊은이들의 장래에 기대를 건다는 뜻으로, 이 말에 대한 좀 더 자세한 설명은 다음과 같다.

"젊은이는 장차 얼마나 큰 역량을 발휘할지 헤아리기 어려운 존재이므로 존중하고 소중히 다룰 일이다."

참으로 좋은 말이다. 젊은이의 장래는 곧 나라의 장래와 직결되는 것이다. 그러나 여기서 한 가지 짚고 넘어가야 할 것은 가능성은 어디까지나 가능성이라는 것이다. 즉, 그것이 현실은 아니라는 것이다. 이에 대한 공자의 의견은 이렇다.

"사십, 오십에 이름을 불리지 못하면 이것 또한 두려워할 일이다."

이름을 불린다는 것은 꼭 유명해진다는 의미만은 아니다. 자신의 나이에 상응하는 자리에서 자신에게 주어진 역할을 충실히 수행하는 것을 의미한다. 또 공자 시대의 나이 사십, 오십은 지금의 사십대 오십대와 차이가 있다. 평균 수명이 늘어난 지금의 기준으로 말하자면 10년, 20년은 연장시켜야 할 것이다.

그러나 어떻든 간에 가능성을 현실로 옮겨놓으려면 평소에 부단한 노력을 기울여야 한다는 것만큼은 사실이며 진리다.

여기살불고 영실불경
與其殺不辜 寧失不經 『서경』

죄없는 사람을 죽이는 것보다 법을 잃는 게 낫다

불고(不辜)는 죄가 없는 사람, 불경(不經)은 법률에 맞지 않는 일을 뜻한다. 초법규적 해석이다.

현대의 법조계에 '의심만으로는 벌할 수 없다'는 사상이 있다. 이런 사고 방식이 어디에서 유래된 것일까? 언젠가 변호사인 친구에게 물어보았더니 유럽의 인권 사상에서 나온 것 같다고 한다.

『서경』의 이 말도 결국 의미는 같은 것이다. 죄가 없는 사람을 죽이는 것보다도 오히려 법을 굽히는 편이 낫다는 것이다. 『서경』의 말을 조금 더 인용해 보겠다.

"죄(罪)는 가볍게 의심하고, 공(功)은 무겁게 의심하라. 죄없는 사람을 죽이는 것보다 차라리 법을 죽이는 게 낫다."

단, 이런 사고 방식은 인권 사상에서 나온 유럽의 경우와 달라

중국고전 일일일언

서 위정자의 덕을 강조한 것임에 유의해야 한다.

연작안지홍곡지지재
燕雀安知鴻鵠之志哉 『사기』

작은 새는 큰 새의 생각을 알지 못한다

홍곡(鴻鵠)이란 기러기와 고니, 즉 몸집이 큰 새를 가리키는
말로, 제비나 참새와 같은 작은 새는 큰 새의 생각을 알지 못한
다는 뜻이다.

진승(陳勝)이라는 인물은 시황제(始皇帝)가 죽은 뒤 진(秦)의
압정에 항거해 반란을 일으킨 사람이다. 그런 그도 젊은 시절에는
지주에게 고용된 농부로서 농사일을 했다. 어느 날 여러 농부와
들일을 하던 진승이 갑자기 일손을 놓고 혼잣말로 중얼거렸다.

"큰 인물이 되어서도 지금의 동료들은 절대로 잊지 않겠다."

옆에서 그 말을 들은 한 농부가 고용된 농부 주제에 허황한 말
을 한다고 하자 주위의 농부들이 따라서 모두 진승을 비웃었다.
그때 진승이 했던 말이 바로 이 말이다.

"작은 새는 큰 새의 생각을 알지 못한다[燕雀安知鴻鵠之志
哉]."

245
七月의 말

작은 새는 큰 새의 생각을 알지 못한다는 말이니, '너희 따위가 어찌 나의 깊은 뜻을 알겠는가?' 하는 뜻으로 한 말이었음은 두말할 것도 없다.

남자에게 기개(氣槪)는 꼭 필요한 것이다. 그러나 그것은 마음속 깊은 곳에 품고 있어야 한다. 함부로 남들에게 드러내 보인다면 자칫 무모한 만용으로 보일 수도 있다.

17

불환인지불기지 환불지인야
不患人之不己知 患不知人也 『논어』

남이 나를 몰라주는 것을 탓하지 말고, 내가 남을 모르는 것을 탓하라

"남이 자신을 인정해 주지 않는다고 불평을 하는 것은 잘못이다. 자신이야말로 남의 진가를 이해하지 못하고 있는 것은 아닌지 신경을 써야 한다."

인간학의 지언(至言)으로 삼아도 손색이 없는 말이다. 이것과 거의 같은 내용의 문장이 『논어』에 세 군데나 있는 것으로 봐서 공자는 이 말을 꾸준하게 제자들에게 들려주었던 것 같다.

일반적인 경우를 생각해 보자. 누구에게도 지지 않을 만큼 열심히 일했는데 아무도 알아주지 않고, 아무 보답도 받지 못했을 때 터져 나오는 게 불평불만이다. 또 그런 상황이라면 충분히 불평 한마디 정도 할 수 있다. 그러나 한 번 더 곰곰이 생각해 보자. 불평을 한다고 달라지는 게 있는지.

주은래(周恩來)는 보통 사람이 불평불만을 터뜨릴 만한 경우에 처했을 때도 불평 한마디 입 밖에 내는 법이 없었다. 오히려 그런 때일수록 더 일에 몰두했다. 그런 점이 주위 사람들의 신뢰를 사게 된 근본적인 이유가 되었던 것이다. 주은래의 생활 태도를 보면 배울 점이 정말 많다는 것을 느낄 것이다.

18

성인지치 장어신 부장어부고
聖人之治 藏於臣 不藏於府庫 『한비자』

성인의 정치는 백성이 주인이다

맘모스는 자신의 이빨 무게를 견디지 못해 결국 자멸했다. 국민의 생활을 희생 삼아 군비 확장 노선을 걷고 있는 나라가 맘모스의 전철을 밟지 말라는 법은 없다. '성인(聖人)의 정치'는 그런 어리석음을 범하지 않는다. 무엇보다도 국민의 생활 안정을 우선하고 국민의 지지를 최우선 과제로 삼기 때문이다.

"성인의 정치란 백성이 주인이지 나라가 주인이 아니다."

나라의 기반을 단단하게 다지기 위해서는 군비를 증강하는 것보다도 백성의 생활 안정을 우선하고, 무형(無形)의 지지를 높이는 것이 정도라는 것이다.

이것은 기업 경영에 있어서도 마찬가지다. 사원의 생활을 희생으로 삼아 이익을 축적하는 경영 방식은 결코 오래가지 못한다. 이익을 환원하는 것이야말로 사원의 의욕을 증진시켜 극대 효과를 기대할 수 있다. 이것은 또 물질보다 사람을 더 소중하게 생각하는 사상이라고 할 수 있다.

장군지사 정이유
將軍之事 靜以幽 『손자』

장군의 마음 자세는 정유

이것 역시 리더의 자세에 관해 이야기한 말이다.

장군지사(將軍之事)는 군을 지휘하는 장수의 마음 자세다. 그것은 정(靜)이면서 유(幽)라는 것이다. 유는 측량할 수 없을 정도로 속이 깊다는 뜻이다. 즉, 리더는 여러 가지 계략을 가슴속 깊은 곳에 비장(秘藏)해 놓고 차분하게 대처해야 하며, 쓸데없이 경거망동하거나 불안이나 동요를 겉으로 드러내면 안 된다는 것이다.

이 말의 핵심은 위기관리에 강해질 것을 요구하는 것이다. 조직이 위기에 처하게 되면 부하들은 가장 먼저 상사의 눈치부터 살피게 된다. 그때 리더가 당황한 모습을 보이거나 불안함을 드러낸다면 조직의 동요는 일파만파로 걷잡을 수 없게 된다.

리더는 언제나 냉정함과 침착함을 유지해야 한다. 그것이야말로 조직을 장악하고 부하의 신뢰를 얻을 수 있는 핵심 포인트다.

선화이조대사
先和而造大事 『오자』

먼저 화를 이루고 큰일을 도모하라

『오자』에 의하면 화(和)는 중심과 일치하는 것이라고 한다. 다른 말로 조직의 의지 통일이라 할 수도 있겠다. 대형 프로젝트를 시행하는 데 이것이 결핍되어서는 곤란하다.

'화'에는 두 가지가 포함되어 있다. 하나는 경영자의 의지가 말단까지 확실하게 전달되는 것이다. 이것과 함께 또 하나 간과해서는 안 될 것은, 밑에서부터의 지지다. 말단 사원이 수동적으로 상부의 결정을 받아들이는 것이 아니라 자발적으로 의욕을 갖고 참여하려는 적극적인 태도의 화가 바람직하다.

명령이나 강요만으로는 '화'가 생겨나지 않는다. 오자는 이렇게 말하고 있다.

"옛날부터 명군은 우선 부하를 교육시키고, 부하의 단결을 도모하는 일에 전력을 다했다."

이 말을 다시 하자면, 평소의 교육 훈련 없이는 '화'가 생겨나지 않는다는 것이다.

어떤 의미에서 보면, 사원 연수의 중요성을 일깨워 주는 말이라고도 할 수 있겠다.

천지 지지 자지 아지
天知 地知 子知 我知 『십팔사략』

하늘이 알고, 땅이 알고, 네가 알고, 내가 안다

후한 왕조 시대, 청렴하기로 유명한 양진(楊震)이라는 관리가 동래군(東萊郡)의 장관에 임명되어 부임하는 도중에 있었던 일이다. 안면이 있었던 왕밀(王密)이라는 사내가 면회를 청해와 예를 갖추며 금 천 근을 선물로 주는 것이었다. 물론 앞으로 잘 부탁한다는 청탁의 의미였다. 양진은 거절을 했지만 왕밀은 막

무가내였다.

"이렇게 밤이 늦었으니 아무도 모르는 일입니다. 여기에 당신과 나 두 사람밖에 더 있습니까?"

"세상에 아무도 모르는 일은 있을 수 없다네. 우선 하늘이 알고 땅이 알고 있네. 그리고 자네가 알고 내가 알고 있지 않은가."

이 말에 왕밀은 수치심을 느끼고 돌아갔다고 한다.

이 이야기는 양진의 '사지(四知)'로 알려져 있다. 관직에 있는 자라면 이 정도의 근엄함은 있어야 한다. 그리고 이것은 또 나쁜 일은 언젠가 반드시 밝혀진다는 교훈임에 틀림없다.

22

기소불욕 물시어인
己所不欲 勿施於人 『논어』

자기가 바라지 않는 바를 남에게 베풀지 말라

취직 시험은 아니지만, '당신의 신조는 무엇입니까?' 하는 질문을 받을 때가 더러 있다. 신조라는 것은 개인의 노력 목표다. 그렇기에 없는 것보다는 있는 게 좋다.

공자의 신조는 '서(恕)'였다고 한다. 어느 날 제자인 자공이 물었다.

"평생 신조로 삼을 만한 말이 없겠습니까?"

그러자 공자는 이렇게 대답했다.

"서(恕)다. 내가 싫은 것은 남도 싫어하는 법이다."

내가 하기 싫은 것은 남에게 시키지 말라는 뜻으로, 그것이 서(恕)라는 것이다. 타인의 마음으로 자신의 마음을 다스리라는 깊은 뜻이 담겨진 말이다.

말로는 쉬워 보이지만 막상 실행하려고 하면 매우 어렵다. 이런 말을 선뜻 할 수 있는 사람이라는 한 가지 사실만으로도 공자의 인격을 짐작할 수 있다.

중국고전 일일일언

23

대행불원세근 대례불사소양
大行不顧細謹 大禮不辭小讓 『사기』

큰일을 먼저 하면 작은 일에 구애받을 필요가 없다

대행은 규모가 큰 일, 세근은 세세한 일을 삼가는 것, 소양은 작은 겸양을 뜻한다. 문장 전체를 보면 '큰일을 먼저 하면 작은 일에 구애받을 필요가 없다' 는 뜻으로, 결단을 촉구할 때 주로 인용되는 말이다.

유방이 진(秦)의 수도인 함양(咸陽)에 입성했을 때의 일이다.

늦게 도착한 항우는 유방을 향해 불같이 화를 내며 총공격의 준비에 착수했다. 사태의 위급함을 안 유방은 항우가 진을 치고 있는 홍문(鴻門)으로 달려가 사죄를 했다. 그 자리에서 항우의 참모인 범증(范增)에게 죽임을 당할 뻔했지만 구사일생으로 위기를 넘기고, 이윽고 술자리가 벌어지게 되었다. 한시도 마음을 놓을 수 없었던 유방은 어수선한 틈을 타 용변을 보러 가는 척하며 그 자리를 빠져나가려고 했다. 그러나 항우에게 작별 인사를 하지 않은 것이 마음에 걸려 어찌할 바를 모르고 주저하게 되었다. 그때 일행인 번쾌(樊噲)가 이 말을 인용하며 유방의 결단을 촉구했다.

"지금의 우리는 도마 위의 생선과 같은 처지인데 인사를 할 경황이 어디 있습니까? 우선 살고 볼 일입니다. 큰일을 먼저 하면 작은 일에 구애받을 필요가 없습니다."

그 유명한 '홍문지회(鴻門之會)'의 한 토막이다.

부 재 지 족
富在知足 『세원』

부는 만족함을 아는 데 있다

아무리 돈이 많고, 재산이 늘어났어도 만족하는 사람은 없다.

가능하면 더 늘리고 싶은 소망을 갖는 것이 사람의 욕심이다. 그렇기에 재산을 늘리는 것만으로는 만족감을 얻을 수 없는 것이다. 그런 의미에서 '부(富)는 본인이 만족함을 느낄 때 있는 것'이라는 지적은 상당한 설득력을 가지고 있다. 『한비자』에 이런 이야기가 실려 있다.

어느 날 제(齊)나라의 왕인 환공(桓公)이 신하인 관중(管仲)에게 물었다.

"부에는 한계가 있는 것인가?"

환공의 물음에 관중은 이렇게 대답했다.

"물의 한계는 물이 없어질 때고, 부의 한계는 그것에 만족할 때입니다. 그러나 인간은 만족할 줄을 몰라서 자신을 망치고 맙니다. 어쩌면 그것이 한계일지도 모릅니다."

부를 추구하는 것은 좋지만 자신을 망치는 어리석음은 피해야 할 것이다.

25

선 천 하 지 우 이 우 후 천 하 지 락 이 락
先天下之憂而憂 後天下之樂而樂 『문장궤범』

근심은 앞서 걱정하고, 즐길 일은 나중에 즐긴다

걱정할 일이 있으면 남들이 알기 전에 해결하고, 즐거운 일이 있으면 남들이 다 즐기고 난 뒤에 즐긴다는 뜻으로, 줄여서 선우후락(先憂後樂)이라고도 한다. 리더가 갖추어야 할 마음가짐을 말한 것으로 송(宋)대의 정치가 범중엄(范仲淹)의 저서인 『악양루기(岳陽樓記)』에 나오는 말이다.

범중엄은 또 이렇게 말하고 있다.

"조정에 있을 때는 백성을 걱정하고, 강호(江湖)에 있을 때는 임금을 걱정한다. 앞으로 나아갈 때도 걱정, 뒤로 물러설 때도 걱정이다. 그렇다면 나는 언제 즐길 수 있을까. 천하의 근심을 먼저 걱정하고 남들이 천하의 즐거움을 즐기고 난 뒤에 즐기리라."

이것은 범중엄 자신의 결의표명이지만 현대의 리더에게도 이와 같은 결의가 요구된다. 시대를 막론하고 사람들은 선우후락형의 리더가 나타나 주기를 학수고대하고 있기 때문이다.

26 소 이 부 답 심 자 한
笑而不答心自閑 『고문진보』

웃으며 대답하지 않아도 마음은 한가하다

당(唐)대의 시인 이백(李白)의 「산중답속인(山中答俗人)」이라는 시의 일절(一節)이다. 원문을 소개하겠다.

문여하사서벽산(問余何事栖碧山)
― 왜 푸른 산중에 사느냐고 물어봐도
소이부답심자한(笑而不答心自閑)
― 대답없이 빙그레 웃으니 마음이 한가롭다.
도화유수묘연거(桃花流水杳然去)
― 복숭아꽃 흐르는 물따라 묘연히 떠나가니
별유천지비인간(別有天地非人間)
― 인간세상이 아닌 별천지에 있네.

때로는 이런 한때를 가져 보고 싶지 않은가?

중 심 성 성   중 구 삭 금
衆心成城 衆口鑠金 『국어』

중심은 성을 쌓고, 중구는 금을 녹인다

"많은 사람이 마음을 합하면 성을 쌓을 수 있는 큰 힘을 발휘
한다. 많은 사람이 입을 모으면 금도 녹일 수 있는 큰 힘이 된다."

전자는 좋은 의미로 사용되고 있지만 후자의 중구(衆口)는 사람의 소문이나 비난, 중상(中傷)의 부류로, 꺼려하는 뉘앙스가 담긴 의미로 사용되고 있다.

이 말은 이미 이천 수백 년 전에 속담처럼 널리 쓰였던 말이다. 그런데 지금도 그 당시의 말뜻 그대로 사용되고 있다. 보기 드문 예라고 할 수 있다. 시대를 초월할 정도의 보편성을 가진 말이라 해도 과언은 아니다.

중심성성(衆心成城), 좋은 말이다. 문제는 중구삭금(衆口鑠金)이다. 일본 속담에도 '사람의 소문은 문을 세우지 못한다'는 말이 있다. 중상비난을 하더라도 확실한 사실을 근거로 한 것이라면 하는 수 없지만, 대부분의 중상비난은 근거도 없는 것이 많다. 그로 인해 큰 피해를 보는 경우도 주위에서 쉽게 볼 수 있다. 매우 귀찮은 존재다.

28

식 시 무 자 재 호 준 걸
識時務者在乎俊傑 『삼국지』

준걸은 때를 안다

"시무(時務)를 아는 자가 준걸(俊傑)이다."

시무란 시대의 흐름을 확실하게 파악하고 그 안에서 무엇을 해야 할 것인지를 깨닫는 것이고, 그런 능력을 갖춘 사람이 준걸이라는 것이다.

유비가 형주(荊州)에 몸을 의탁하고 불우한 나날을 보낼 때, 답답한 마음에 사마휘(司馬徽)라는 인물을 찾아가 의견을 구했다.

"유생속사(儒生俗士), 아직 시무를 모르고 있구려. 때의 흐름을 파악하지 못하면 준걸이라 할 수 없소."

사마휘는 이렇게 말하며 복룡(伏龍) 제갈량(諸葛亮), 봉추(鳳雛) 방통(龐統)을 천거했다.

그의 말에 따라 유비는 이 두 사람을 군사로 맞이했고, 그들의 활약에 힘입어 큰 꿈을 실현할 수 있었던 것이다.

이렇게 볼 때, 준걸이 갖추어야 할 필수 조건으로 다음의 두 가지를 들 수 있다.

1. 시대에 대한 깊은 통찰력
2. 적절한 기획력

이것은 또 현대를 살아가기 위한 필수 조건이기도 하다

중국고전 일일일언

29

초 창 여 수 성 숙 난
草創與守成孰難 『정관정요』

초창과 수성은 어느 쪽이 어려운가?

명군으로 알려진 당(唐) 태종이 어느 날 신하들에게 물었다.

"제왕의 업(業), 초창(草創)과 수성(守成) 중 어느 것이 어려운가?"

초창이란 창업(創業), 수성은 이루어놓은 것을 지킨다는 뜻이다.

중신들의 의견이 분분해졌다. 한편에서는 초창이 어렵다고 하고, 또 한편에서는 수성이 어렵다고 했다. 중신들의 의견을 한동안 묵묵히 듣고 있던 태종은 이윽고 입을 열어 모두 일리가 있음을 말한 후 이렇게 말했다.

"지금 되돌아보니, 초창의 곤란은 벌써 과거의 일이 되었다. 이제부터는 수성의 곤란을 극복해 나가지 않으면 안 된다는 생각이 들었다."

이렇게 굳은 결의로 수성의 시대에 대처한 것이다. 과연 명군이라는 감탄이 절로 나오게 하는 말이 아닌가. 그 고심에 찬 국가 경영의 마음가짐은 『정관정요』에 잘 드러나 있다. 현대의

'수성의 시대'를 담당하고 있는 리더라면 태종의 고심에서 배울 점이 많다.

덕자재지주 재자덕지노
德者才之主 才者德之奴 『채근담』

덕은 재주의 주인, 재주는 덕의 하인

한 사람의 훌륭한 사회인으로 살아가기 위해서는 어떤 조건이 필요할까? 하나는 재능이다. 이것이 없다면 험한 현실 세계를 자력으로 살아가기란 불가능하다. 그러나 과연 재능 하나만으로 충분한 조건을 갖추었다고 말할 수 있을까? 결단코 그렇지 않다. 또 다른 조건은 덕(德), 즉 인격적인 요건을 필요로 한다. 재능과 인격, 이것은 마차의 양 바퀴와 같아서 어느 한쪽이라도 결함이 생기면 마차는 굴러가지 못한다.

그러면 이 두 가지의 요건 중에서 어느 것이 더 중요한 것일까? 『채근담』에 의하면 인격이 주인이고, 재능은 곁에 두고 부리는 하인에 지나지 않는다고 한다.

"재능이 아무리 뛰어나도 인격이 따르지 않는 것은, 주인 없는 집에서 하인이 제멋대로 버릇없이 구는 것과도 같다. 그렇게

중국고전 일일일언

되면 아무리 훌륭한 집이라도 요괴변화(妖怪變化)의 소굴로 변하고 만다."

재능이 뛰어난 인물이 의외로 실패를 하는 경우가 많다고 한다. 혹시 재능만 앞서고 인격이 따르지 못하는 것이 원인인 경우는 아닐까? 숙고해 볼 만한 문제다.

국사무쌍
國士無雙 『사기』

국사는 오직 하나

국사무쌍이라는 말은 현재 마작 용어로서만 남아 있을 뿐이다. 게다가 국사라는 것은 나라를 짊어지고 나아갈 인물, 무쌍이란 둘도 아닌 오직 하나라는 뜻이니, 과연 그럴 만한 인물을 어디에서 찾아볼 수 있을까?

이 말은 원래 한(漢)의 고조 유방을 보좌했던 한신(韓信)이라는 장군을 평한 말이다. 그러나 곰곰이 생각해 보니, 그런 뛰어난 인물이 나타나 나라를 이끌어간 시대는 별로 좋은 시절이었다고 말하기 어려운 난세였다. 난세는 영웅을 만든다고, 그렇기에 국사와 같은 뛰어난 인물이 탄생할 수 있었던 것이다.

국사가 나타나지 않아도 좋다. 난세와 같은 어지러운 사회만
아니라면.

중국고전 일일일언

八月

대도를 잃으면 인과 의를 강조한다

• • •

어진 부모가 되기를 강조하고, 효자가 되기를 강조하는 것은
육친의 애정이 희박할 때다.
충신이 나타나는 것은 나라의 정치가 혼란할 때다.

1 대도폐유인의
大道廢有仁義 『논어』

대도를 잃으면 인과 의를 강조한다

"인(仁)을 강조하고, 의(義)를 강조하며 도덕의 고양을 부르짖는 것은 무위자연(無爲自然)의 대도(大道)를 잃어버렸기 때문이다."

작위와 약은 체하는 것을 버리고 무위자연의 대도로 되돌아가라 말하고 있다. 인간이 행복해지려면 있는 그대로의 삶을 살아가야 한다는 것이다. 이런 노자의 말대로라면 인간이 만들어놓은 도덕을 말하는 것은 오히려 인간의 본성을 손상시키는 것이라는 결론에 도달하게 된다. 이에 관해 노자는 이렇게 말하고 있다.

"세상에 허위가 만연하고 있는 것은 인간의 작위가 위세를 부리기 때문이다. 어진 부모가 되기를 강조하고, 효자가 되기를 강조하는 것은 육친의 애정이 희박할 때다. 충신이 나타나는 것은 나라의 정치가 혼란할 때다."

과연 어느 것 하나 틀린 말이 없다.

265

八月의말

병 자 흉 기 야   쟁 자 역 덕 야

兵者凶器也 爭者逆德也 『위료자』

무기는 흉기다. 전쟁은 덕에 거스르는 일이다

병(兵)이라는 한자에는 몇 개의 뜻이 있다. 예를 들면,

1. 무기
2. 병사
3. 전쟁

이 경우에는 무기로 해석하는 것이 이해가 빠를 수 있다. 무기는 어차피 사람을 죽이는 도구이기에 흉기, 즉 불길한 도구다.

전쟁은 덕에 반하는 행위이며 바라지 않는 일이다[爭者逆德也].

이런 인식은 위료자(尉繚子)뿐만 아니라 중국 병법서의 공통적인 인식이다. 중국인의 공통적인 사고방식이라고 말할 수 있는 것이다. 그들의 인식에 의하면 전쟁의 해결은 정치, 외교에 의해 이루어져야 하는 것으로, 무기에 의한 해결은 최저의 책(策)이라는 것이다. 그렇기에 위료자도 이 말을 인용한 후에 이렇게 다짐

을 두고 있는 것이다.

"무기로써 해결하는 것은 어쩔 수 없는 경우다."

예나 지금이나 전쟁을 즐기는 지도자치고 변변한 인물은 없었다. 리더가 용감론을 들먹인다면 그것은 위험한 징후다.

군자유종신지우 무일조지환야
君子有終身之憂 無一朝之患也 『맹자』

군자는 생의 고뇌는 있어도, 마음의 동요는 없다

군자에게는 생을 통한 고뇌는 있어도 외부로부터 생기는 마음의 동요는 있을 수 없다는 말이다. 왜일까?

맹자는 이렇게 말하고 있다.

"군자는 늘 자신을 반성한다. 이것이 보통 사람과 다른 점이다."

군자는 어떤 어려운 상황에 처하더라도 결단코 남을 원망하거나 하늘을 원망하지 않는다. 일이 어렵게 된 것은 자신의 성실함이 부족했거나 자신의 행동이 예에 어긋났기 때문이라고 여기고 자신을 반성한다. 그 누구에게도 책임을 물으려 하지 않기에 외부의 요건에 기인한 마음의 동요는 일어나지 않는다는 것이다.

그렇다면 종신지우(終身之憂)는 무엇을 뜻하는 말일까? 맹자는 이렇게 말하고 있다.

"순(舜)은 천하에 모범을 보이고 후세에 이름을 남겼다. 그러나 정작 자신은 평범한 속인에 지나지 않는다고 생각했다."

순의 마음가짐에 한발이라도 가까이 다가서기 위한 노력을 게을리 하지 않는 자, 그런 자만이 군자로서의 조건을 갖춘 인물이라는 것이다.

교언영색 선의인
巧言令色 鮮矣仁 『논어』

달콤한 말로 비위를 맞추는 것은 인과 거리가 멀다

이 말은 『논어』의 말 중에서도 특히 유명한 말이다.

"달콤한 말, 비위를 맞춰주는 대응, 그런 상대에 한해서 인(仁)은 멀다."

공자는 또 이런 말도 했다.

"교언(巧言), 영색(令色), 족공(足恭). 좌구명(左丘明)은 이것을 수치로 알았다. 나도 이것을 수치로 여긴다."

족공(足恭)은 지나치게 공손함을 뜻하는 말이다. 좌구명이라는 인물은 평생 이 세 가지를 수치로 여기고 꺼려했는데 공자 자신도 같은 생각이라는 말이다.

공자가 교언영색을 꺼려했던 것은 대인 관계에 있어서의 허식을 싫어했기 때문이다. 또 강의목눌(剛毅木訥)이 반드시 바람직한 것은 아니지만 교언영색보다는 훨씬 낫다고 말하고 있다. 또한 이것은 현대를 살아가는 사회인의 조건에 통용되는 말이기도 하다.

5

소인익어수 군자익어구 대인익어민
小人溺於水 君子溺於口 大人溺於民 『예기』

**소인은 물에 빠지고, 군자는 입에 빠지고,
대인은 백성에 빠진다**

소인은 물, 군자는 입, 대인은 백성, 각자의 수준에 맞춰 빠지는 대상이 다르다. 여기서 익(溺)은 실패를 뜻한다. 그러나 대상은 각자 다르지만 실패의 원인을 보면 공통점이 있다. 그것은 익숙해지면서 범하기 쉬운 방심인 것이다.

소인익어수(小人溺於水)는 잘 아는 말이라 따로 설명할 것도 없다. 군자익어구(君子溺於口)는 역시 이해하기 어려운 말은 아니다. 특히 술이 들어가면 말이 많아지는 것은 일상의 행동이다. 그런데 대인익어민(大人溺於民)은, 이것은 무엇을 뜻하는 것일까? 여기서 지적하는 민(民)은 도리를 이해하지 못하는 무지한 사람들을 말하는 것으로, 그런 사람들을 무시하면 오히려 큰 화를 입게 된다는 뜻이다. 그리고 마지막으로 예기는 이렇게 다짐을 두고 있다.

"그러므로 군자는 신중해야 마땅하다."

일상에서도 늘 접하는 말이다.

궁 기 능   상 궐 공
矜其能 喪厥功 『서경』

재능을 자랑하면 공을 잃게 된다

능(能)은 재능, 능력이다. 이것은 세상을 살아가는 데 강력한 무기가 된다. 능력이 뛰어난 사람은 능력이 없는 사람에 비해 성공할 가능성이 높다. 특히 리더의 입장에 있는 사람으로서는 꼭 갖추어야 할 필수 조건의 하나이다. 능력이 없는 리더는 리더로서 인정을 받지 못하기 때문이다.

그러나 이렇게 필수 조건으로서의 능력이라고 해서 문제점이 없는 건 아니다.

아무리 뛰어난 능력의 소유자라 할지라도 자신의 능력을 과시하며 자랑삼아 내보이면 금세 주위의 반감을 사게 된다. 반감을 사는 정도로 끝난다면 괜찮지만 한창 궤도에 오르려는 순간에 실적이나 지위를 잃어버리는 경우가 적지 않다. 지난 역사를 훑어보아도 그런 예는 무수히 많다.

어느 정도 나이가 든 사람들은 세월의 경험을 통해 그런 면에서 자제할 줄 안다. 자신의 능력을 뽐내며 거들먹거리는 사람은 그렇게 많지 않다. 그러나 젊은 세대의 경우는 다르다. 자신을 드러내는 데 주저하지 않는다. 아니, 그 정도가 아니라 남보다 튀고 싶어 안달을 하는 이들도 많다. 물론 강한 개성의 표현일 수도 있다. 그것을 뭐라고 할 수는 없다. 또 실제로 능력이 뛰어난 젊은이도 많다. 그러나 벼는 익을수록 고개를 숙이는 법, 그럴수록 각별히 자각해서 능력이 드러나지 않게 단속을 잘해야 한다. 주위의 반감을 사면 크게 성공하기는 어렵다.

7

소불인칙란대모
小不忍則亂大謀 『논어』

작은 인내조차 할 줄 모르면 큰일을 할 수 없다

작은 인내조차도 할 줄 모르면 큰일을 그르친다. 도저히 참을
수 없는 일이라도 큰 목표 앞에서는 인내하고 견디지 않으면 안
된다고 하는 말이다.

이런 감내(堪耐)의 예로 잘 인용되는 것이 한신(韓信)의 고사(故
事)다.

한신은 유방을 보좌해 한(漢)을 창업하는 데 혁혁한 공을 세
운 명장이다. 그러나 그런 그에게도 일정한 직업도 없이 빈둥거
리던 젊은 시절이 있었다. 그러던 어느 날, 평소에 한신을 놀려
먹던 부랑자 패거리 중 한 사내가 길을 가는 한신의 앞을 가로막
으며 다짜고짜 시비를 걸었다.

"임마, 덩치만 크고 칼만 차고 다니면 다야? 배짱도 없는 놈
이!"

큰 소리로 떠들어대는 사내의 말에, 사람들이 하나둘 주위로
모여들었다. 그러자 사내는 더 기가 살아서 한신을 놀리는 것이
었다.

"네가 배짱이 있는 놈이라면 그 칼로 날 찔러봐라. 그럴 용기
가 없다면 엎드려서 내 가랑이 사이로 기어라."

그러자 한신은 묵묵히 엎드려 사내의 벌린 가랑이 사이를 기

었다. 주위 사람들이 그를 놀리고 비웃었음은 말할 것도 없다.

당시 한신의 힘이라면 그런 부랑자 몇 명쯤은 간단하게 처리할 수도 있었을 것이다. 그러나 그런 사소한 일에 휘말려 말썽이라도 생긴다면 결코 자신에게 득이 될 것이 없다고 판단했던 것이다. 큰일을 앞둔 작은 일이라는 생각으로 과감하게 수모를 인내했던 것이다.

8

조삼이모사
朝三而暮四『장자』

조삼모사

눈에 보이는 차이만 알고 결과가 같은 것을 모르는 어리석음을 비유하며 이르는 말이다. 『장자』에 다음과 같은 우화가 있다.

옛날 송(宋)나라에 저공(狙公)이라는 사람이 있었다. 원숭이를 좋아해 많은 원숭이를 길렀는데, 차츰 가세가 기울어 원숭이 먹이로 지출되는 비용마저도 줄이지 않으면 안 될 형편에 이르렀다. 그는 원숭이에게 아침저녁으로 네 개씩 주던 도토리를 줄이기 위해 아침에 세 개, 저녁에 네 개씩을 주려고 하자 원숭이들이 소리를 지르며 화를 냈다. 이에 아침에 네 개, 저녁에 세 개씩 주겠다고 하자 원숭이들이 크게 기뻐했다고 한다.

실제로 결과에는 아무 차이도 없지만 눈앞의 차이에 화를 내고 기뻐하는 원숭이들의 아둔함을 비웃은 이야기다. 그러나 원숭이들의 어리석음만을 비웃을 수만은 없다. 이 조삼모사(朝三暮四)는 지금까지도 위정자들의 유력한 정치 수법의 한 방편으로 종종 사용되고 있기 때문이다. 지금 이 순간, 우리가 아둔한 원숭이들의 전철을 밟고 있는 건 아닌지 확신이 서지 않는다.

9 천 도 시 사 비 사
天道是邪非邪 『사기』

천도는 정말로 존재하는 것일까

"천도(天道)는 정말 존재하는 것일까?"

이 말은 『사기』의 작자 사마천(司馬遷)이 「백이전(伯夷傳)」의 말미에 기록했던 말이다.

중국인은 옛날부터 천도(하늘의 섭리)의 존재를 믿어왔다.

"천도는 공평무사하고 늘 선인의 편이다."

이렇게 자신의 마음에 새겨두고 어려운 일이 닥칠 때마다 이 말을 되새기며 스스로를 위안했던 것이다. 그러나 이것에 중대한 의문을 제시한 자가 바로 사마천이었다. 그는 우선 수양산(首陽山)에서 아사(餓死)했던 백이(伯夷), 숙제(叔齊)의 일화를 기록하며, 선이 쇠퇴하고 악이 번성하는 예로 들었다. 그리고 이렇게 말했다.

"악업을 되풀이해도 부귀를 누리며 향락을 즐기는 자가 있다. 그 반면에 근엄하게 자신을 절제하고 말과 행동을 신중하게 하며 늘 바른길을 가면서도 재앙에 휘말리는 자도 무수히 많다. 이런 것을 생각하면 깊은 절망감을 떨칠 수가 없다."

바르게 살면서도 비운에 빠진 자의 거짓없는 실감(實感)이다. 어디 그런 예가 비단 옛날에만 있었겠는가?

천망회회 소이부실
10 天網恢恢 疏而不失 『논어』

하늘은 엄정하여 악행에는 반드시 악보(惡報)가 있다

천망(天網)이란 시비곡직(是非曲直)을 바로잡는 천지자연의 법칙을 뜻하는 말이다. 회회(恢恢)는 크다는 뜻이다. 따라서 전체 문장의 뜻은 이렇게 볼 수 있다.

"하늘의 그물[網]은 더할 나위 없이 커서 드문드문 눈이 성긴 것 같지만 악인은 빠짐없이 걸린다."

악은 번성하고 있는 것처럼 보여도 그것은 일시적인 것으로 언젠가는 반드시 악보가 있다는 말이다.

『노자』에 의하면 천도, 즉 하늘의 법칙은 인간 사회의 구석구석까지 관철하고 있어서 누구도 그 엄정한 법칙을 벗어날 수 없다고 한다. 그러나 인간이 천도의 뜻을 아는 것은 불가능하다고 했다.

"천도는 싸우지 않고 승리를 얻고, 명령하지 않으며 복종시키고, 부르지 않아도 다가온다. 천천히 준비하면서 깊은 생각을 은밀하게 간직하고 있다."

이 천도의 구체적인 표현이 '천망'이다. 악이 번성할 때마다 사람들은 이 말을 되새기며 자신을 위로했던 것이다.

투아 이 도   보 지 이 이
投我以桃 報之以李 『시경』

북숭아를 받고 자두로 갚는다

"복숭아를 받고 자두로 갚는다."

'밥 한 끼의 덕도 반드시 갚는다'는 『사기』의 말과 같은 의미의 말이다. 아무리 작은 은혜라도 반드시 갚아야 하는 것은 인생작법(人生作法)의 기본이다. 여기서도 그것을 말하고 있는 것이다.

생각해 보면 우리는 다면적인 인간관계 속에서 여러 사람으로부터 은혜를 입거나 신세를 지며 살아가고 있다. 그것을 하나하나 대차대조표로 작성해 계산을 한다는 것은, 속된 표현을 빌리자면 머리에 쥐나는 일이다. 그만큼 인생의 대차대조표는 다양하고 복잡하다. 그러나 갚을 수 있는 것은 반드시 갚아야 한다. 당장은 불가능할지라도 생전의 언젠가는 꼭 그렇게 해야 한다. 마이너스 감정(勘定)을 등에 업은 채로 이 세상을 마감한다는 것은 아무리 생각해도 뒷맛이 개운치 않다.

그러나 돌려주고 싶어도 돌려줄 수 없는 것이 있다. 은의(恩義)가 바로 그런 것이다. 그럴 때는 어떻게 할 것인가? 중국인이 생각하는 것은 사회 환원이다. 과연 중국인다운 생각이다. 그것이라면 인생 대차대조표의 결산을 맞출 수 있을지도 모른다. 섣부르게 유산을 남긴 죄로 지하에서 꼴사나운 재산 싸움을 지켜보느니, 차라리 그 편이 훨씬 현명할지도 모른다.

12 소인한거위불선
小人閒居爲不善 『대학』

소인은 혼자 있을 때 나쁜 마음을 먹는다

간거(閒居)는 혼자 있음을 이르는 말이다. 그럴 때 좋지 못한 일을 계획하고, 무슨 일을 저지를지 모르는 사람을 소인이라고 한다. 참으로 유명한 말이다.

그런데 불선(不善)을 꾸미고 있는 것을 어떻게 알 수 있을까? 그것은 저절로 용모나 태도에 나타나는 것이기 때문에 억지로 감추려고 해도 감출 수 없는 것이라고 한다. 누가 보더라도 금세 알 수 있다고 한다.

남들 앞에서는 잘 보이려고 자신을 겉꾸리고, 혼자 있을 때 나쁜 일을 획책하는 것은 결국은 자신을 속이는 일이다. 남의 눈은 피할 수 있지만 자신의 눈은 피할 수 없기 때문이다. 정신 위생에도 해로울 뿐 아니라 세상엔 비밀이 없기에, 나쁜 일은 반드시 알려지는 법이다.

남들에게 경시당하고, 정신 상태까지도 해를 입는 상황이라면 한시라도 빨리 그런 상황에서 벗어나야 한다. 아무 말도 필요없다. 일 분, 일 초라도 빨리 소인에서 벗어나려는 노력밖에는……

이의결의 결심부당
以疑決疑 決心不當 『순자』

모호한 판단으로는 바른 결론이 나지 않는다

모호한 정황을 근거로 한 모호한 판단이라면 결론은 보지 않아도 뻔한 것이다. 올바른 결단을 내리기 위해서는 우선 충분한 정보가 필요하다. 또 정보의 양도 양이지만 질이 우선되어야 한다. 잡다하기만 하고 신뢰성이 부족한 데이터로는 정확한 결론을 도출해 낼 수 없기 때문이다. 그러나 그것만으로도 충분하지 못하다. 거기에 하나 더, 당사자의 확고한 견해가 우선되어야 한다. 이에 관해 『순자』는 이렇게 말하고 있다.

"만물을 관찰할 때 관찰자가 이것저것 의심하고 확신을 갖지 못하면 만물을 사려 깊게 볼 수 없다. 자신의 생각을 정하지 못하는 것은 시비선악을 판단하는 능력이 부족하기 때문이다."

그리고 이런 말로 마무리를 지었다.

"결론이 바르게 나지 않는 이상 바람직한 성과는 기대할 수 없다."

모호한 판단으로 모호한 결정을 하는 어리석음은 절대 범하지 않아야 한다.

덕불고 필유인
德不孤 必有隣 『논어』

덕은 외롭지 않다. 반드시 이웃이 있다

"덕은 결코 고립되지 않는다. 반드시 이해자가 나타난다."

공자의 확신에 찬 말이다. 다른 사람도 아닌 공자의 확언이기에 그 누구의 말보다도 훨씬 더 설득력있게 들린다.

그러나 공자의 생은 보통 사람의 생에 비해 결코 축복받은 삶은 아니었다. 젊은 나이에 이미 큰 뜻을 품었지만 정작 정치에 참여한 것은 50세를 넘긴 이후의 일이었다. 그러나 공직 생활도 4년을 넘기지 못했고, 그 이후로 14년 동안이나 제국을 유랑하며 자신의 이상적인 정치의 실현을 기획했지만 이렇다 할 성과도 올리지 못한 채 꿈을 접어야만 했다. 그런 공자를 보며 어느 선비는 이렇게 평했다.

"시세(時勢)에는 이길 도리가 없는 법이거늘, 어리석은 일을 하고 있는 사람이다."

공자의 인생에는 고립의 그림자가 짙게 드리워져 있다. 그러나 그런 공자가 '덕은 외롭지 않다. 반드시 이웃이 있다'고 확언을 한 것에는 나름대로의 의미가 있는 것이다.

중국고전 일일일언

현실의 지적이 아니라 비원(悲願)의 고백이라 이해하는 것이
타당하겠다.

천 금 지 자 불 사 어 시
千金之子不死於市 『사기』

부자의 아들은 사형에 처하지 않는다

천금지자(千金之子)는 부자의 아들을 뜻하는 말이고, 불사어
시(不死於市)는 사형(死刑)에 처해지지 않음을 뜻한다.

옛날 중국에서는 '시(市, 市場)'에서 사형을 집행해 많은 사
람들이 그 스산한 광경을 볼 수 있게끔 했다. 일벌백계의 효시
로, 많은 사람들에게 경각심을 불러일으키게 하기 위해서였다.
그러나 부자의 아들은 어떤 죄를 짓더라도 사형에 처해지지 않
는다고 한다. 왜일까? 크게 두 가지로 분석할 수 있다.

하나는, 죄를 범해서 사형을 선고받을 상황이 되어도 부자인
아버지가 뒤로 손을 써서 아들을 구해낸다는 것이다. 옛날 중국
에는 이런 경우가 많았다고 한다.

또 다른 하나는, 부자의 아들이라 머지않아 부모의 재산을 물
려받을 입장이기에 자연히 행동을 조심하고, 경거망동을 삼가해

281

八
月
의
말

그런 큰 잘못을 아예 저지르지 않는다는 것이다.

두 번째 분석에 억지가 없지 않은 것은 아니다. 그러나 자신을 소중하게 생각하고 처신을 바르게 한다는 점에서 배움의 가치는 있지 않을까.

16

안 시 이 처 순 애 락 불 능 입 야
安時而處順 哀樂不能入也 『장자』

자연의 순리에 따르면 슬픔도 기쁨도 없다

시간의 흐름에 따르고, 자연의 법칙에 순응하면 슬픔도 기쁨도 없고, 일체의 속박에서 해방될 수 있다는 말이다. 순리에 역행하지 않는다. 즉, 자연의 섭리대로 살아간다는 말이다.

'수신제가평천하'는 유가(儒家)의 중심 사상이다. 이에 대해 장자는 크게 무리하지 말 것을 권유하고 있는 것이다.

현대를 살아가는 우리 역시도 '치국평천하'까지는 가지 않더라도 나름대로 목표가 있다. 그것을 이루기 위해 무리해 가면서 힘겹게 살아가고 있는 것이다. 그러나 악착같이 사는 것만이 인생은 아니다. 급속한 전환은 어렵다고 해도 조금은 인생을 즐길 수 있는 마음의 여유를 가져 보는 것도 좋지 않겠는가?

중국고전 일일일언

물론 삶을 영위하기 위한 노력과 정진은 꼭 필요하다. 그러나 인생의 충족을 누리고 싶다면 장자적인 측면이 좀 더 부각되어도 좋을 것이다.

 저 양 촉 번 리 기 각
羝羊觸藩羸其角 『역경』

뿔이 울타리에 걸려 괴로워하는 양

저양(羝羊)은 양(羊)이다. 저돌적으로 달리다 울타리[藩]에 뿔이 걸려서 나아가지도 못하고 물러서지도 못하는 고통스러운 양의 처지를 비유한 말이다. 저돌맹진(猪突猛進)의 해를 경고하고 있는 말이다. 실제로 우리 주변에서 이런 예는 흔하다.

누구의 인생이든, 생을 통해 한두 번 정도는 운이 돌아올 때가 있다. 그때야말로 비축해 두었던 힘을 쏟아내야 한다. 실력을 발휘할 기회로, 사업을 확장하거나 더 높은 수준을 목표로 도약을 할 수 있는 절호의 기회인 것이다. 그러나 너무 성급히 서두르다 보면 저양(羝羊)과 같은 곤란한 경우에 처할 수도 있다. 그렇기에 때가 왔다 싶은 때일수록 한층 더 신중한 대응이 필요하다는 것이다. 이에 관해 역경은 이렇게 다짐을 두고 있다.

"소인은 때가 왔다 싶으면 앞뒤 가리지 않고 달려간다. 그러나 군자는 그런 어리석음을 범하지 않는다."

호조(好調)일수록 더 신중함을 기해야 한다는 충고의 말이다.

18 善戰者求之于勢不責于人 『손자』

전술이 뛰어난 자는 조직의 세(勢)를 중시한다

개인의 능력에 너무 큰 기대를 하지 말고 조직 전체의 세력을 중시하라는 뜻이다. 전술에 뛰어난 자는 그런 전투 방식을 취한다고 한다. 손자의 말을 좀 더 들어보자.

"조직의 기세가 오르면 병사는 언덕을 굴러 내려가는 통나무나 둥근 돌멩이처럼 의외의 힘을 발휘한다. 통나무나 둥근 돌은 평탄한 장소에서는 움직이지 않지만 경사진 곳에서는 저절로 움직인다. 기세를 타고 싸우는 것은 이와 같아서 둥근 돌을 낭떠러지 아래로 굴려 떨어뜨리는 것과 같다."

요즘은 어느 기업에서나 사원 연수가 성행하고 있다. 확실히 조직이 살아남으려면 사원 한 사람, 한 사람의 능력을 업그레이드시키지 않으면 안 된다. 그러나 그것과 병행해서 이루어져야 하는 것은 조직의 세(勢)를 키우는 일이다. 조직의 기세가 오르면 한 사람의 능력이 둘, 셋 이상으로 발휘된다. 이런 분위기를 조성하는 것도 리더가 할 일이다.

재 상 불 친 소 사
宰相不親小事 『한서』

재상은 사소한 일에 관여하지 않는다

재상이란 문무백관의 우두머리로, 황제를 보좌하는 최고의 책임자다. 그런 입장에 있는 자는 소사(小事), 즉 사소한 업무는 부하에게 맡기고 자신은 대소고소(大所高所)에서 근엄하게 지켜보고 있어야 한다는 말이다. 이것 역시도 리더의 이상적인 자세에 관해 말하고 있는 것임에 틀림없다.

한(漢)대의 병길(丙吉)이라는 재상이 수행원을 데리고 수도의 큰길을 순회하던 중에 난투 사건을 목격하게 되었다. 사상자까지 발생하는 큰 사건이었음에도 병길은 모른 척하며 가던 발길을 멈추지 않았다. 나중에 수행원이 그 연유를 묻자 병길은 이렇게 대답했다.

"사건의 관리는 경시총감(警視總監)의 직무다. 재상인 내가 세사에 간섭할 수는 없지 않느냐."

중소기업과 같은 작은 조직이라면 이렇게까지 할 수는 없다. 그러나 리더가 사소한 일 하나까지 일일이 관여한다면 몸이 몇 개라도 부족할 것이다. 또 부하의 입장에서도 그것이 결코 바람직하다고는 생각되지 않을 것이다.

'재상불친소사(宰相不親小事)' 이 말의 뜻을 한 번 더 되새겨 보며 무엇을 어떻게 해야 하는 것이 현명한 것인지 숙고해 보는 기회가 되기를 바란다.

지자천려필유일실 우자천려필유일득
智者千慮必有一失 愚者千慮必有一得 『사기』

지자도 천 번에 한 번은 실이 있고, 우자도 천 번에 한 번은 득이 있다

"지자(智者)라 해도 천 번에 한 번은 실패가 있기에 완벽하다고 말할 수 없다. 우자(愚者)라고 해도 드물게 성공하는 예도 있기에 반드시 바보라 말할 수 없다."

이 말도 원래는 속담처럼 통용되던 말이었다. 예를 들면 유방을 보좌했던 한신이라는 장군이 조(趙)군을 괴멸시켰을 때, 적의 참모인 이좌차(李左車)를 군사로 영입하고 이후의 작전 계획에 관해

서 의견을 물었다. 그때 이좌차는 우선 이 말을 인용하며 자신의
생각을 이야기했다. 즉, 그는 겸손한 태도로 '우자의 일득(一得)'
을 강조한 것이다.

사실 이 속담의 의도는 '현자의 일실'을 비웃기 위한 것이 아
니라 '우자의 일득'을 예로 들어 사람들의 주의를 환기시키려는
것이다. 상대가 누가 되었든, 일단 그 사람의 의견을 들어주면
반드시 득이 될 만한 요소가 있다는 것이다. 편견을 버리고 상대
의 의견을 존중할 때 비로소 플러스 요인이 생긴다는 것이다.

기린지쇠야 노마선지
騏驎之衰也, 駑馬先之 『전국책』

준마도 늙으면 노마에 뒤처진다

기린(騏驎)이란 목이 긴 동물 기린이 아니라, 하루에 천 리를
달린다고 하는 준마를 일컫는 말이다. 노마(駑馬)는 보통의 능
력밖에 없는, 지극히 평범한 말이다. 사실 이 우화는 지금에 와
서 다시 설명할 것도 없다. 이미 옛날부터 속담으로 널리 쓰였
고, 지금도 널리 통용되고 있는 말이기 때문이다.

현대에 들어서서 노해(老害)라는 말을 쓴다. 나이가 들면 말은

다리부터 증상이 나타나지만 사람은 머리라고 한다. 사고가 점
차로 경직되어 유연한 대응이 불가능해진다는 것이다. 노력에
의해 그것을 극복해 나가는 노체(老體)가 없는 것은 아니지만 대
부분의 경우 그런 결점을 피할 수 없는 게 사람의 일이다.

2차 대전 당시 일본 해군의 제일선 지휘관은 거의가 노령이었
기에 작전 지휘에 있어서 유연한 대처가 불가능했다는 지적이
설득력을 얻고 있다. 현재의 시점에서도 똑같은 지적을 할 수 있
다. 평상시라면 상관이 없지만 문제는 비상시다.

22 복생어미 화생어홀
福生於微 禍生於忽 『세원』

복은 작은 씀씀이에서 시작되고, 화는 소홀함에서 시작된다

미(微)는 세세한 선행, 다른 말로 작은 친절이라고 할 수 있
다. 복(福)은 물질적인 보답뿐 아니라 정신적인 만족감도 포함
하고 있다. 복은 극히 작은 마음 씀씀이에 의해 얻을 수 있는 것
이라는 해석이 가능하다. 그것이 전단의 일구(一句)다.

그러나 이것과 다른 해석도 가능하다. 후단구와의 대조에 의
해 복은 성공, 화는 실패라고 해석할 수도 있다. 그러면 전체의

의미는 이렇게 된다.

"성공은 사소한 일을 소홀히 하지 않는 것에서 시작되고, 실패는 사소한 일을 소홀히 하는 것에서 시작된다."

홀(忽)은 익숙해지거나 방심할 때 생긴다. 화(禍)를 피할 수 있는 방법이 무엇인지, 이미 그 해결책이 제시되어 있다.

지유수야 불유칙부
23 智猶水也 不流則腐『송명신언행록』

지혜는 물과 같아서 흐르지 않으면 썩는다

물은 끊임없이 흐르지 않으면 부패해서 식수로 쓸 수 없게 된다. 지(智)도 그와 같아서 평소에 쓰지 않으면 녹이 슬어버려 유사시에 쓸 수 없다는 것이다. 지(智)는 이 경우에 머리라고 하는 편이 더 이해가 빠를 수도 있겠다.

장영(張詠)이라는 송대의 명신이 나태한 부하를 보고 이렇게 꾸짖었다고 한다.

"크고 작은 일, 모두 지(智)를 사용해야 한다. 범백(凡百. 모든 사물)에 지를 쓰지 않으면 큰일이 닥쳤을 때 어찌 지가 올 수 있겠는가."

평소에 머리를 쓰지 않으면 큰일이 닥쳤을 때 명안(名案)이 떠오르지 않는다고 지적한 말이다.

흔히 시간이 지난 뒤에, '그때 이렇게 했으면 좋았을걸', '아, 그것은 이렇게 처리했어야 하는데……' 등 후회하는 경우가 많다. 이른바 우자(愚者)의 후지혜(後知惠)다. 아무리 좋은 아이템이라 해도 후지혜가 되어서는 어쩔 도리가 없다. 차 떠나간 뒤에 손을 흔들며 발을 동동 굴러봐야 차는 돌아오지 않는다. 평소에 머리를 단련시키지 않은 대가라고 할 수 있다.

교우수대삼분협기
交友須帶三分俠氣 『채근담』

교우 관계는 삼분(三分)의 협기

협기(俠氣)는 남자다움을 뜻한다. 상대가 곤란한 처지에 놓여 있을 때 선뜻 팔을 걷고 나서며 '내가 도와주지!' 하는 마음이 협기라고 할 수 있다. 그런 협기가 없다면 교우 관계는 이루어질 수 없다는 것이다. 그런데 왜 삼분(三分)일까?

협기는 옛날부터 약한 자를 돕고, 강자를 누르는 임협도(任俠道)의 원점이라고 했다. 이것은 중국에서만이 아니라 일본에서도 마찬가지였다. 그러나 이런 억강부양(抑强扶弱)의 기풍은 자 첫 혈기를 주체하지 못하고 폭주할 염려가 있다. 이 점에 대해 한비자(韓非子)도 우려의 말을 잊지 않았다.

"협은 무(武)와 같아서 금(禁)을 범(犯)한다."

즉, 협기가 지나치면 통제가 불가능해져 균형을 잃을 염려가 있다는 것이다. 교우 관계에 있어서도 마찬가지다. 협기를 팔 분, 십 분 발휘한다면 대부분의 경우같이 주저앉을 염려가 있다는 것이다. 친구를 돕는 것은 좋지만 무리해서 자신마저 쓰러져 버린다면 더 이상 손을 써볼 도리가 없다. 삼분으로 낮춘 이유는 그런 의미에서다. 매우 타당한 선택이라고 말할 수 있다.

25 처 변 당 견 백 인 이 도 성
處變當堅百忍以圖成 『채근담』

어려움에 처하면 백 번 인내하며 뜻을 도모해야 한다

난관에 처했을 때는 오직 인내로써 초지(初志)를 관철시킬 것을 권유하는 말이다. 변(變)은 인생의 버팀목이라고 할 수 있다. 여기서 필요한 것이 백인(百忍)이라는 것이다.

백인, 무척이나 귀에 익은 말이다. 이에 관해서는 다음과 같은 이야기가 있다.

당(唐)나라 때 장공예(張公藝)라는 사람이 있었다. 이 사람의 집은 구세동거(九世同居), 대가족이 한 집에서 사이좋게 살고 있는 것으로 널리 알려져 있었다. 평판을 들은 당시의 황제가 그의 집을 방문해 구세동거의 비결을 물었다. 그러자 자예공은 묵묵히 인(忍)이라는 글자를 백 번 써 보였다고 한다. 백 번을 인내한다는 것이니, 대가족 화합의 비결은 인내에 인내를 거듭하는 것 말고는 다른 비결이 없다는 뜻이다.

백인은 대가족 화합의 비결일 뿐만 아니라 인생의 난관을 돌파하기 위한 수단으로도 결함이 없는 조건이다. 지금까지 인내 없이 성공했다는 사람을 단 한 명도 본 적이 없다.

26

불수고중고 난위인상인
不受苦中苦 難爲人上人 『통속편』

극한 상태의 고생을 겪어보지 않고서는 사람의 위에 설 수 없다

고중고(苦中苦), 즉 극한 상태의 고생을 체험한 인물이 아니면 사람의 위에 설 자격이 없다는 말이다.

어느 유명 인사는 젊은 사람들이 그를 만나러 올 때마다 늘 이렇게 말하곤 한다.

"인간이 제 몫을 하려면 세 가지의 체험을 해야 한다. 하나는 투병, 하나는 낭인(浪人), 또 하나는 투옥(投獄)이다."

그 자신 이 세 가지의 극한 고생을 몸소 겪고 난 뒤에 그만한 위치에 올라선 것이니 그 나름대로의 설득력이 있는 말이다.

극한 상태의 고생을 경험한 사람이 반드시 성공한다는 보장은 없다. 하지만 유력한 자격 조건이 될 수 있는 것은 사실이다. 그런 극한 체험을 통해 사람을 볼 줄 아는 눈과 역경을 헤쳐 나가는 자생 능력을 갖추게 되기 때문이다. 젊어 고생은 사서도 한다는 말과도 상통한다 하겠다.

27 무영인주지역린칙기의
無嬰人主之逆鱗則幾矣 『한비자』

인주(人主)의 역린을 건드리지 마라

역린(逆鱗)의 원래 의미는 천자의 노여움이다. 흔히 상사의 기분을 상하게 하거나 노여움을 살 때 역린을 건드린다는 표현을 한다. 한비자는 상사를 설득하는 태도를 언급하며 이 말을 예로 들었다.

"상사를 설득하는 일의 가장 큰 어려움은 상대의 마음을 읽고 난 뒤에 이쪽의 의견을 그것에 맞추는 것, 이것 하나뿐이다."

그리고는 표제의 말을 예로 들어 이렇게 부연했다.

"용(龍)이라는 동물은 친해지고 나면 사람을 태울 정도로 점잖은 동물이다. 그런데 용의 목 밑에는 직경 일 척 정도의 비늘[鱗] 하나가 다른 비늘과는 거꾸로[逆] 위치해 있다. 그것을 건드리면 반드시 사람을 물어 죽인다. 지도자[人主]에게도 이와 같은 역린(逆鱗)이 있다. 그것을 건드리지 않으며 이야기하는 것이 가장 지혜로운 설득법이다."

상사뿐 아니라 사람은 누구라도 역린을 가지고 있다. 그것을 건드리지 않는 자세가 대인 관계의 중요한 포인트다.

28

의행무명 의사무공
疑行無名 疑事無功 『사기』

확신없이는 명예도 성공도 얻지 못한다

의행(疑行)은 확신이 없는 모호한 행동, 의사(疑事) 역시도 같은 뜻의 말이다. 어떤 일이든 확신을 가지고 실행해야 한다는 것이다. 모호한 마음가짐으로 임하면 성공도 확실하지 않고, 따라서 명예도 얻지 못함을 경고하는 말이다.

시황제의 진(秦)나라는 그 옛날 상앙(商鞅)이라는 명재상이 근본적인 국정 개혁을 단행해 부강의 기초를 구축해 놓았다. 그 개혁을 단행할 때 상앙은 우선 이 말을 인용해 왕을 설득했다고 한다.

"강국을 만들기 위해서는 선례에 따르지 않고, 관습에 얽매이지 않고, 대담하게 개혁을 진행해야만 합니다."

확신이 철철 넘쳐흐르는 말이다. 상앙은 불퇴전(不退轉)의 결의만을 강조했던 것은 아니다. 개혁의 단행을 촉구하는 것과 동시에 면밀한 조사와 충분한 준비의 필요성도 역설하고 있다. 확신이라는 것은 그런 철저한 대책 없이 생겨날 수 없는 것이기 때문이다.

29

비지지난야 처지칙난야
非知之難也 處知則難也 『한비자』

아는 것은 어렵지 않으나 알고 난 뒤가 어렵다

"아는 것은 어렵지 않다. 알고 난 후의 대처 방법이 어려운 일이다."

정보 수집보다도 정보 관리가 더 어렵다는 것이다. 이에 관해 한비자는 하나의 예를 들었다.

송(宋)나라에 대단한 부자가 있었다. 어느 날 많은 비가 내려 부잣집의 담이 무너졌다. 그것을 보고 아들이 말했다.

"빨리 담을 고치지 않으면 도둑이 들어올 것입니다."

옆집에 사는 사람도 무너진 담을 보며 아들과 똑같은 말을 했다.

그날 밤, 부잣집에 도둑이 들어와 재물을 몽땅 훔쳐 갔다. 부자는 아들의 선견지명에 감탄했다. 그러나 아들과 같은 말을 한 옆집 사람에 대해서는 '그놈이 범인이 아닐까?' 하며 의심을 했다고 한다.

자기 딴에는 친절하게 알려주었는데도 터무니없이 의심을 받게 된다면 이것처럼 경우에 맞지 않는 일도 없을 것이다. 우리 주변에도 이와 비슷한 경우가 결코 적지 않다.

잘못을 알았다면 마땅히 고쳐야 한다. 부자가 도둑을 맞은 것은 담이 무너진 이후의 대처 방법이 잘못되었기 때문이다.

30 무 원 려 필 유 근 우
無遠慮 必有近憂 『논어』

중국 고전 일일일언

원려가 없으면 반드시 근우가 있다

원려(遠慮)는 말 그대로 먼 앞일을 헤아려 생각한다는 뜻으로, 문장 전체를 보면 먼 곳까지 내다보고 대책을 세우지 않으면 반드시 가까운 곳에서 근심이 생긴다는 뜻이 된다.

"알고 보니 별말도 아니네."

이렇게 말하는 사람이 있을지도 모른다. 확실히 누가 보더라도 지극히 평범한 말이다. 그러나 그런 점이 바로 공자만의 매력이다. 어디 공자의 말치고 어렵게 느껴지는 말이 있던가? 그러나 쉬워 보여도 막상 실행에 옮기기는 어려운 것이 공자의 말들이다. 이 또한 공자만이 가지고 있는 매력이다.

『좌전』에 보면 이런 말이 있다.

"군자는 원려(遠慮)가 있고, 소인은 눈앞의 통속적인 것을 따른다."

눈앞의 일에만 급급해 우왕좌왕하고 허둥대는 것이 바로 우리네 일상의 모습이다. 그런데 원려란 도대체 어느 정도의 먼 앞을 말하는 것일까? 적어도 십 년 정도는 사정권에 넣어두어야 할 것이다. 그 정도의 원려가 있다면 어느 정도의 근우(近憂)는 피할 수 있을 것이다.

기우
杞憂 『열자』

기우

옛날 기(杞)나라에 한 사내가 있었다. 그는 매사에 쓸데없는 걱정만 하는 사람이었다. 그가 하늘과 땅이 무너지면 어떻게 하나, 하는 걱정으로 잠을 이루지 못하자 그것을 딱하게 여긴 주위 사람이 그를 위로해 주었다.

"하늘은 기(氣)로 이루어져 있으니 그런 걱정일랑 하지 말게나."

그래도 사내의 걱정은 가시지 않았다.

"그렇다면 해나 달이나 별이 떨어지지 않을까?"

"아니, 해나 달이나 별도 모두 기로 되어 있다네. 만일 떨어진다고 해도 해를 입을 염려는 없으니 안심하게나."

이 말을 듣고 사내는 처음으로 안도의 한숨을 내쉬었다고 한다.

이 일화에서 기우라는 말이 생겨났다. 그런데 정말 쓸데없는 걱정인지 필요한 걱정인지 그것을 구분하기란 그리 쉬운 일은 아니다. 그 사내의 시대에는 천지의 붕괴가 기우에 지나지 않았지만 현대의 기우는 매우 복잡하고 다양한 현실적인 이야기들이기 때문이다. 사내의 걱정을 비웃을 일만은 아니다.

九月

높은 제방도 개미굴에 의해 무너진다

• • •

어떤 어려움도 쉬운 것에서부터 생겨나고
아무리 큰일이라도 사소한 것에서부터 시작된다.

천 장 지 제 이 의 루 지 혈 궤
千丈之隄以蟻螻之穴潰『한비자』

높은 제방도 개미굴에 의해 무너진다

천장(千丈)이란 높은 것의 형용(形容)이다. 위용을 자랑하는
높고 당당한 제방도 고작 땅강아지나 개미가 판 굴에 의해 무너
져 버린다. 그렇기에 아무리 사소한 일이라도 무심코 흘려버리
면 안 된다. 손을 써야 할 것은 빨리 손을 써야 한다. 화는 미연
에 방지해야 하는 것이다. 그런 자세 없이는 큰일을 성사시키지
못한다.

『한비자』에만 이런 견해가 있는 것이 아니다. 노자 또한 같은
생각을 피력했다.

"어떤 어려움도 쉬운 것에서부터 생겨나고 아무리 큰일이라
도 사소한 것에서부터 시작된다."

사소한 것이라고 방심해서 대책을 게을리 하면 마침내 그것이
큰 사건이 되어 결국에는 수습할 수 없는 엄청난 사태로 발전하
게 된다는 말이다.

한비자는 또 이것을 의사의 치료에 비유하기도 했다.

"의사는 초기에 병을 발견해서 치료한다. 이것은 병뿐만 아니

라 모든 일에 적용된다. 그래서 성인은 사소한 일에도 빠르게 손
을 쓰는 것이다."

낙천지명 고불우
樂天知命 故不憂 『역경』

천을 즐기며 명을 알면 어리석음을 범하지 않는다

천(天)과 명(命)을 합하면 천명(天命)이 된다. 이 경우 천도 명
도 같은 의미다.

옛날부터 중국인은 인간 사회의 갖가지 현상이 천의 의지에
의한 보이지 않는 실에 의해 지배되고 있다 생각했다. 인도(人
道)는 천도(天道)에 근거를 두고 있기에, 인간사의 화복(禍福),
궁통(窮通), 요수(夭壽)는 전부 하늘이 지배하는 것이라고 생각
했다. 그것이 천명이고 명이라는 것이다. 그렇기에 명의 자각 여
부에 따라 달관과 체념이 생겨나고, 깨달음의 경지에 도달할 수
있다고 생각했다. 그렇기에 섣부르게 경거망동하지 않는다[故不
憂]는 것이다.

역경에 처했을 때는 절대로 경거망동을 해서는 안 된다. 경거
망동은 악의 발버둥이다. 단순히 보기 꼴사나운 추태의 정도가

아니라 한층 더 사태를 악화시킬 수 있다는 것이다. 천을 즐기며 명을 아는 자의 강함은 그런 상황에서 비로소 발휘된다는 것이다[樂天知命].

기 화 가 거
奇貨可居 『사기』

귀한 물건은 사둔다

귀한 물건을 보면 일단 사놓고 본다, 찬스를 놓치지 않는다는 뜻으로 널리 사용되는 말이다.

진(秦)의 시황제가 아직 진왕(秦王)이었던 시절, 상국(相國. 재상)으로 권위를 떨쳤던 여불위(呂不韋)라는 인물이 있었다. 그는 당시로서는 드물게 상인 출신이었다. 그가 상인이었던 젊은 시절의 어느 날, 상용(商用)으로 조(趙)의 수도 한단(邯鄲)에 갔을 때, 자초(子楚)라는 진(秦)의 왕자의 소문을 듣게 되었다. 자초는 왕자의 신분이었지만 정실의 소생이 아닌지라 본국에서조차도 냉대를 받아 조나라에 인질로 와 있었던 것이다. 인질의 생활이 결코 편할 리 만무하다. 자초는 심적, 물적으로 상당한 어려움을 겪고 있었다. 그런 자초의 사정을 들은 여불위는 이 한마디를 내뱉었다고 한다.

"기화가거(奇貨可居)."

그 즉시 여불위는 자신의 전 재산을 털어서 자초의 왕위 옹립 작전에 전력을 다했고, 결국 성공했다. 자초의 아들이 후의 진시황이니 여불위가 누렸던 권력의 극대치가 쉽게 상상이 되지 않을 정도다.

포착한 기회를 놓치지 않고 바로 행동에 옮기는 것, 그것이 여불위의 인생을 전환시키는 운명의 분수령이 되었던 것이다.

중국 고전 일일일언

유 당 랑 지 노 비 이 당 거 철
猶螳螂之怒臂而當車轍 『장자』

사마귀가 맹렬한 기세로 마차 바퀴를 향해 달려간다

사마귀[螳螂]가 맹렬한 기세로 마차 바퀴를 향해 돌진한다는 것으로, 무모한 일의 예로 자주 인용되는 말이다. 줄여서 당랑지부(螳螂之斧)라고도 하는데 이 말 역시도 하나의 원어(原語)가 되었다.

사마귀가 낫 모양의 앞다리를 치켜세운 모습은 확실히 용맹스럽다. 다른 곤충들을 상대로 그런 자세를 취했다면 그 모습만으로도 충분히 위력을 발휘할 수 있다. 그러나 상대가 마차 바퀴라면 이야기는 달라진다. 만에 하나도 이길 확률은 없고 마차 바퀴에 깔려 죽을 것이 뻔한 이치다. 의기는 가상하지만 승산은 전혀 없다.

그럼에도 왜 '당랑지부'와 같은 일이 생기는 걸까? 그 원인을 두 가지로 볼 수 있다.

1. 자신의 능력을 변별할 줄 모른다.
2. 상대의 능력을 모른다.

사마귀를 비웃을 수만은 없다. 그런 우를 범하지 않을 것이라고 자신있게 말할 수 있는 사람이 과연 몇이나 되겠는가.

5

군 자 이 작 사 모 시
君子以作事謀始 『역경』

군자는 시작하기 전에 계획을 세운다

'일단 뛰고 나서 생각한다', '좌우간 버스에 올라타고 본다'. 흔히 일본인의 습성을 이렇게 비유하곤 한다. 그런데 이런 선제

공격형에는 큰 이점이 있다. 우선 그 행동력으로, 기민한 대응 능력은 높이 평가할 만하다. 그러나 마이너스 요인도 있다. 정세(情勢)에 따라 되는대로 좌충우돌, 끊임없이 시행착오를 반복하기 때문이다. 그 결과 힘만 들고 해놓은 것은 별로 없는 영양가 없는 성과에 만족해하지 않으면 안 된다.

그런 마이너스 요인을 지적한 것이 바로 이 말이다. 철저하게 조사하고 연구한 뒤에 시작하라는 것이다. 준비 과정이 철저하면 불의의 사고나 위험 요소를 최소한으로 줄일 수 있다는 것이다. 무엇을 하더라도 다음의 두 가지는 꼭 필요한 조건이다.

1. 충분히 검증된 사업 계획
2. 기민한 대응 능력

이 두 가지를 겸비한 자는 절대 쓰러지지 않는다.

6

직목선벌 감정선갈
直木先伐 甘井先竭 『장자』

직목은 먼저 베어지고, 감정은 빨리 마른다

"나무는 곧은 것이 목재로 적합하다. 그래서 나무를 벨 때는 곧은 것부터 베어낸다. 우물물을 마실 땐 물맛이 좋은 물부터 마신다. 그래서 물맛이 좋은 우물은 빨리 고갈된다. 사람도 이와 같아서 능력이 뛰어난 인물일수록 꺾이기 쉽다. 그러나 무능해 보이고, 눈에 두드러지지 않는 사람일수록 인생을 큰 기복 없이 살아갈 수 있다."

장자는 이렇게 말한 뒤, 의태(意怠)라는 새로 예를 들었다. 이 새는 새라면 당연히 하는 날갯짓조차도 둔탁해서 한눈에 보더라도 무능한 새로만 보인다. 날아오를 때도 다른 새들에게 질질 끌려서야 겨우 날아오를 수 있다. 나아갈 때도 절대 다른 무리 앞으로 나서지 않고, 물러날 때도 맨 뒤에 서지 않는다. 먹이를 먹을 때도 다른 새들과 다투지 않아 따돌림을 받을 일도 없고, 위험에 처할 일도 없다는 것이다.

남을 책망하지 않고 남에게 책망받지도 않는다. 장자에 의하면 그렇게 남의 눈에 띄지 않는 생활 방식이 가장 좋다는 것이다. 일면(一面)의 진리일지도 모른다.

7

불환무위 환소이립
不患無位 患所以立『논어』

지위없음을 탄식하기 전에 실력부터 길러라

"아무리 기다려도 승진이 안 된다."

"나도 빨리 중역이 되고 싶다."

이런 불평불만을 하기 전에 자신에게 그만한 실력이 있는지를 먼저 되돌아봐야 한다. 만일 그만한 실력을 갖추지 못했다면 지금부터라도 각고의 노력을 기울여 실력을 키워야 한다. 부단한 노력을 강조한 말이다.

이 말을 한 공자 역시도 높은 지위에 오르기를 소망했던 사람이다. 능력을 발휘할 수 있는 자리에 올라 그동안 그려왔던 자신의 이상을 실현하고자 하는 욕망이 누구보다도 강했던 사람이다. 그러나 그의 인생의 대부분은 불우한 나날의 연속이었기에 그런 소망은 이루어지지 않았다. 그렇기에 그도 자신이 직위가 없음을 한탄했을 것이다. 이 말은 그런 그의 실감을 뒷받침하는 말이라고 생각된다. 고생없이 높은 지위에 오른 사람이라면 절대 이런 말을 할 리가 없기 때문이다.

불우한 시기는 누구에게나 있기 마련이다. 그때 좌절하거나 불평만 하며 시간을 보낸다면 밝은 앞날은 열리지 않는다. 차분히 때를 기다리며 자신을 갈고닦아야 한다. 설사 그런 때가 오지 않는다 해도 자신의 연마에 기울인 노력에 대한 후회는 없을 것이다.

8

년년세세화상사 세세년년인부동
年年歲歲花相似 歲歲年年人不同 『당시선』

꽃은 늘 같은데 인간은 늘 같지 않다

유정지(劉廷之)의 「대비백두옹(對悲白頭翁)」이라는 칠언고(七
言古詩)의 일절이다. 꽃은 매년 같은 모습으로 피는데 그것을 보
는 사람은 해마다 변해간다고 하는 허무한 심경을 읊은 시다.

이 말에 동감하는 사람도 많을 것이다. 1년이나 2년으로는 그
정도로 변화가 두드러지지 않겠지만 10년 정도 지나면 꽤 변하고,
30년이 지나면 완전히 변해 버린다. 그리고 새삼스럽게 그런 사실
에 마음을 쓰다 보면 자신이 늙었다는 생각에 남모르는 슬픔을 맛
보게 된다.

소(少)에서 장(壯)으로, 장(壯)에서 노(老)로 인생은 발빠르게
사라져 간다. 악착같이 살아온 인생이지만 언뜻 뒤를 돌아보니
남은 생이 별로 없다는 사실을 자각하게 된다. 허무해진다. 꽃은
늘 같은 모습인데 꽃을 보는 자신만 변한 것이다.

자, 그렇다면 이 짧은 인생을 어떻게 살아갈 것인가?

1. 의의있는 삶을 산다.

2. 즐겁게 산다.

정말로 후회없는 삶을 살고 싶다면 이 두 가지를 공존시켜 보라.

연 목 이 구 어
緣木而求魚 『맹자』

나무에 올라가 물고기를 잡는다

물고기를 잡으려면 강이나 바다로 가야 한다. 당연한 말이다. 나무에 올라가서 물고기를 잡을 수는 없는 노릇이다. 수단 방법을 잘못 선택하면 목적을 이룰 수 없다는 것을 비유한 말이다.

전국 시대(戰國時代), 제(齊)의 선왕(宣王)은 무력에 의한 천하 통일을 꿈꾸고 있었다. 어느 날 맹자에게 패도 정치에 관해 묻자, 맹자는 무력으로 영토를 넓혀 다른 나라를 지배하려는 것은 마치 나무에 올라가 물고기를 잡으려는 것과 같은 어리석은 책(策)이라며 이 말을 인용해 그 불가함을 경고했다. 그러나 선왕은 맹자의 말을 잘 이해하지 못하고 물었다.

"무력을 사용하는 것은 어리석은 일인가?"

선왕의 반문에 맹자는 이렇게 대답했다.

중국고전 일일일언

"그 이상입니다. 나무에 올라 물고기를 잡으려는 것은 그래도 나은 편입니다. 물고기를 잡을 수는 없지만 재난은 피할 수 있기 때문입니다. 그러나 무력으로 야망을 채우려 한다면 전력을 다 허비한 뒤에 곤란한 지경에 처하게 됩니다."

아무리 훌륭한 목표를 세웠다 해도 수단 방법을 잘못 선택하면 좋은 결과는 기대할 수 없다. 가능하지도 않은 일을 무리하게 추진하려 하면 반드시 탈이 생기게 마련이다.

10

所惡於上 毋以使下 『대학』

상사의 결점으로 부하를 대하지 마라

위에서 아래에 있는 사람을 보면 이해하는 데 3년이 걸리지만 밑에서 위에 있는 사람을 보면 이해하는 데 3일밖에 걸리지 않는다고 한다. 부하는 상사의 결점을 쉽게 파악한다는 뜻으로, 상사가 어리석고 부하가 현명해서 그런 것이 아니라 처해 있는 입장상 그런 현상이 생긴다는 것이다.

부하의 입장에서 보면 제아무리 능력이 뛰어난 상사라 해도 결점이 보인다. 그저 그런 상사라면 결점투성이로 보일 것이다.

311

九
月
의
말

심지어는 '저런 자가 어떻게······' 하는 생각을 가질 수도 있다. 그것이 여기서 말하는 소악어상(所惡於上)이다. 그렇게 생각했다면 이번엔 자신이 상사의 입장이 되었을 때 같은 방식, 같은 태도로 부하를 대해서는 안 된다고 충고하는 말이 무이사하(毋以使下)다.

이것은 꽤 간절한 충고라고 생각한다. 일반적으로 자신이 상사의 지위에 오르게 되면 예전에 상사에 대해 품고 있었던 불만은 말끔히 잊어버리고 자신도 그와 같은 태도로 부하를 대하는 경우가 많다. 장점은 배워야 마땅하지만 결점의 재생산은 결코 이루어져서는 안 될 것이다.

인 일 능 지 기 백 지
人一能之 己百之 『중용』

남이 한 번 한 일을 자신은 백 번에 한다

다른 사람은 한 번에 하는 일인데도 자신은 두 번, 세 번 시도해도 안 된다. 그렇다고 포기해서는 안 된다. 백 번을 도전하면 한 번은 반드시 이룰 수 있기 때문이다. 끊임없는 노력을 권장하는 말이다. 『중용』은 거듭해서 다음과 같은 말로 부연 설명을 하고 있다.

"이런 방법으로 노력하면 어떤 어리석은 자라도 현명한 자가 될 수 있고 어떤 약자라도 강자로 변신할 수 있다."

자칫 안일함에 익숙해진 현대인들에게는 이런 우직한 노력이 경원의 대상이 될 수도 있다. 편하게 살고 싶어하는 마음을 모르는 것은 아니지만, 당장 눈앞의 편안함만을 추구한다면 이 짧은 인생 아무것도 이루지 못한 채 끝나 버리고 만다. 즐길 땐 즐기더라도 할 땐 해야 한다. 그래도 안 될 때가 있다. 그때는 또다시 해보는 것이다. 그래도 안 되면 한 번 더 해보는 것, 그것이 기백지(己百之)의 정신이다.

임하이간 어중이관
臨下以簡 御衆以寬 『서경』

간략하게 임하고, 관대하게 대하라

정치의 요체에 관한 말이다.

간(簡)이란 간략(簡略)이라는 뜻으로 번잡(煩雜)의 반대다. 특히 관공서의 일은 자신들의 권위를 과시하기 위함인지 이런저런 수속을 강요하는 일이 많다. 그런 번잡함을 간략하게 줄이라는 말이다. 수속 정도라면 그래도 낫다. 이것도 아니고 저것도 아닌, 규제나 금령 부류가 늘어날수록 민간의 활력은 쇠퇴해져 간다. 그런 것이 아닌, 좀 더 간략한 정치를 주문하는 말이다.

관(寬)은 관용, 관대를 뜻하는 말이다. 국민에 대해서 관용의 정신으로 임할 것을 주문하는 말이다. 그렇게 하지 않으면 국민의 지지를 기대할 수 없다. 실제로 가혹한 정치를 행하다 제 손으로 제 무덤을 판 지도자의 예가 먼 옛날만의 일이 아니다. 또 이 말은 일반 조직 관리에도 그대로 통용될 수 있다. 간과 관, 이 두 가지를 리더는 깊이 명심해야 한다.

13

내언불출 외언불입
內言不出 外言不入 『예기』

내언은 밖으로 내보내지 말고 외언은 안으로 들이지 마라

내언(內言)이란 가정 내의 문제, 외언(外言)이란 비즈니스에 관련된 문제다. 가정의 문제는 가정에서 해결하고 밖의 문제는 밖에서 해결해야 한다는 것이다.

옛날 중국에서는 여자는 내(內), 남자는 외(外)로 직무 분담이 정해져 있었다. 여자는 밖의 문제에 일체 관여해서는 안 되고 남자는 집안의 문제에 일체 개입하지 않는 것이 바람직한 삶의 방식으로 통용되었다. 『예기』의 이 말도 그런 사상의 연장선상에 있다.

그렇다면 이 말은 현대의 정황과 합치하지 않는다고 생각할 수도 있다. 표면을 봐도 그렇지 않은가? 한마디로 말해 'No!' 다.

외언불입(外言不入)의 예를 들어보자. 왜 비즈니스에 관련된 문제를 가정으로 끌고 들어오면 안 되는 것일까? 말할 것도 없이 아내가 개입되므로 은연중에 아내의 영향을 받게 되는 것이다. 이런 예는 흔하게 볼 수 있다. 리더는 특히 이런 면에서 자신을 경계해야 한다.

14
서 불 필 다 간 요 지 기 약
書不必多看 要知其約 『근사록』

많은 책을 읽을 필요는 없다. 그 핵심을 아는 것이 중요하다

송대에 정이천(程伊川)이라는 대학자가 있었다. 주자의 스승이었던 인물이기에, 그의 학문의 깊이에 대해서는 더 말할 것도 없다.

어느 날, 한 선비가 학문의 방법에 대해 물었다. 정이천은 모름지기 책을 읽어야 한다는 것을 전제로 이 말을 했다고 한다.

"반드시 많은 책을 읽을 필요는 없다."

무조건 많이 읽는 것보다 내용의 포인트를 찾는 것이 더 중요하다는 말로, 이렇게 덧붙였다.

"많은 책을 읽더라도 그 핵심을 찾지 못하면 책방 주인과 다를 바 없다."

지금은 그때와 달라서 출간되는 책의 양이 어마어마하게 많다. 그렇기에 은연중에 다독(多讀)이 습관처럼 되어버렸다. 그러나 없는 시간을 쪼개서 책을 읽어보지만 그 시간을 보상해 줄만한 좋은 책은 의외로 많지 않다.

송이천이 말하는 소수정독(小數精讀)주의는 지금도 일정한 효과가 있다. 특히 고전을 읽는 경우에 가장 적합한 방법이라고 생각한다. 한 권의 고전을 정독하다 보면 선현(先賢)의 가르침이 살아 있는 지혜로 되살아나 곁에 다가오는 느낌이 들기 때문이다.

15

거 무 용 지 비 성 왕 지 도 천 하 지 대 이 야
去無用之費 聖王之道 天下之大利也 『묵자』

불필요한 지출을 줄이면 나라에 득이 되고 인류에 득이 된다

묵자는 겸애(兼愛), 비공(非攻)을 주장한 사상가로서 널리 알려져 있다. 그러나 그의 또 다른 면은 절검(節儉)을 주장하며 쓸데없는 지출에 반대한 점에 있다. 그에 의하면 그것은 개인의 이익이 될 뿐 아니라 동시에 나라의 이익이 되고 인류의 이익에도 합치하는 것이라고 한다. 그런 의미에서는 묵자는 지극히 현실적인 사상가라고 할 수 있겠다.

공자도 이와 비슷한 말을 했다.

"용(用)을 줄이고 인(人)을 사랑하라."

재정 규모를 무리하게 늘려서 백성들에게 부담을 주어서는 안 된다는 것이다.

고금의 예에서 알 수 있듯이 재정의 무원칙적인 확대는 결국 나라를 망하게 하는 지름길이다. 절검이 필요한 것은 개인이나 가정도 마찬가지다. 한 번 늘린 생활을 줄이는 것은 쉽지 않다. 평소에 불필요한 지출을 줄이고 불시의 지출에 대비하는 것이 바람직한 생활 태도라고 할 수 있다. 특히 경기 침체로 사회 전반이 위축되어 있는 요즘, 절검의 의의를 한 번 더 생각해 보는 것도 의미있는 일이다.

호칭인악 인역도기악
好称人惡 人亦道其惡 『세원』

남의 험담을 하면 내 험담이 되어 돌아온다

흔히 중국의 고전을 말할 때 응대사령(應待辭令)의 학문이라고 한다. 응대사령이란 쉽게 말해 인간관계를 뜻하는 것으로, 표제의 말 역시도 인간관계의 기미(機微)를 말하고 있다.

호칭인악(好称人惡)은 욕이나 험담을 하는 행위를 말한다. 서로 얼굴을 마주 대하고 있을 때 욕을 하는 것은 그래도 나은 편이다. 문제는 돌아서서 상대의 험담을 하는 것이다. 사실 살다 보면 알게 모르게 이런 험담을 하게 되는 경우가 종종 있다. 그러나 험담이란 돌고 돌아서 언젠가는 반드시 상대의 귀에 들어가게 마련이다. 세상에 자신의 험담을 듣고 기분 좋을 사람은 하나도 없다. 언젠가는 반드시 보복이 따르게 마련이다. 그런 일이 생기지 않게 하려면 아예 이쪽에서 험담을 하지 않는 것이다.

"남의 험담을 하면 내 험담이 되어 돌아온다."

진부하다고도 할 수 있는 말이지만, 인간관계에 있어서 이천 년 전이나 지금이나 별반 다를 바 없다는 사실에 놀라움을 금할 수 없다.

원 기 재 명 불 견 시 도
怨豈在明 不見是圖 『서경』

남에게 산 원한은 폭발하기 전에 풀어주어야 한다

남에게 원한을 사는 것처럼 헛된 일은 없다. 아무리 따져 봐도 마이너스 요인뿐, 득이 될 만한 요인은 하나도 없기 때문이다. 원한을 사는 이유는 여러 가지가 있다. 그러나 원인을 알고 상대도 안다면 대응 방법도 찾을 수 있기에 그래도 괜찮은 편이다. 문제가 되는 것은 눈에 보이지 않는 원한이다. 대부분의 원한 관계에서 그런 형태로 존재하는 것이 많기 때문에 매우 심각한 재앙이 되는 것이다. 그런 점을 경고하고 있는 것이 바로 이 말이다.

원한은 시한폭탄과도 같아서 언제 폭발할지 예측할 수 없다. 폭발한 뒤에 대응하려고 하면 그때는 이미 늦었다. 폭발과 동시에 이미 이쪽도 상당한 타격을 받았기 때문이다. 그렇기에 폭발하기 전에 조치를 취해야 한다. 그 점을 강조하고 있는 것이다. 눈에 보이지 않는 단계일 때, 신중하게 대처하라는 것이다.

늘 자신의 행동을 체크하고, 혹시라도 남에게 원한을 살 만한 요소가 있다면 과감하게 제거해야 한다. 화를 미연에 방지하기 위해서는 그런 마음의 자세가 필요하다.

년오십이지사십구년비
年五十而知四十九年非『회남자』

오십이 되어 사십구 년의 비를 알다

옛날, 위(衛)나라에 거백옥(蘧伯玉)이라는 중신이 있었다. 공자와 같은 시대의 사람으로 꽤 뛰어난 인물이었다. 공자는 『논어』에서 '군자라면 거백옥' 이라는 말을 할 정도로 그를 높이 평가했다. 공자는 그 이유에 대해 이렇게 말하고 있다.

"길이 있을 때는 관에서 활약하고, 길을 잃었다고 판단하면 몸을 낮추고 재주와 지혜를 밖으로 드러내지 않는다."

어느 날 공자의 거처에 거백옥의 사자가 찾아왔다. 공자가 거백옥의 안부를 묻자 사자는 이렇게 대답했다.

"주인은 과실을 줄이기 위해 수양하고 있습니다만 아직 그 보답이 없는 것 같습니다."

이 말에서 알 수 있듯이 거백옥은 평소에도 자신의 수양에 힘쓰는 인물이었다. 그것을 단적으로 보여주는 것이 바로 이 말이다

"나이 오십이 되어 사십구 년의 비(非)를 알았다."

과거 사십구 년간의 삶의 방식을 전면 부정할 정도로 오십 세인 현재 최상의 삶을 살고 있다는 뜻이다. 그렇게 당당하게 진보향상(進步向上)의 의지를 천명했던 것이다.

一貴一賤 交情乃見 『사기』

일귀일천에 사람의 정도 변한다

한(漢)대의 일이다. 적공(翟公)이라는 인물이 관직(지금의 검찰 총장)에 오르자, 그의 저택은 늘 방문객으로 인산인해를 이루었다. 그런데 얼마 후에 해임을 당하자, 그날부터 그의 저택을 찾아오는 사람이 없었다. 그런 얼마 뒤에 적공은 같은 직위에 다시 올랐다. 그러자 그의 저택은 다시 방문객으로 넘쳐 나게 되었다. 그때 적공은 탄식을 하며 이런 문구를 크게 써서 대문에 붙여두었다고 한다.

一死一生(일사일생)

一貧一富(일빈일부)

一貴一賤(일귀일천)

사람의 만남이 생사, 빈부, 귀천의 변화에 따라 확연히 변하는 것을 비꼬아 말한 것이다.

적공의 탄식은 지금도 이어지고 있다. 잘나갈 때는 주위에 사

321

九月의 말

람이 들끓지만 한 번 파산이라도 하게 되면 그 많던 주위의 사람들이 다 어디로 갔는지……. 이런 경우는 꼭 남의 일만은 아니다. 그럴 때 공연히 화를 내거나 누구를 원망할 것 없다. 세상사가 다 그런 것이라 여기고, 달관의 자세로 담담함을 유지하는 것이 본인의 정신 위생에도 좋을 것이다.

중국고전 일일일언

20

불분불계 불비불발
不憤不啓 不悱不發 『논어』

배움의 의욕 없이는 아무것도 얻을 수 없다

최근 자기 계발 붐이 일고 있다고 한다. 계발(啓發)이라는 말의 어원이 바로 표제의 문장으로, 원래는 공자의 교육 방침을 표명한 말이었다. 분(憤)이란 의욕이 넘치는 상태, 비(悱)는 말하고 싶은 것이 있어도 말하지 못하고 애만 태우는 상태로, 전체를 풀어 말하면 다음과 같다.

"자신의 힘으로 한 걸음 앞으로 나아갔지만 우물쭈물하고 있다. 그런 상대가 아니라면 가르칠 수 없다. 말하고 싶은 것은 머리에 있지만 말로 표현하지 못해 애태우고 있다. 그런 상대가 아니라면 구조의 배를 띄울 수 없다."

배움의 의욕이 있는 자라면 누구를 막론하고 제자로 받아들이겠다는 말이다. 공자는 교육은 배움의 의욕이 있는 상대에게 도움을 주는 것이라며 이런 말로 마무리를 지었다.

"하나의 것을 근거로 하여 다른 것을 미루어 헤아리게 했을 때 그 즉시 어떤 반응을 보이지 않는 자에게는 그 이상의 가르침을 줄 수 없다."

도회무로규각
韜晦無露圭角 『송명신언행록』

재능은 잘 싸서 감추어둔다

도회(韜晦)란 잘 싸서 감추어 밖으로 보이지 않게 하는 것이고, 규각(圭角)은 튀어나온 뾰족한 끝을 가리키는 말로 여기서는 재능을 뜻한다.

송(宋)대에 두연(杜衍)이라는 재상이 있었다. 제자 중의 하나가 어느 현의 지사로 임명되었을 때 이 말을 인용하며 남의 눈에 띄는 행동을 자제할 것을 충고했다.

"재능은 잘 싸서 감추어두는 법이다."

그러나 제자는 스승의 의도를 제대로 파악하지 못했다. 이에 두연은 제자를 납득시키기 위해 이렇게 이야기했다고 한다.

"자네의 경우, 이제 막 현 지사에 임명되었을 뿐일세. 앞으로 자네의 승진에 관한 일은 오직 상사의 어림짐작 하나에 달려 있네. 괜히 어설프게 재능을 발휘한다면 오히려 상사에게 미움을 살 수도 있네. 공연히 화를 부를 필요는 없지 않은가? 가능한 조심스러운 태도를 취하라는 것이야."

조직 생활을 하는 자에겐 시대를 막론하고 이런 신중한 일면이 필요하다. 두언의 충고를 노파심이라고 웃어넘길 수만은 없는 게 현실이다.

민무신불립
民無信不立 『논어』

사회는 신의없이 설 수 없다

정치의 요체에 관해서 이야기한 말이다. 정치의 최중점 과제는 신(信), 즉 신의(信義)의 확립이라고 하는 말이다.

어느 날 자공이라는 제자가 정치의 목표에 관해 묻자 공자는 세 가지 조건을 들었다.

1.식량의 충족

2. 군비(軍備) 충실

3. 신의 확립

자공은 다시 이 셋 중에서 하나를 단념할 수밖에 없다면 어느 것을 버려야 하는지를 물었다. 그러자 공자는 군비라고 대답했다. 그러자 자공은 나머지 둘 중에 하나를 단념해야 한다면 어느 것을 버려야 하는지를 물었다.

"물론 식량이다. 인간은 언젠가는 반드시 죽는다. 죽음은 피할 수 없는 것이지만 신의를 잃으면 사회는 바로 설 수 없는 것이다."

공자의 생각이 이상에만 치우쳐 현실성이 없다고 말하는 사람도 있을 것이다. 또 너무 단순하다고 비판하는 사람이 있을지도 모른다. 그러나 그 기백만큼은 본받을 만하지 않은가.

23

희 로 불 형 어 색
喜怒不形於色 『삼국지』

감정을 얼굴에 나타내지 않는다

희로애락의 감정을 얼굴에 나타내지 않는다. 즉, 항상 담담한 태도로 상황에 대처할 것을 강조하는 말로 리더에 대한 충고의 말이다.

『삼국지』에서 유비를 말할 때, '말수가 적고, 겸손하며, 희로의 색을 보이지 않는다' 는 평을 하고 있다. '과묵하고 겸허한 데다가 희로의 빛을 보이지 않는다' 는 리더로서의 장점을 세 가지나 가지고 있는 것이다.

그런 장점은 특히 위기관리를 할 때 위력을 발휘한다. 조직이 위기에 처했을 때 부하들은 불안한 마음에 리더의 동향부터 살피게 된다. 사람의 동향을 살필 때 가장 먼저 살펴보는 것이 얼굴빛이다. 그때 리더의 얼굴에서 불안감이나 동요하는 기색이 보이면 그 여파는 일파만파로 조직 전체에 퍼져 나간다.

반면에 표정 관리를 한답시고 서투르게 이것을 흉내 내다 보면 오히려 남들에게 차가운 인상을 줄 수 있고, 좀처럼 호감이 가지 않는 사람이라는 마이너스 이미지를 심어줄 수도 있다. 그렇기에 동시에 온화함이 필요한 것이다. 뛰어난 리더가 되는 것도 쉽지만은 않은 노릇이다.

유 이 불 시 궁 무 여 야
24 有而不施 窮無與也 『순자』

있을 때 베풀지 않으면 궁할 때 받지 못한다

이 말 역시도 더 이상의 설명이 필요없을 정도로 유명한 말이다. 있을 때 베푼다는 것은 기본적인 인생작법의 하나다. 그런데 베푸는 것에도 여러 종류가 있다. 가령 거지에게 돈을 주었다면 그것도 동정을 베푼 것이다.

그러나 여기에서 말하는 베푼다는 의미는 그런 종류가 아니라 여유있는 자의 자비와도 같은 것이다. 그런데 이것이 의외로 어렵다. 왜냐하면 많으면 많을수록 더 갖고 싶은 욕구가 생긴다. 그것이 인간의 본성이다. 이 말은 바로 그런 인간의 본성을 향해 던지는 경고성 메시지인 것이다.

곡 칙 전
25 曲則全 『논어』

휘어져 있어 천수를 누릴 수 있다

곡칙전(曲則全), 줄여서 곡전(曲全)이라고도 한다. 휘어져 있기 때문에 천수를 다할 수 있다는 뜻으로 노자의 처세 철학을 가장 단적으로 나타내고 있는 말이다.

노자는 직선적인 삶의 태도보다도 곡선적인 삶의 태도가 바람직하다고 했다. 선두에 서는 것보다도 뒤에서 따라가는 생활 방식을 선호했다. 그렇게 해야 닥쳐올 위험을 피하고 보다 안전하게 살 수 있다는 것이다. 그러나 곡전은 연약한 패배주의 사상이 아니다. 약자가 자신의 약함을 역수(逆手)로 두며 끈기있게 역전을 계획한다는 방책이다. 생각하기에 따라서 이것보다 더 대담한 삶의 방식은 없을지도 모른다. 이에 관해 노자는 이런 말을 했다.

"휘어져 있기 때문에 펼 수 있는 것이다. 우묵하게 패여 있기 때문에 물을 채울 수 있는 것이다."

오히려 휘었거나 굽어 있는 것을 감추거나 회피하지 않는, 그런 당당한 삶의 태도야말로 어느 의미에서 보면 진정한 강자의 삶의 방식이라고 할 수 있다.

군지소독자 고인지소백기부
君之所讀者 故人之糟魄已夫 『장자』

고인의 소백을 핥다

옛날 제(齊)의 환공(桓公)이 대청마루에서 책을 읽고 있을 때, 정원에서 일을 하고 있던 마차 수리공이 말을 걸어왔다.

"지금 어떤 책을 읽고 계십니까?"

"응, 옛 성인이 쓰신 책을 읽고 있네."

"그분은 지금도 살아 계십니까?"

"아니야, 벌써 돌아가셨지."

"그럼 지금 읽고 계신 책은 옛날 사람의 고리타분한 푸념이로군요?"

환공은 화가 불끈 치솟아올랐지만, 그는 말을 멈추지 않았다.

"예를 들어 마차의 바퀴 축을 만들 때, 바퀴와 축을 맞추는 것은 말로는 설명할 수 없습니다. 침을 튀겨가며 아들 녀석에게 설명을 해도 알아듣지를 못하고 있습니다. 옛 성인들도 정말로 말하고 싶은 것은 기록에 남기지 않았을 거라고 생각합니다. 그렇다면 그런 책을 읽는다는 것은 수박 겉핥기에 지나지 않는 것 아닙니까?"

선인의 학설이나 수법의 모방에 그치면 새로운 맛이나 창안이 없다.

기술의 노하우나 경영 감각은 이론이 아닌 실천을 통해서만 습득할 수 있는 것이다. 장자는 이 일화를 통해 그런 교훈을 주려고 한 것이다.

중국고전 일일일언

병 형 상 수
兵形象水 『손자』

전술의 형태는 물과 같다

손자의 병법에 의하면 장수는 우선 전투 방식의 원리 원칙(전략 전술)을 익혀야 한다고 했다. 즉, 병법의 이론 연구를 강조한 것이다. 그러나 그것은 지극히 당연한 것이고, 오히려 더 중요한 것은 임기응변의 운용이라고 했다. 사고가 경직된 자는 절대로 전투에서 이길 수 없다는 것이다.

손자가 추천하는 전투 방식은 지극히 유연하다. 그 전형적인 예가 병형상수(兵形象水)라는 것이다. 물은 대단한 에너지를 품고 있지만 그 형태는 극히 유연하다. 전투의 방식도 그와 같으니, 물의 형태에서 배우라는 것이다. 손자의 말을 좀 더 알기 쉽게 정리해 보자.

"물에 일정한 형태가 없는 것처럼 전투 방식에도 불변의 능세란 있을 수 없다. 적의 태세에 대응해 전술을 자재(自在)로 변화시키는 것이야말로 승리를 거머쥘 수 있는 최선의 전술인 것이다."

이것은 전투뿐만 아니라 인생을 살아가는 데 있어서도 적합한 이야기임에 분명하다.

28 문 일 이 지 십
聞一以知十 『논어』

하나를 들으면 열을 안다

공자의 애제자 중에 안회(顔回)와 자공이라는 인물이 있었다. 안회는 재능이 뛰어나고 총명해서 큰 기대를 받고 있었지만 출세의 길을 마다하고 더러운 뒷골목에서 궁핍한 생활을 하다가 비참하게 죽었다. 그에 비해 자공은 총명할 뿐 아니라 이재(理財)에도 밝아서 실업가로서 큰 성공을 거두었다. 이 두 사람 다 공자의 제자임에도 매우 다른 개성을 지니고 있었던 것이다.

어느 날 공자가 자공에게 물었다.

"너는 안회와 비교해 무엇이 뛰어나다고 생각하느냐?"

"저를 어찌 안회에 비교하겠습니까? 안회는 하나를 들으면 열을 아는 사람입니다. 그에 비한다면 저는 겨우 하나를 들으면 둘을 아는 정도입니다."

"음. 네 말대로다. 사실은 나도 너와 같은 생각을 하고 있었다."

공자도 자공의 말에 동감을 나타냈다고 한다.

하나를 듣고 열을 안다는 것은 무리겠지만 적어도 둘을 아는 정도의 현명함만 지니고 있어도 큰 성공을 거둘 수 있을 텐데, 하는 바람이다.

29

불책인소과 불발인음사 불념인구악
不責人小過 不發人陰私 不念人舊惡 『채근담』

남의 허물을 꾸짖지 않고, 감추려 하는 것을 들춰내지 않으며, 지난 잘못을 염두에 두지 않는다

사람에게는 배려가 필요하다. 이것이 없으면 인간관계가 이루어질 수 없다. 그렇다면 배려를 어떤 방식으로 이해해야 할까? 이에 대한 『채근담』의 지적을 참고해 보기로 하자.

남의 작은 허물을 꾸짖지 않는다[不責人小過].

남이 감추려 하는 것을 들춰내지 않는다[不發人陰私].

남의 지난 악행을 생각하지 않는다[不念人舊惡].

채근담은 이 세 가지를 지적하면서 다음과 같은 말로 다짐을 두었다.

"타인에 대한 이 세 가지를 명심하면 덕을 쌓아 자신의 인격이 고귀해질 뿐만 아니라 사람의 원한을 살 일이 없어 그것으로 재앙을 멀리할 수 있다."

아무쪼록 우선 깊이 명심하고 볼 일이다.

30

굴정구인 이불급천 유위기정야
掘井九軔 而不及泉 猶爲棄井也 『맹자』

우물을 파다가 포기하는 것은 우물을 버리는 것과 같다

맹자는 하나의 사업을 행하는 것은 하나의 우물을 파는 것과 같다고 전제한 뒤 이 말을 했다. 여기에서 일 인(一軔)은 길이의 단위로 팔 척을 뜻한다.

"구 인(九軔)의 깊이까지 팠다고 해도 수맥에 달하지 못하고 a포기해 버리면 우물을 버리는 것과 같다."

의욕을 가지고 시작한 일이라면 도중에 어떤 난관이 있더라도 포기하지 말고 끝까지 밀고 나가라는 말이다. 도중에 포기해 버리면 아무것도 얻지 못한다. 그때까지 고생을 하며 이루어놓은 것이 단 한순간에 모두 물거품이 되어버린다. 우리 주변에는 이런 경우가 대단히 많다. 그 나름대로의 사정이야 다 있겠지만 결코 바람직한 일은 아니다.

이렇게 말할 수 있는 가장 큰 이유로는 간과해서는 안 될 중요한 전제가 있다. 그것은 다름 아닌 사전 조사다. 수맥이 없는 곳을 백날 파봐야 물 한 방울 얻을 수 없다. 우선 그곳에 수맥이 있는지 없는지를 확인한 뒤에 파 내려가야 한다는 것이다.

새로운 일을 계획했다면, 사전에 면밀한 조사 과정을 거친 후에 실행에 옮겨야 한다. 그 다음에 해야 할 일은 오로지 끈질긴 노력뿐이다.

중국고전 일일일언

十月

관으로 하늘을 본다

• • •

우물 안 개구리처럼 좁은 세계에 안주해 있으면
시야가 좁아지는 것은 당연하다.
시선은 항상 대해(大海)를 향해 있어야 한다.

이 관 규 천
以管窺天 『사기』

관으로 하늘을 본다

시야의 편협함을 비웃는 말이다.

옛날, 편작(扁鵲)이라는 명의가 있었다. 괵(虢)나라의 태자가 중병에 걸려 사경을 헤맨다는 소식을 듣고 괵나라로 향했다. 그런데 그가 도착했을 때 막 태자가 죽었다는 이야기를 들었다. 어전의에게 자세한 정황을 들은 편작은 이러이러한 처방을 하면 살릴 수 있다고 가르쳐 주었다. 그러나 상대는 편작의 말을 신용하지 않았다. 그때 편작이 했던 말이 바로 이 말이다.

"당신의 처방을 보니 관으로 하늘을 살피고, 틈으로 글자를 보는 것과 같소."

틈으로 글자를 본다는 것은 좁은 틈 사이로 사물을 본다는 것으로 상대 시야의 편협함을 조롱한 말이다.

그 후 편작은 왕의 부탁으로 태자를 진찰하고 침을 놓아 소생시킨 후 20일 만에 원래의 기력을 회복시켰다고 한다.

관으로 하늘을 살핀다는 것은 속이 빈 둥근 막대로 하늘을 본다는 것으로 역시 좁은 시야를 비유한 말이다.

337

十月의 말

우물 안 개구리처럼 좁은 세계에 안주해 있으면 시야가 좁아지는 것은 당연하다. 시선은 항상 대해(大海)를 향해 있어야 한다.

원불기심천 기어상심
怨不期深淺 其於傷心 『전국책』

작은 노여움이라도 마음을 상하게 하지 마라
"아무리 작은 노여움이라도 상대의 마음을 상하게 하면 더 큰 보복을 당할 수 있다."
전국 시대에 중산(中山)이라는 작은 나라가 있었다. 어느 날 왕은 나라 안의 명사들을 초대해 연회를 베풀었다. 그 자리에는 사마자기(司馬子期)라는 인물도 초대되었다. 그런데 일이 묘하게 되느라고, 양고기 국이 일찍 동이 나는 바람에 그는 맛도 보지 못했다. 그러자 사마자기는 불같이 화를 내며 자리를 박차고 일어나 그 길로 중산을 떠났다. 그 후 초(楚)나라에서 왕의 신임을 얻게 된 사마자기는 초왕을 부추겨 중산을 공격하게 했다.
대국인 초의 공격에 중산은 속수무책으로 무너져 내렸다. 마침내 중산의 왕은 나라를 버리고 망명길에 오르며 가슴에 맺힌 말을 이렇게 술회했다.

"한 그릇의 국 때문에 나라를 잃다니 정말 어처구니가 없구나. 사람의 마음을 상하게 하면 이런 경우를 겪게 되는구나."

남의 일만은 아니다. 이런 인간관계의 기미는 예나 지금이나 조금도 변함이 없기 때문이다.

치 국 유 시 재 수
治國猶始栽樹 『정관정요』

나라를 다스리는 것은 나무를 가꾸는 것과 같다

명군으로 이름이 높은 당의 태종이 한 말로, 나라를 다스리는 일은 나무를 가꾸는 것과 같다는 것이다. 태종은 그 이유를 이렇게 설명했다.

"나무는 뿌리와 줄기만 잘 돌보면 나뭇잎은 자연히 번성한다. 그것과 마찬가지로 군주가 자신을 잘 다스리면 백성의 생활도 자연스럽게 안정되는 것이다."

대중의 치세 방식을 기업 경영의 예로 전환해 보면 어떨까?

1. 경영 방침을 확립하고 경영 기반을 다질 것.
2. 리더는 언동을 신중하게 하고 늘 솔선수범할 것.

이 두 가지의 원칙을 고수한다면 밝은 장래가 보장될 것이다.

종 욕 지 병 가 의 이 집 리 지 병 난 의
縱欲之病可醫 而執理之病難醫 『채근담』

중국고전 일일일언

욕심의 병은 고칠 수 있지만 고집의 병은 고치기 어렵다

"함부로 욕심을 부리는 병은 고칠 수 있지만 고집을 고집하는 병은 고치기가 쉽지 않다."

욕심을 부리는 병도 꽤 중병이다. 그러나 이것은 본인이 마음먹기에 따라 변할 수도 있고 주변 정황에 따라 변할 수도 있다. 그러나 문제는 집리지병(執理之病)이다. 집리는 완고함, 즉 자기주장이 지나치게 강해서 남의 의견을 귀담아듣지 않으니 결점 중의 결점이다.

자신의 주관이 확고한 것은 바람직한 일이다. 오히려 그것은 사회인으로서 꼭 필요한 조건이다. 그러나 그것을 지나치게 고집하며 양보하지 않는 태도는 자신의 진보도 없을 뿐 아니라 인간관계에도 악영향을 끼친다. 지나침은 미치지 않는 것과 같아서 좋은 점도 결점으로 보이게 되는 것이다.

더구나 집리지병을 고치기 어렵다고 말하는 것은 그것이 성격에서 오는 것이기 때문이다. 우선 그 결점을 자각하는 것이 치료의 제일보다.

삼십육책 주시상계
三十六策 走是上計 『남제서』

삼십육계, 줄행랑이 으뜸

흔히 우스갯소리로 '삼십육계 줄행랑이 으뜸' 이라는 말을 하곤 한다. 그런데 이 말의 근원을 찾아 거슬러 올라가 보면 남북조(南北朝) 시대에 활약했던 단도제(檀道齊)라는 장군의 전투 방식을 평하는 말이었다.

삼십육책(계)은 많은 전략 전술을 뜻하는 말이다. 그 많은 전술 중에서 왜 하필이면 도망가는 것이 상계(上計:가장 으뜸인 전투 방식)가 되었을까? 그 답은 의외로 간단하다.

"승산도 없이 부딪쳐 싸우다가 패하면 뒷일을 도모할 수 없을 정도로 큰 타격을 입게 된다. 정황을 판단해 승산이 없다는 결론이 섰으면 그 즉시 철수해서 전력을 보존해야 한다. 그러면 이길 수 있는 기회는 반드시 돌아온다."

과연 중국인다운 발상이다. 그들은 옛날부터 이런 전투 방식을 자랑으로 여겼다.

정황이 불리할 때는 일단 뒤로 물러서서 다음 기회를 노리는 것이 현명하다. 이것은 인생을 살아가는 삶의 방식은 물론 경영 전략에도 한 치의 어긋남이 없는 계책이다.

명불급찰 관불지종
明不及察 寬不至縱 『송명신언행록』

명을 행하며 찰에 미치지 않고, 관을 행하며 종에 치우치지 않는다

송대의 정치인 구양수(歐陽修)가 정치에 임하는 자세에 대해 한 말이다.

정사(政事)의 근본을 진정(鎭靜)으로 하고,

뛰어난 통찰력을 가지고 있으면서도 사소한 일에는 관여하지 않으며 [明不及察], 관대하면서도 엄할 때는 엄해야 한다[寬不至縱].

이에 부하와 국민은 안심하고 각자의 일에 충실할 수 있다.

진정(鎭靜)은 분쟁이나 소동이 일어나지 않음을 뜻하는 말이다.

명(明)이나 관(管)은 리더의 조건이라고 말할 수 있다. 그러나 자칫하면 명이 찰(察)로 기울어질 수 있고, 관은 종으로 흘러가 버릴 수 있다. 그런 마이너스 요인을 잘 다스리며 균형을 잃지 않았다는 점에서 구양수는 뛰어난 사람이다. 이렇게 절묘한 균형 감각이야말로 조직 관리의 요체인 것이다.

7 양자불교부지화
養子不敎父之禍 『고문진보』

자식을 가르치지 않는 것은 아버지의 과실

"자식을 가르치지 않는 것은 아버지의 과실이다."

송대의 재상 사마광(司馬光)이 쓴 「근학문(勤學文)」의 일절이다. 사마광은 성실한 인간의 전형적인 인물상이다. 또한 그가 말하고 있는 내용도 전적으로 수긍이 간다.

전후(戰後) 일본에서 '교육 마마'라는 말은 들었어도 '교육 파파'라는 말은 들어보지 못했다. 자녀 교육을 비롯해 모든 교육 문제는 오직 여자의 손에 맡겨졌고, 남자는 손을 뗀 것처럼 보였다. 이것은 결코 바람직한 형태가 아니다.

8

군자유어의 소인유어리
君子喻於義 小人喻於利 『논어』

군자는 의리, 소인은 이익

군자는 의(義)를 먼저 생각하고, 소인은 이(利)를 먼저 생각한다는 뜻이다. 좀 더 설명을 하자면 의는 도리에 어긋나지 않는 일, 이는 이익을 뜻한다.

공자는 '완성된 인간이란 어떤 사람인가?' 하는 질문에 눈앞에 이익이 널려 있어도 의를 벗어나는 행위를 하지 않는 사람'이라고 대답을 했다. 공자의 말대로라면 군자가 되기란 결코 쉬운 일이 아니다.

그러나 공자도 완전히 이익을 배척했던 것만은 아니었다.

"나 드물게 이(利)를 말한다. 단, 명(明)과 인(仁)이 함께라면."

공자는 좀처럼 이라는 말을 입에 담지 않았던 사람이다. 그러나 어쩔 수 없이 이익을 추구해야 하는 경우에는 그 일이 명과 인에 어긋나지 않아야 한다는 것이다. 이익을 추구하는 일에 나설 때는 공정한 룰을 지키라는 것이다. 공자다운 발상이다.

9

도 이 불 언 하 자 성 혜
桃李不言下自成蹊 『사기』

도이는 말이 없어도 밑에 길이 생긴다

복숭아나무와 자두나무에는 아름다운 꽃이 피고 맛있는 열매
도 열린다. 그렇기에 나무 밑에는 사람들이 모여들고, 그러다 보
니 자연스럽게 길이 생기게 된다. 이와 마찬가지로 덕이 있는 사
람은 가만히 있어도 주위에 사람들이 모여든다는 뜻의 말이다.

한(漢) 시대에 이광(李廣)이라는 장군이 있었다. 활을 쏘는 실
력이 뛰어나고 대담한 전술 능력을 인정받아 한의 비장군(飛將
軍)이라고 칭송을 받았지만 순직하고 말재주가 없는 성품이라
평소에는 통 입을 열지 않는 사람이었다. 그러나 부하를 아끼는
마음은 극진했다. 위로부터 상을 받으면 부하들에게 나누어 주
고, 음식도 늘 부하들과 함께 같은 것을 먹었다. 행군 중에 샘을
발견해도 부하들이 다 마시기를 기다렸다가 맨 나중에 마셨고,
식량도 부하들에게 나누어 주기 전에는 절대 손을 대는 법이 없
었다. 그의 그런 성품에 감동한 부하들 역시 그의 명령 한마디면
죽음도 불사하고 기꺼이 전투에 임했다고 한다.

표제(表題)의 이 말은 부하들이 그를 위해 올린 말이라고 한다.

345

十月의 말

도이불언하자성혜(桃李不言下自成蹊), 이상적인 지도자상에
대한 단적인 표현이다.

치 국 자 약 누 전   거 해 묘 자 이 이
治國者若鎒田 去害苗者而已 『회남자』

나라를 다스리는 자는 밭에서 풀을 뽑는 자와 같다

밭의 잡초를 제거하는 일도 요즘은 제초제 등을 사용하기 때
문에 꽤 손쉬워졌다. 그러나 옛날에는 가장 힘든 중노동의 하나
로, 엎드려서 잡초를 뽑았다. 나라의 정치도 이와 같은 요령으로
잡초를 제거하면 그것으로 만사 오케이라는 것이다.

섣부르게 의욕만 가지고 새로운 사업을 시작하거나 국가 성립
의 근간에 관계되는 발본개혁(拔本改革)에 착수하면 일만 시끄
러워질 뿐 변변한 소득을 얻지 못한다. 그것보다는 해가 되는 요
인을 제거한 뒤 자연스럽게 성장을 기대하는 편이 훨씬 낫다는
견해를 말하고 있는 것이다.

송대의 사마광이라는 재상도 같은 뜻의 말을 하고 있다.

"정치란 집과 같다. 담이 무너지면 수리하면 되지 새로 집을
지을 필요가 뭐 있나."

중국고전 일일일언

고칠 것은 고치면 된다는 것이다. 헐고 새로 지을 필요까지 없다는 것이다. 이 또한 대인의 지혜라고 할 수 있겠다.

선전자치인이불치우인
善戰者致人而不致于人 『손자』

싸움에 능한 자는 상대에게 주도권을 내주지 않는다

"싸움에 능한 자는 주도권을 쥐고 상대에게 내주지 않는다."

주도권을 잡느냐 내주느냐에 따라 전투의 승패가 결정된다는 말이다. 주도권을 쥔다는 것은 상대를 이쪽의 페이스로 끌어들이는 것으로 여기에는 두 가지의 이점이 있다.

1. 여유를 가지고 싸울 수 있다. 마음에 여유가 있으면 판단력도 선명해지고, 모든 사태에 대해 냉정하게 대처할 수 있다.
2. 작전 선택의 폭이 넓어진다. 이쪽은 행동의 자유를 확보할 수 있고, 상대 움직임의 영역을 최소화시킬 수 있다.

주도권을 잡기 위해서는 한발 앞서 정황을 파악하고 유리한 태세를 갖추어야만 한다. 주저하다가 시기를 놓치면 주도권을 빼앗길 수밖에 없다. 그것은 곧 패배를 의미한다.

현명한 사람이라면 이런 발상을 인생이나 사업 경영에 응용할 수 있을 것이다.

12

의식족즉지영욕
衣食足則知榮辱 『관자』

의식이 풍족해야 영욕을 안다

제(齊)나라의 재상 관중(管仲)의 명언이다.

"창고가 가득 차야 예절을 알고, 의식이 풍족해야 영욕을 안다."

생활에 여유가 생기면 도덕의식은 저절로 높아진다는 것이다.

관중은 경제 정책에 전력을 다한 정치가로 널리 알려져 있다. 그는 무엇보다도 민생의 안정을 선결 과제로 생각했다. 국민의 생활만 안정되면 자연스레 도덕의식도 높아지고, 그렇게 되면 자연히 나라의 기반도 굳건해진다고 생각했던 것이다. 이런 생각을 바탕으로 그는 경제 우선의 정책을 추진했다. 당시가 이천 수백 년 전임을 감안한다면 선견지명이 매우 뛰어난 정치가라고 말할 수 있다.

그러나 이렇게 뛰어난 말도 지금의 상황에 비추어 보면 지나
치게 낙관적이라는 생각이 들기도 한다. 현재의 심각한 경제 상
황에 심히 위축된 탓일까?

국장흥 필귀사이중부
國將興 必貴師而重傅 『순자』

나라가 흥하려면 반드시 사부가 있어야 한다

사(師)와 부(傅)를 합해서 사부(師傅)라고 한다. 존경하기에
충분한 상담 상대, 즉 보좌 역을 뜻하는 말이다. 나라를 일으킨
지도자들에게는 반드시 그런 상대가 곁에 있었다. 중국 삼천 년
의 역사를 보더라도 확실히 그렇다고 단언할 수 있다. 예를 들어
보자. 한의 고조 유방에게는 장량(張良)이라는 명군사가 있었
고, 송의 태조에게는 조보(趙普), 명태조에게는 유기(劉基)라는
명보좌관이 있었다. 그들의 찬란한 성공은 이들 군사나 보좌관
의 헌신적인 도움 없이는 결코 불가능했을 것이라고 말해도 과
언은 아니다.

그런데 그들이 천하를 움켜쥐고 난 이후에도 사부가 필요했던
이유는 무엇일까? 그들은 이미 제왕이 아니었던가?

순자에 의하면, 그런 인물이 곁에 없으면 인쾌(人快)가 되기 때문이라고 한다. 인(人)이란 제왕 자신이고 쾌(快)는 마음대로 행동하는 것을 의미한다. 즉, 제왕의 자중자계를 촉구하기 위해서는 사부가 꼭 필요하다는 것이다.

자중자계의 도를 지키지 못해 스러져 간 제왕들의 곁에는 훌륭한 사부가 없었음에 틀림없다.

14

화 막 대 우 불 지 족
禍莫大于不知足 『논어』

족함을 알지 못하는 것보다 더 큰 화는 없다

만족함을 알지 못하는 것이 최대의 재앙이다. 앞에서도 말한 바와 같이 노자의 처세 철학 중 안목의 하나가 지족(知足), 즉 족함을 아는 것이다. 노자의 말을 들어보자.

"족함을 아는 것은 있는 그대로의 현실에 늘 만족하는 것이다."

인간의 욕망은 끝이 없는 것이기에 점점 더 위를 향해 치솟는다. A를 손에 넣으면 이번엔 B, 그리고 C……. 욕망이 향해 가는 곳은 한계를 모른다. 그런 욕망에 끌려 다니다 보면 언젠가는 반드시 발을 헛디뎌 큰 불상사를 당하게 된다. 이것이 노자의 인식이며 중국인들의 인식이다. 『채근담』 역시도 같은 인식을 가지고 있다.

"사업이나 공명을 끝까지 추구하며 그칠 줄 모르면 어떻게 될까. 안에서 발을 잡아당기지 않으면 밖에서 깎아내릴 것이다. 어느 쪽이든 실패를 면할 수 없다."

노자 역시도 그런 점을 경고하고 있는 것이다.

15 은약기출 원장수귀
恩若己出 怨將誰歸 『송명신언행록』

은혜를 베풀면 누군가의 원한이 돌아온다

송대에 왕회(王會)라는 명재상이 있었다. 그는 재상의 지위에 있음에도 자신의 수하를 한 사람도 요직에 기용하지 않았다. 어느 날 한 사람이 빈정거리며 말했다.

"인재를 등용하는 것은 재상의 책임입니다. 당신은 흠잡을 곳하나 없는 명재상이지만 인재의 등용에 있어서는 능력의 한계가 있어 보입니다."

그러자 왕회는 오히려 이렇게 되물었다고 한다.

"사람에게 은혜를 베푸는 것은 좋지만 좌천당하는 자의 원한
은 누가 살 것인가?"

발탁되어 기뻐하는 자가 있는 반면 좌천의 슬픔을 겪는 자가
있게 마련이다. 게다가 일의 진행에 사사로운 정이 개입되다 보
면 슬픔은 곧 원한으로 변하게 된다.

왕회의 방법도 세상을 살아가는 하나의 뛰어난 견식임에 틀림
없다.

중국고전 일일일언

처 명 우 무 상 하 즉 득 익 상 상 즉 손
處明友 務相下則得益 相上則損『전습록』

나를 낮추면 득이 되고, 나를 높이면 손해를 본다

친구와의 사귐에 관한 충고의 말이다. 상하는 겸허한 태도로
친구를 대하며 사귀는 것이다. 그런 교재 방식은 득이 된다고 한
다. 상상은 상대를 폄하하는 것으로, 그런 태도로 친구를 사귀면
마이너스 요인만 늘어난다는 것이다.

이것과 관련해 맹자가 말하는 교제술이 참고가 될 듯하다. 맹
자는 친구와의 교제에 대한 제자의 물음에 이렇게 대답했다.

"나이가 많은 것, 신분이 높은 것, 친척 중에 높은 사람이 있다

는 것들을 뽐내지 말아야 한다. 중요한 것은 상대가 가지고 있는 덕을 친구로 삼는 것이다."

또 공자가 격찬하고 있는 안영(晏嬰)의 교제 스타일도 참고가 될 듯하다. 안영은 공자와 같은 시대의 인물로 명재상으로 이름을 떨친 인물이다. 그의 친구 사귐에 대해 공자는 이렇게 칭송하고 있다.

"안영의 교제 방식은 존경할 만하다. 상대와 친하게 된 이후에도 상대에 대한 경의를 잊지 않는다."

17 기욕립이립인 기욕달이달인
己欲立而立人 己欲達而達人 『논어』

자신의 명예가 소중하다면 우선 타인의 명예를 존중하라

인간이 꼭 지켜야 할 도리로 공자가 무엇보다도 중시하는 것이 인(仁)이다. 그러나 공자는 인에 대해서 이렇다 할 정의를 내리지 않았다. 단지 상대에 따라, 장소에 따라서 여러 방식으로 이야기했을 뿐이다. 지금 말하는 것도 그런 종류의 하나다.

어느 날 자공이라는 제자가 물었다.

"백성을 궁핍에서 구하고 생활을 안정시키는 것은 인이 아닙니까?"

"그것을 어찌 인이라 할 수 있겠느냐. 그 정도라면 그것은 성(聖)이다. 요(堯), 순(舜)과 같은 성인들조차도 그것을 성취하지 못해 고민을 했다. 인은 더 가까운 곳에 있다."

공자는 더 가까운 곳에 인이 있다고 했다. 그러나 그곳이 어디인지는 말하지 않았다. 그리고 이렇게 말했다.

자신의 명예가 소중하다면 먼저 남의 명예를 존중하라[己欲立而立人].

자신이 자유롭고 싶다면 우선 남의 자유를 존중하라[己欲達而達人].

남의 명예를 존중하고, 남의 자유를 존중해야 하는 것은 당연한 일이다. 그것은 사회생활을 영위하는 기본 조건인 것이다. "아하!" 현명한 사람이라면 이쯤에서 무릎을 칠 수도 있을 것이다. 사회인의 필수 조건, 공자는 그것을 인의 정의로 보고 있었는지도 모른다.

18

하 지 사 상 야 부 종 기 소 영 이 종 기 소 행
下之事上也 不從其所令而從其所行 『예기』

아랫사람은 윗사람의 명령에 따르지 않고 행동을 따른다

아랫사람은 윗사람의 언행을 보고 배울 뿐 아니라 모방까지 하려 한다.

『한비자』에 이런 이야기가 있다.

옛날 제나라의 환공이 보랏빛 옷을 즐겨 입었다. 그러자 온 나라 사람들이 그것을 따라 하는 바람에 보라색 옷감의 가격이 다섯 배나 껑충 뛰어올랐다. 깜짝 놀란 환공은 재상인 관중을 불러서 상담한 결과, 그의 진언에 따라 그날부터 보랏빛 옷을 입지 않았다. 그리고 보라색 옷을 입은 신하를 볼 때마다 '나는 그 보라색 냄새가 싫다'고 말하며 코를 막는 시늉을 했다. 그러자 3일도 지나지 않아 나라 안에서 보랏빛 옷이 자취를 감추었다.

이것은 단순히 훈계를 하기 위한 이야기가 아니다. 지금도 이와 비슷한 일이 주위에서 벌어지고 있다. 그래서 『예기』도 표제의 말을 인용하며 지도자는 언행뿐만 아니라 사신의 기호에도 신중을 기해야 한다고 다짐을 두고 있는 것이다.

이 불 탐 위 보
以不貪爲寶 『좌전』

탐하지 마라

옛날 송나라의 자한이라는 재상은 이 말을 좌우명으로 삼고 있었다. 그에 관한 이런 이야기가 있다.

어느 사내가 막 캐낸 옥돌을 가지고 와서 자한에게 선물하려 했다. 자한은 거절했지만 사내는 막무가내로 받기를 간청하는 것이었다.

"보석 전문가에게 보였더니 가공을 하면 꽤 값이 나가는 보석이 될 것이라 했습니다. 그래서 당신께 이것을 드리려고 생각했습니다."

그러나 자한은 이렇게 대답하며 사내를 돌려보냈다고 한다.

"자네가 보석으로 여기는 그 돌을 나에게 주면 자네는 모처럼 얻은 보석을 잃어버리는 것이고 나는 또 내가 보석으로 여기고 있는 나의 좌우명을 잃어버리게 되는 것이니 우리 둘 다 각자의 보석을 소중히 간직하고 있는 것이 좋을 것 같네."

중국고전 일일일언

견선즉천 유과즉개
見善則遷 有過則改 『역경』

선은 바로 배우고, 잘못은 빨리 고쳐라

즉(則)은 바로, 즉시, 천(遷)은 이행함을 뜻하는 말로 기민함 역시도 군자의 조건이라고 했다.

"선(善)을 보거든 바로 배울 것이며, 잘못이 있으면 즉시 고쳐라."

선(善)을 접할 수 있는 기회는 많다. 책을 읽으며 선인들의 훌륭한 언행을 접할 수 있고, 주위의 선행하는 사람들을 통해 감동을 받을 수도 있다. 알고 보면 선을 접할 수 있는 기회는 꽤 많은 것이다. 그러나 접하는 것과 가까이 다가서는 것과는 다르다. 감동만으로는 선에 가까워질 수 없다는 것이다. 자신이 그 수준에 가깝게 다가서려는 노력이 중요하다. 그것이 여기서 말하는 천(遷)이다.

또 잘못은 누구에게나 있기 마련이다. 잘못을 범했다고 슬퍼하거나 의기소침해 있을 필요는 없다. 중요한 것은 빨리 자신의 잘못을 인정하고 수정하는 것이다. 그래야 같은 잘못을 두 번 되풀이하지 않는다는 것이다. 이에 관한 공자의 말로 마무리를 지어보자.

"잘못은 빨리 고쳐야 한다. 그것을 꺼려하지 마라."

十月의 말

21

위 기 불 가 복 자 야　칙 사 과 패 의
爲其不可腹者也 則事寡敗矣 『한비자』

수정이 불가능한 부분을 염두에 두고 행하면
실패하지 않는다

『한비자』에 환혁(桓赫)이라는 인물에 관한 말이 있다. 그가 이런 말을 했다고 한다.

"조각을 할 때는 될 수 있는 한 코는 크게 어림잡고, 눈은 작게 어림잡아 시작하는 게 좋다. 왜냐하면 큰 코는 작게 할 수 있지만 작은 코는 크게 할 수 없기 때문이다. 또 작은 눈은 크게 할 수 있어도 큰 눈은 작게 할 수 없기 때문이다."

한비자는 이 말에 다음과 같이 덧붙였다.

"이것은 조각뿐만 아니라 어떤 일에나 통용되는 말이다. 수정이 불가능한 부분을 염두에 두고 행하면 절대로 실패하지 않는다."

이 말의 후단(後段)이 표제(表題)에 실린 말이다.

위기후가복자야 측사과패의(爲其後可復者也 則事寡敗矣)

지금으로 말하자면 'Feed Back' 이라고 할 수도 있겠다. 결과

중국고전 일일일언

에 의해 원인을 자동적으로 수정, 조정하는 'Feed back system'
을 확립하라는 것과 같은 맥락이다. 또 그것이 가능하지 않은 부
분은 신중함으로 대처하라는 뜻도 포함되어 있다.

목종승즉정 후종간즉성
木從繩則正 后從諫則聖 『서경』

지도자에게는 쟁신이 필요하다

승(繩)은 묵승(墨繩 : 먹줄)이다. 이렇게 말해도 젊은 사람들에
겐 그게 무엇인지 바로 느낌이 와 닿지 않을지도 모른다. 목수가
목재를 자르거나 켤 때 선을 긋는 도구다. 이 묵승을 따라 나무
를 자르면 곧은 목재를 얻을 수 있다. 그것과 마찬가지로 군주도
신하의 간언에 귀를 기울이면 훌륭한 지도자가 될 수 있다고 말
하고 있는 것이다. 즉, 지도자에게는 쟁신이 필요함을 역설하고
있는 것이다.

『효경』 간쟁편(諫諍篇)에 이런 말이 있다.

"옛날 천자에게 쟁신 칠 인이 있어서 어려울 때도 전하를 잃지
않았다. 제후에게 쟁신 오 인이 있어 어려움에 처해도 나라를 잃
지 않았다. 대부에게 쟁신 삼 인이 있어 어려울 때 집을 잃지 않

았다. 선비에게 쟁우(爭友)가 있으면 명성을 잃지 않고, 부(父)에게 쟁자(爭子)가 있으면 불의를 범하지 않는다."

이렇게 보면 리더에게만 해당되는 말이 아니라, 모든 사람에게 쟁신이 필요하다는 말이 된다. 그들의 간언에 귀를 기울이면 과실을 줄일 수 있다는 것이다.

대인자언불필신 행불필과
大人者言不必信 行不必果 『맹자』

대인은 자신이 한 약속과 이행에 거리낌이 없다

다나까[田中] 전 수상이 북경(北京)에서 당시의 주은래 총리와 국교 회복의 교섭을 진행할 때의 일이다. 다나까에게 한 장의 메모지가 전달되었다. 메모지에는 주은래의 친필로 다음과 같이 적혀 있었다.

약속한 것은 반드시 지켜주십시오. 시작한 일은 반드시 끝까지 이행해 주십시오[言必信 行必果].

이 말의 출전은 『논어』지만 꼭 좋은 의미로만 쓰였던 말이라

할 수는 없다. 이 정도도 가능하지 않다면 당신은 삼류 정치가라는 경고성 의미가 이 말속에 포함되어 있기 때문이다.

그것을 간접적으로 말하고 있는 것이 바로 맹자의 이 말이다.

"대인(大人)은 '언필신 행필과(言必信 行必果)'에 얽매이지 않는다."

그렇다면 대인에게 있어서 가장 중요한 것은 무엇일까?

"오직 의다."

맹자는 단언하고 있다. 의 앞에서는 전언을 취소해도 아무 지장도 받지 않는다고 한다. 의로운 일이 아니면 아예 시작도 하지 말라는 말이다.

지자과지 우자불급야
知者過之 愚者不及也 『중용』

현명한 자는 넘치고, 아둔한 자는 모자란다

중용(中庸)의 미덕을 이야기한 말이다. 중용이란 사물을 대함에 어느 쪽으로도 치우침이 없이 온당한 정노 혹은 지나치거나 모자람이 없이 알맞게 균형이 잡힌 정도를 말하는 것으로, 유가(儒家)에서 가장 존중되고 있는 개념이다.

현명한 자나 아둔한 자나 방향만 다를 뿐이지 중용의 개념에 반하는 것은 마찬가지라고 한다. 왜 현명한 자를 일러 중용의 도를 오버한다고 하는 것일까? 탐구심이 왕성해서 정작 중요한 것은 제쳐 놓고 쓸데없는 것을 파헤치는 경향이 있기 때문이라고 한다. 이것과는 반대로 아둔한 자는 이해의 폭이 낮아서 중용의 도에 미치지 못하는 경향이 강하기 때문이라는 것이다.

이처럼 과불급(過不及)이 없는 것이 중용의 개념이라고 하면 그것 역시도 '위대한 평범'이라고 할 수 있을 것이다. 그런데 재미있는 사실은 『논어』에서 직접적으로 중용에 관해 언급하고 있는 부분은 단 한 곳뿐이라는 점이다.

"중용은 최고의 미덕이지만, 사람들은 오랜 세월 그것을 잊고 있다."

25 충신이득지 교태이실지
忠信以得之 驕泰以失之 『대학』

충신은 지지를 얻고, 교태는 지지를 잃는다

이것 역시도 리더의 자세에 관해 이야기한 말이다. 충(忠)의 원래 의미는 군(君)에 대한 충심이 아니라 자신에 대한 충심이

다. 자신에게 충실하다는 말이니 곧 자신을 속이지 않는다는 말
이 되겠다. 신(信)은 거짓말을 하지 않는다는 뜻으로, 충신(忠
信)은 성실 혹은 진실하다는 뜻이다. 또 교(驕)는 남을 깔보는
태도를 뜻하며 태(泰)는 터무니없는 언행을 뜻한다. 따라서 문
장 전체를 보면 이렇게 말할 수 있겠다.

"사람들의 지지를 받기 위해서는 충신이 필요하다. 교태는 사
람들의 지지를 잃게 되는 원인이다."

충신이 과연 충분한 조건인지, 그것에 관한 의문이 없는 것은
아니다. 그러나 교태로 인해 제 무덤을 판 리더의 예는 무수히
많다. 충신을 취지로 하고 교태가 되지 않도록 스스로 경계하는
것만으로도 의미가 있다고 할 수 있다. 이것 역시도 리더에게 필
요한 자세이다.

유덕혜술지자항존호진질
有德慧術知者恒存乎疢疾 『맹자』

인격과 재능은 진질 안에서 만들어진다

덕혜(德慧)는 훌륭한 인격, 술지(術知)는 뛰어난 재능, 진질(疢
疾)은 간난(艱難)을 뜻하는 것으로 '훌륭한 인격과 뛰어난 재능을

가진 인물은 간난신고(艱難辛苦) 속에서 만들어지는 것이다'는 전체의 뜻을 짐작할 수 있다. 풍요로움 속에서 고생을 모르고 자라는 환경은 인간 형성의 개념에서 보면 별로 득이 될 만한 요소가 없다는 것이다.

맹자는 진질의 안에 있는 예로써 고신(孤臣)과 서자(庶子)를 들었다. 고신은 조직 안에서 뒷받침이 될 만한 배경이 없는 가신(家臣)을 이르는 말이고, 서자는 첩의 자식이다. 그들은 자신의 입지가 취약하다는 것을 잘 알고 있기에 제사만단(諸事萬端) 세세한 곳까지 마음을 쓰지 않으면 안 된다. 그러다 보니 자연스럽게 덕혜술지(德慧術知)가 생긴다는 것이다.

맹자의 말에도 확실히 일리가 있다. 그러나 모든 경우가 다 그렇다는 것은 아니다. 그중에는 진질에서 헤어나지 못하고 끝나버리는 자도 많아서 낙관만 할 수는 없는 것이다.

특히 요즘에는 모든 상황이 어렵다. 그러나 상황이 악화되었다고 어깨만 움츠리고 있을 것이 아니라, 진질을 밑거름으로 삼아 자신을 성장시켜 나갈 수 있다는 확신을 갖는 것도 난세를 살아가는 하나의 지혜가 될 것이다.

불환과이환불균
不患寡而患不均 『논어』

불평등을 해소하는 것이 우선이다

정치의 요체에 관한 말이다. 공자는 "나는 이런 말을 들은 적이 있다"를 시작으로 이렇게 말을 이어나갔다.

"위정자의 임무는 나라를 부강하게 하는 것보다 부의 불평등을 해소하는 것이 우선이고, 인구를 늘리는 것보다 백성 한 사람의 생활을 안정시키는 것이 우선이다. 왜냐하면 불평등이 없어지면 나라는 자연히 윤택해지기 때문이다. 백성이 안심하고 생활하는데 인구가 줄어들 리 만무하다."

또 공자는 이렇게 단언하고 있다.

"민생의 안정이야말로 나라 안태(安泰)의 기초인 것이다."

민생이 안정되어야 나라가 아무 탈 없이 평화로울 수 있다는 것이다. 동감이다. 현실에 꼭 들어맞는 말이다.

지자불언 언자불지
知者不言 言者不知 『논어』

지혜로운 자는 말이 없다. 말이 많은 자는 지혜가 없다

노자는 만물의 근원에 도의 존재를 인정하고, 그 도를 가지고 있는 무위자연의 덕을 상양(賞揚)한 사상가다. 여기서의 지자(知者)는 그런 근원적인 덕을 체득한 인물을 말하는 것이다.

"도를 체득한 인물은 지식을 자랑삼아 내보이지 않는다. 지식을 자랑하는 인물은 도를 체득했다고 말할 수 없다."

또 노자는 이런 말도 했다.

"도를 체득한 인물에 대해서는, 친하게 지내야 하는지 경계해야 하는지, 이익을 주는 사람인지, 손해를 끼칠 사람인지, 존경해야 할지, 경멸해야 할지 전혀 감을 잡을 수 없다. 이런 인물이야말로 가장 이상형인 것이다."

한눈에 봐서 한량형의 얼굴에, 위세 좋게 떠들어대는 사람은 ㄱ 깊이가 없다. 리더는 꼭 필요한 몇 마디의 말을 하는 것만으로도 충분하다.

29

불치하문
不恥下問 『논어』

하문을 수치로 여기지 않는다

아랫사람에게 배우는 것을 수치로 여기지 말라는 말이다.

어느 날 제자인 자공이 공자에게 물었다.

"공어(孔圉)라는 인물에게 어떻게 문(文)이라는 훌륭한 시호(諡號)가 붙여졌습니까?"

공어는 당시 위(衛)나라의 중신이었다. 공자는 이렇게 대답했다.

"민(敏)하고 학(學)을 좋아하고, 하문(下問)을 수치로 여기지 않기 때문이다."

총명한 데다 학문에 힘쓰고, 아랫사람에게 배우는 것을 부끄럽게 여기지 않기 때문이라는 것이다. 총명하고 학문에 열정적인 사람이라면 존경받을 만하다. 그러나 그런 사람이 어디 공어 한 사람뿐이었겠는가. 또 공자와 같은 인물이 칭찬을 할 정도의 인물이라면 그 정도의 조건만으로는 충분하지 않다. 그렇다면? 그렇다. 불치하문(不恥下問), 하문을 수치로 여기지 않는 점을 공자는 높이 평가했던 것이다. 공자의 개념에 비추어 보더라도 그것은 역시 보통 사람에게는 어려운 일로 여겨졌던 것이다.

'들으면 한순간의 수치, 듣지 않으면 일생의 수치'라고 한다. 아랫사람에게 배우기를 청하는 것이 설사 보기 좋은 모습이 아닐지라도 그런 사소한 것에 얽매여 큰 것을 놓치지 말라는 말이다.

뜻이 있는 자만이 이룰 수 있다

어떤 어려운 일이라도 '뜻[志]'만 확고하다면 할 수 있다고 한다. 그렇다면 여기서 말하는 뜻은 구체적으로 무엇을 지칭하는 것인가? 설명하기가 의외로 어렵다. 굳이 말하자면 다음의 두 가지 측면을 생각할 수 있겠다.

1. 마음속에서 자각하고 있는 선명한 목표.
2. 그것을 이루고자 하는 강렬한 의욕.

목적과 의욕을 합체한 것이 뜻[志]이라 말하는 것이다.

좀 더 뜻을 확실히 하기 위해 뜻[志]과 관련된 다른 말을 소개해 보겠다.

· 뜻[志]을 세우지 않으면 노 없는 배, 재갈 없는 말과 같다. 王陽明
· 뜻[志]을 높이 세우지 않으면 배움도 향상되지 않는다. 陳瓘

사람은 누구라도 뜻을 갖고 살아야 한다. 뜻이 없는 인생은 정세(情勢)의 틈바구니에서 표류하는 인생이다.

履霜堅冰 『역경』

서리가 내리면 겨울이 온다

서리가 내리는 것은 겨울이 가까워졌음을 알리는 신호다. 겨울은 가을을 훌쩍 뛰어넘어 단번에 찾아오는 것이 아니라 그전에 서리라는 겨울의 전조(前兆)가 있게 마련이다. 그렇기에 서리가 내린 것을 보았다면 겨울 준비를 서둘러야 한다.

인간 세계에서 일어나는 일에 관해서도 이와 같은 말을 할 수 있다 아무리 큰 사건이라도 한 번에 터지는 것은 아니다. 그전에 반드시 포고(布告)와 같은 작은 사건이 있다. 그렇기에 비록 작은 전조라도 그것이 미약하다고 간과하지 말고 즉시 그 움직임을 감지해 빨리 손을 쓰지 않으면 안 된다.

복상견빙(履霜堅冰)는 그것을 경고하는 말이다.

단, 희미한 전조를 파악하기 위해서는 늘 신경을 곤두세우고 긴장감을 유지하며 일에 임하지 않으면 안 된다. 서리가 내렸음에도 아직 겨울의 도래(到來)에 무신경하다면 정말 곤란하다.

十一月

해서 안 될 말은 하지 말고, 함부로 말하지 마라

• • •

정상에 올라섰을 때 내려갈 길을 생각해 두는 것도
삶을 현명하게 살 수 있는
하나의 지혜라 할 수 있을 것이다.

비언물언 비유물어
匪言勿言 匪由勿語『시경』

해서 안 될 말은 하지 말고, 함부로 말하지 마라

『시경』의 「빈지초연(賓之初筵)」이라는 시의 일절(一節)이다.

비언물언(匪言勿言)
—해서는 안 될 말은 하지 마라.
비유물어(匪由勿語)
—이유없이 함부로 말하지 마라.

술자리에서의 경솔함을 경고한 말이다.

술을 마시게 되면 말도 많아질뿐더러 조심성이 없어진다. 해서는 안 될 말을 하는 바람에 상대의 마음을 상하게 하기도 한다. 술을 마시는 사람이라면 누구라도 그런 경험이 한두 번 정도는 있다. 불필요한 말 한마디로 인해 말다툼을 하기도 하고 싸움을 벌이기도 한다. 심한 경우엔 칼부림으로 번져서 불미스러운 사태가 생기기도 한다. 그런 예를 주위에서 어렵지 않게 볼 수 있다.

중국의 속담 중에 주후토진언(酒後吐眞言)이라는 말이 있다. 취하면 본심이 드러난다는 말이다. 그래서 그들은 술자리에서도 매우 신중하다. 불필요한 말은 하지 않는다. 그 점 일본과는 다르다. 일본에서는 술자리에서 실수를 하면 술 탓으로 돌려 버린다. 일견 관대한 것처럼 보이지만 모든 것에는 한도가 있다. 술자리에서도 말조심하는 것은 현명한 처세라고 할 수 있다.

중국고전 일일일언

작덕심일일휴 작위심노일졸
作德心逸日休 作僞心勞日拙 『서경』

덕을 행하면 나날이 즐겁고, 위를 행하면 나날이 불안하다

도리에 어긋난 일을 하지 않으면 마음에 불안함이 없어서 즐겁고 편안한 나날을 보낼 수 있다. 그러나 도리에 어긋난 일을 하고 있으면 그것을 감추기 위한 꾸밈을 모색하게 되기에 마음의 고생이 끊이지 않아서 무엇 하나 순조롭게 진행되지 않는다. 요컨대, 덕을 행하느냐 위를 행하느냐에 따라 마음의 이상적인 상태가 변한다. 또한 그 차이가 매우 크다.

이런 경험을 해본 적이 있을 것이다. 예를 들어 어떤 한 가지

라도 좋은 일을 한 날은 하루 종일 마음이 가볍고 기분이 상쾌하
다. 그러나 남들에게 드러내 놓고 말할 수 없을 만한 일을 한 날
은 꺼림칙한 마음에 하루 종일 마음이 편치 않다. 당연히 일도
손에 잡히지 않아 하는 일에도 좋은 영향을 끼치지 못한다. 고작
하루 동안의 예를 들었을 뿐이다. 이런 상태가 더 오래 지속된다
면 그 차이는 더 커질 것이 분명하다.

　작위(作爲)는 단기적으로는 성공할 수 있을지 몰라도 장기적
으로 보면 타산이 맞지 않는 상술이다. 자신을 속이지 않고 도리
에 맞게 살아가는 것이 결국은 득이 되는 일이다.

3

도재이　이구제원
道在邇 而求諸遠 『맹자』

길은 가까운 곳에 있다. 멀리서 찾지 마라

　여기서 말하는 길은 사람이라면 누구나 밟고 지나가야 할 길
을 말한다. 그것은 먼 곳에 있는 것이 아니라 일상의 가까운 곳
에 있다. 그런데 사람들은 그 사실을 망각하고 먼 곳에서만 찾으
려고 한다는 것이다.

　또 맹자는 이렇게 말하고 있다.

"친(親)을 친(親)이라 하고, 장(長)을 장(長)이라 하면 천하(天下)가 평온해진다."

부모를 사랑하고 윗사람을 존경하면 그것으로 천하가 태평해진다는 말이다. 낙관(樂觀)에 치우친 경향이 없는 것은 아니지만 확실히 이 두 가지는 사회생활의 기본으로, 이것만으로도 세상은 상당히 변할 것임에 틀림없다.

최근 청소년들을 대상으로 한 도덕 강의가 활기를 띠고 있다. 강의 자체야 나무랄 데 없지만, 어른도 실행하기 어려운 것들을 죽 늘어놓고 콩이니 팥이니, 이론적으로 서술해 봐야 듣는 사람 입장에서는 어찌할 도리가 없다. 차라리 '이것만이라도' 하는 두세 가지의 큰 원칙을 명시하는 정도가 어떨까, 하는 생각이 들기도 한다.

4

소인지과야필문
小人之過也必文 『논어』

소인은 잘못을 반드시 숨긴다

여기에서의 문(文)은 겉을 그럴듯하게 꾸미는 것으로 소인은 실수를 하면 반드시 숨기려고 한다는 말이다. 공자의 제자인 자공의 말이다.

그런데 사실 실수를 한 것 자체가 그렇게 내세울 거리가 못 된다. 숨길 수 있으면 숨기고 싶은 것이 사람의 마음이다. 그것이 왜 나쁘다는 걸까? 두 가지 이유가 있다.

1. 왜 실패를 했는지 그 원인을 규명하려는 마음가짐이 부족하기에 같은 실패를 또 되풀이할 우려가 있다.
2. 실패한 일에 대해 반성이 없기 때문에 인간으로서의 진보도 향상도 기대할 수 없다.

물론 군자도 실수를 한다. 그러나 군자는 자신의 과실을 깨닫는 순간 그 잘못을 개선하려는 노력과 반성을 게을리 하지 않는다. 그래서 같은 실수를 되풀이하지 않는 것이다. 자신의 실수를 자기 자신에게 숨겨서는 안 된다는 것이다.

공자의 제자 중에 증자라는 인물이 있었다. 비록 그의 이름은 생소하게 들릴지 모르지만 그가 한 이 말은 우리에게 너무나도 친숙한 말이다.

"나는 하루에 세 번 나를 되돌아본다."

하루에 세 번, 아니, 한 달에 한 번만이라도 자신을 되돌아보는 시간을 갖는 것은 어떨까?

왕 기 자 미 유 능 직 인 자
枉己者未有能直人者 『맹자』

지도자는 자신을 굽히지 않는 의연함이 있어야 한다

왕기(枉己)란 자신의 원칙을 굽히고 상대에게 영합하는 것으로, 그런 사람이 지도자가 되면 조직을 바르게 이끌어 나가지 못한다고 하는 말이다.

맹자는 인의(仁義)에 입각한 왕도(王道) 정치를 주장하며, 어떻게 해서든 그 이론을 실현시키기 위해 각 나라를 돌며 왕들을 설득하려고 했다. 그러나 당시의 현실은 각자의 이익 추구에 여념이 없었기 때문에 맹자의 이상은 쉽게 받아들여지지 않았다. 그것을 본 제자 중 하나가 조금 더 융통성 있게 상대를 설득하는 것이 어떻겠냐고 하자, 맹자는 이 말을 인용해 오히려 제자를 꾸짖었다고 한다.

"지도자는 자신을 굽히지 않는 의연함이 있어야 한다[枉己者未有能直人者]."

맹자의 말처럼 지도자라면 자신이 옳다고 믿고 있는 원칙은

378
중국고전 일일일언

끝까지 밀고 나갈 수 있는 의연한 자세가 필요하다. 특히 교육 현장에 있는 사람들에게 바라고 싶은 점이다. 그러나 현실에 있어서는 이것과 동시에 융통성을 겸비하는 것이 더 좋은 경우도 있다.

6

기 신 정 불 령 이 행
其身正 不令而行 『논어』

자신의 행동이 바르면 명령하지 않아도 실행된다

공자의 그 유명한 말이다.

"자신의 행동이 바르면 명령하지 않아도 실행되고, 자신의 행동이 바르지 않으면 명령을 해도 실행되지 않는다."

공자는 또 이렇게 말하고 있다.

"행동이 바른 사람만이 훌륭한 정치를 할 수 있다. 행동에 오점이 있는 사람이 바른 정치를 할 수 있다는 것은 말이 안 되는 소리다."

이것이 덕치주의(德治主義)로 불리는 통치 이념의 원점이다. 지도자가 솔선해서 자세를 바르게 가다듬어야만 아랫사람들도 감화되어 바른 사회가 이루어진다는 개념이다. 그러나 지난 역사를 보더라도 이것이 말처럼 그렇게 쉬운 개념은 아니었다. 지극히 어려운 사상이라는 것은 지금의 정치 현실을 보더라도 극명하게 알 수 있다.

각계각층의 리더는 이를 목표로 정진해 주기를 바라는 마음이 간절하다.

7

유 술 즉 제 인   무 술 즉 제 어 인
有術則制人 無術則制於人 『회남자』

술(術)이 있으면 남을 제압할 수 있고, 술(術)이 없으면 자신이 제압된다

『회남자』에 의하면 술(術)은 부하를 컨트롤하는 노하우와 같은 것이라 한다. 재갈이나 고삐가 없으면 말을 자유자재로 부릴 수 없는 것처럼 지도자가 이것을 지니고 있지 않으면 부하를 컨트롤할 수 없다는 것이다.

한비자 역시도 술(術)이 지도자에게 있어서 꼭 필요한 조건이라 강조하고 있다.

"술(術)은 남들에게 보이는 것이 아니다. 군주가 가슴속에 품어두고 이것저것 비교하면서 비밀스럽게 부하를 조종하는 것이다."

이것과 관련된 한비자의 기록 중에 또 이런 말이 있다.

"술을 써서 정치에 임하면 지도자는 묘당(廟堂)에 앉아 처녀처럼 신묘함을 보이고 있어도 훌륭한 정치가 가능하다. 이것과 반대로 술을 쓰지 않고 정치에 임하면, 몸이 말라비틀어질 정도의 악착같은 열정이 있다 해도 그에 따른 효과는 기대할 수 없다."

지도자는 덕뿐만 아니라 술도 마스터하지 않으면 안 된다는 것을 강조하는 말이다.

8 공수신퇴 천지도야
功遂身退 天之道也 『논어』

공을 이룬 뒤에 은퇴하는 것은 하늘의 길이다

"일을 다 마친 뒤에는 은퇴하는 것이 하늘의 길[天道]이다."

왜 은퇴를 종용하는 것일까? 그것이 지금까지 쌓아 올린 공적과 명예를 온전하게 지키는 길이기 때문이라는 것이다. 그와 반대로 지위에 연연하면 어떻게 될까? 잔에 가득 찬 물이 쏟아지기 쉬운 것처럼 어렵게 쌓은 공적을 잃게 될 위험성이 크다는 것이다.

이런 처세술을 지녔던 대표적인 인물이 한의 명군사 장량이다. 그는 유방을 도와 천하를 장악한 뒤, 돌연 은퇴 의사를 밝혔다.

"지금 나는 세치 혀 하나로 제왕의 사(師)가 되었고, 일만 호의 영지를 소유한 열후(列侯)의 반열에 올라 있다. 이것으로 나의 역할은 끝났다. 이제부터는 속세를 떠나 선계(仙界)에서 놀고 싶다."

정치 세계에서 은퇴하고 선인처럼 여생을 즐기는 일에만 전념하겠다는 말이다.

이 시대를 살아가는 사람들에게 장량의 삶을 흉내 내기란 참으로 어려운 일이다. 아니, 거의 불가능한 일이다. 그러나 정상에 올라섰을 때 내려갈 길을 생각해 두는 것도 삶을 현명하게 살 수 있는 하나의 지혜라 할 수 있을 것이다.

9

불 의 이 부 차 귀   어 아 여 부 운
不義而富且貴 於我如浮雲 『논어』

불의로 쌓은 부귀는 하늘의 뜬구름과도 같다

"불의로써 돈과 지위를 얻고, 화려한 생활을 하는 것은 하늘에 떠 있는 구름과도 같은 것이다."

공자의 술회다. 그는 이 말의 전제로 이런 말을 했다.

"채소 죽을 먹고, 맹탕으로 끓인 물을 마시고, 팔베개를 베고 자는 가난한 생활 속에도 즐거움이 있다."

과연 공자다운 말이다. 인생을 즐긴다는 것은 어떤 것일까? 하는 물음에 대한 답을 제시하고 있는 것이다. 아무리 풍족한 생활이라 해도 마음이 편하지 않으면 인생의 즐거움을 누리지 못한다. 반면에 가난한 생활이라고 해도 마음이 편하다면 그것만으로도 큰 즐거움을 얻을 수 있다는 것이다. 물질의 풍족함은 마음의 여유를 따르지 못한다. 더구나 그것이 부정한 방법으로 획득한 물질이라면 더 말할 것도 없다. '풍요 속의 심적 빈곤'보다 '빈곤 속의 심적 풍요'가 훨씬 더 당당하게 인생을 즐길 수 있다는 말이다.

공자의 이 말은 잔재주 부리지 않고 개미처럼 성실하게 살아가는 사람들에게 정신적인 위로의 말이 되기도 한다.

수덕무자 제악무본

樹德務滋 除惡務本 『서경』

덕을 지니려면 꾸준히 노력하고, 악을 없애려면 뿌리째 뽑아내야 한다

어떻게 하면 덕을 지닐 수 있을까? 가장 좋은 방법은 작고 하찮은 일이라도 소홀히 대하지 않고, 전력을 다해 크게 이룰 수 있도록 노력하는 것이다. 또 덕과 친해지려면 악을 멀리해야 한다. 악을 제거하는 방법은 지엽말단(枝葉末端)은 내버려 두고 먼저 뿌리부터 파헤쳐야 한다.

인격의 수양을 강조한 말이다. 인격은 작은 행동 하나하나가 쌓여서 형성되는 것이다. 그것은 마치 나무를 재배하는 것과 같아서 씨를 뿌리고, 물을 주며 가꾸어 나가는 것이라고 한다. 그렇게 해서 열리는 보람의 열매가 바로 인격이라는 것이다. 그런 수고를 귀찮아하면 훌륭한 인격자로서의 성장은 기대할 수 없다.

반대로 악은 싹을 틔우기 전에 뿌리를 송두리째 뽑아버려야 한다. 뿌리가 남아 있으면 반드시 또 새로운 싹을 틔우며 머리를 들고 일어나기 때문이다.

사회적인 개념으로 말하자면 작은 선행이 쌓여서 바람직한 사회를 만든다는 것과 그 맥락을 같이하는 말이다. 반면에 악을 제거할 때는 잡어(雜魚)만 쫓을 것이 아니라 거악(巨惡)의 근원을 잘라 버려야 한다.

묵 이 성 지 불 언 이 신 존 호 덕 행
默而成之 不言而信 存乎德行 『역경』

말이 없어도 신뢰를 얻는 것은 덕행에 의존한다

명령을 하지 않아도 일이 순조롭게 진행되고, 과묵하게 있어도 사람들의 신뢰를 얻을 수 있는 지도자라면, 평소의 덕행이 뛰어나기 때문이다.

덕행은 선행과 그 느낌이 같은 말이다. 따라서 지위나 능력으로 부하를 다스리는 인위적인 방법이 아니라 리더의 인간적인 매력으로 이끌어 나가는 방법을 말하는 것이다. 조금은 우회하는, 간접적인 방식이라는 생각이 들기도 하지만 조직이 위기에 처했을 때는 이쪽이 한층 더 위력을 발휘할 수도 있다.

지위나 능력으로 부하를 다스린다면 당장은 명령에 따르겠지만 결코 그것이 마음속에서 우러나는 충심이라고 할 수 없다. 그런 부하는 만일의 사태가 생기면 그 즉시 떠날 수도 있다. 배신하는 부하가 나쁜 것이 아니다. 그들의 마음을 휘어잡지 못한 리더의 덕이 부족한 것이다.

덕으로 부하를 다스리는 것, 이 또한 조직을 운용하는 리더가 갖추어야 할 필수 조건 중의 하나다.

수 기 이 불 책 인 즉 면 어 난
修己而不責人 則免於難 『좌전』

나를 억제하고 상대를 탓하지 않으면 화를 면할 수 있다

춘추 시대의 일이다. 진의 헌공(獻公)은 전처(前妻) 소생인 신생(申生)을 태자로 봉했지만 애첩이 해제(奚齊)라는 아들을 낳자 마음이 변했다. 신생 대신에 해제를 태자로 봉할 욕심이 생긴 것이다. 그런 왕의 움직임은 당연히 신생을 불안하게 만들었다. 그때 중신 하나가 이 말을 인용해 신생에게 충고의 말을 했다.

"주어진 책임에 전력을 다하고, 경거망동을 삼가면서 상대가 파고들어 올 틈을 주지 않으며, 상대의 비판에 일체 대꾸를 하지 않으면 적자로서의 신분을 박탈당하는 일은 면할 수 있습니다."

신생은 중신의 충고에 따라 행동했다. 그러나 결국 음모에 휘말려 비참한 최후를 맞이하고 말았다.

중신의 충고가 터무니없는 말은 아니다. 만일 당시가 평온한 세상이었다면 그것만으로도 충분했을 것이다. 그러나 권모술수가 난무하는 어지러운 세상에서 살아남기 위해서는 신중함만으로는 충분하지 않다. 상대의 의중을 분석하는 '바이탈리티(Vitality)'가 추가로 필요한 것이다. 신중하면서도 상대의 의도를 분석하며 그

중국고전 일일일언

에 대처해 나가는 지혜가 필요하다. 난세에서 살아남기 위한 하나
의 선례가 될 수 있을 것이다.

예의지시 재어정용체 제안색 순사령
禮義之始 在於正容體 齊顏色 順辭令 『예기』

예의의 시작은 자세를 바르게 하고, 안색을 바로 하며, 말을 조심하는 데 있다

"무릇, 사람이 사람인 연유는 예의다."
『예기』는 이 말을 인용하며 예의의 기본 세 가지를 명시했다.

1. 자세와 태도를 바르게 할 것.
2. 안색을 바로 할 것.
3. 말을 조심해서 할 것.

이것을 바꿔 말하면 좀 더 구체적인 예가 될 수 있다.

1. 예의를 갖추어야 할 자리에서 허술한 태도를 취하면 안 된다.
2. 슬픔을 표해야 할 자리에서 이[齒]를 보이면 안 된다.

3. 상황에 맞는 인사를 할 줄 모르면 곤란하다.

확실히 이 세 가지를 염두에 두고 행동하면 어느 자리에 있더라도 최소한 망신을 당하는 일은 없을 것이다. 필자의 경험으로 말하자면, 이런 것들은 누구에게 배워서 익히는 것이 아니라 다른 사람의 행동을 보고 따르는 중에 자연스럽게 터득되어지는 것이다. 말하자면 자기 처세술이라고 할 수 있다.

이 나이가 되었음에도 미숙한 일이 너무도 많다. 젊었을 때 처세술을 확실하게 익혀두었으면, 하는 아쉬움이 들 때가 종종 있다.

처부귀지지 요지빈천적통양
處富貴之地 要知貧賤的痛집 『채근담』

부귀를 누릴 때 빈천의 고통을 이해한다

지위와 재산을 손에 넣었을 때일수록 가난한 자의 고충을 이해하지 않으면 안 된다는 말이다. 『채근담』은 또 이렇게 말하고 있다.

"젊고 혈기 넘칠 때 나이 들어 허약해졌을 때의 고통을 생각하라.”

약자를 위하는 마음을 갖고, 약자의 아픔을 이해하라는 말과 다를 바 없다.

타인에 대해 배려를 할 줄 아는 사람을 보면 한눈에 알 수 있다. 막연한 느낌이 아니다. 사람의 심성은 은연중에 겉으로 드러나게 마련이다. 마음이 온화한 사람은 그 온화함이 용모나 태도에 배어 있어서 처음 대하는 사람이라도 그 온화함이 확연한 느낌으로 다가오기 때문이다.

이 말을 뒤집어 말하면, 훌륭한 인격을 형성하기 위해서는 타인에 대한 배려를 잊어서는 안 된다는 말이 된다. 물론 억지로 되는 일은 아니다. 일부러 갖다 붙인 것처럼 어색하게 남을 생각해 주는 척하는 것은 마치 남의 옷을 빌려 입은 사람처럼 어설퍼 보인다. 또 마음에서 우러나지 않는 배려는 진정한 배려가 아니다. 결론적으로 말해, 타인에 대한 배려는 자신의 마음의 문제다.

15 지자락수 인자락산
知者樂水 仁者樂山 『논어』

지자는 물을 즐기고, 인자는 산을 즐긴다

"지자(知者)는 물을 즐기고, 인자(仁者)는 산을 즐긴다."

그 이유에 대해 공자는 이렇게 말했다.

"지자는 움직임, 인자는 조용함."

동과 정의 대조를 말한 것이다.

물[水]은 강[河]이다. 두보의 시 '부진의 장강, 곤곤히 흐른다' 처럼 지자는 쉬지 않고 끊임없이 생각한다. 그 결과 지모(智謀) 는 넘쳐흘러 마를 날이 없고, 그 진퇴(進退)도 세상의 움직임에 대처해 자유자재로 변화한다.

이에 비해 산은 손자의 말 '움직이지 않는 것이 산과 같다' 처럼 움직이지 않는 것의 형용이다. 인자는 세상의 움직임에 초연해 자신의 내면 세계를 지키고 경솔하게 움직이지 않는다.

이렇게 보면 지자와 물, 인자와 산은 그 이미지가 꼭 들어맞는다.

필자도 젊은 시절엔 물[海]을 좋아했는데 최근에는 산이 더 좋아졌다. 하루 종일 산을 보고 있어도 질리지 않는다. 무엇보다도 나이를 먹은 탓이겠지만, 그만큼 인자의 영역에 가까이 다가섰다고 한다면 얼마나 기쁘겠는가.

중국고전 일일일언

감개살신자역 종용취의자난
感慨殺身者易 從容就義者難 『근사록』

감정에 사로잡혀 죽는 것은 쉽지만 감정을 배제하고 바른길로 가기는 어렵다

일시적인 감정에 휘말려 죽음을 택하는 것은 그래도 쉬운 일이다. 정말로 어려운 것은 느긋하고 차분하게 바른길로만 가는 일이다.

감개(感慨)는 흥분된 감정에 따르는 것, 종용(從容)은 감정을 고조시키거나 일부러 그런 체하지 않고 마땅히 해야 할 일을 수행하는 것을 뜻한다.

확실히 표제의 말 그대로다. 분노, 기쁨, 슬픔, 이런 감정이 격해지다 보면 자신에 대한 감정의 통제가 불가능해진다. 그런 상태가 극에 달하다 보면, 무슨 일을 저지를지 모르는 것이다. 그에 비해 종용은 그런 감정을 배제한 이성의 문제다. 말처럼 쉬운 일이 아니다. 거기에 취의(就義)에 이르게 되면 실행은 한층 더 어려워진다. 그러나 그에 다가서기 위한 노력을 게을리 해서는 안 된다. 자신을 갈고닦는 데 게으름을 피우지 말 것을 당부하는 말이다.

호아마야 이위지마
呼我馬也 而謂之馬 『장자』

나를 말이라고 부르면 나는 말이다

어느 사내가 노자의 평판을 듣고 그의 집을 찾아갔다. 그런데 집 안이 마구 어지러져 있어 지저분하기가 이루 말할 수 없었다. 도저히 사람이 사는 집 안 꼴이라 할 수 없는 정황이었다. 실망한 사내는 노자에게 호되게 욕설을 퍼붓고 돌아갔다. 그런데 그날 밤, 사내가 곰곰이 생각해 보니 아무래도 자신이 심하게 군 것 같아 미안한 마음이 들었다. 다음날 사내는 노자의 집을 찾아가 전날의 경솔함을 사과했다. 그러자 노자는 이렇게 말을 했다.

"당신은 지자(智者)니 성인(聖人)이니 하는 관념에 사로잡혀 있는 것 같은데, 나는 그런 개념으로부터 이미 졸업을 한 사람이오. 만일 어제 당신이 나를 소와 같다고 말했으면 나는 내가 소라고 인정했을 것이오. 또 나를 말이라고 했다면 나는 내가 말이라고 인정했을 것이오. 남이 그렇게 말할 때는 그럴 만한 이유가 있는 법이오. 그것이 싫다고 반발을 한다면 더 큰 봉변을 당할 수 있을 것이오. 나는 누구에게라도 반발하지 않을 것이오."

세상의 그 어떤 것에도 구애되지 않는 생을 살아가는 노자, 이

정도로 달관했다면 인생의 깊은 맛을 한층 더 즐기며 살았을 것
이다.

언 이 당 지 야　묵 이 당 역 지 야
言而當知也 默而當亦知也 『순자』

말로 이르게 함은 지, 침묵으로 이르게 함도 지

"말로 핵심을 찌른다. 이것은 지다. 침묵으로 핵심을 찌른다,
이것 역시도 지에 틀림없다."

순자는 또 이렇게 말했다.

"다변임에도 발언 하나하나가 핵심에서 벗어나지 않는다. 이
것은 성인이다. 과묵하지만 발언을 시작하면 모든 말이 법에서
어긋나지 않는다. 이것은 군자다. 다변과 과묵을 겸비했지만 말
하는 것이 이치에 어긋나는 자는 소인이다."

또 이렇게 단언하고 있다.

"침묵의 의의를 아는 것은 발언의 의의를 아는 것이다."

말을 하는 것만이 능사가 아니다. 침묵으로 의지를 표명하는
것도 발언만큼이나 중요하다는 것이다. 침묵의 효과, 이것을 아
는 자야말로 진정한 강자라는 말이다.

393

十 一 月 의　말

물론 나서서 의견을 주장해야 할 때는 마땅히 그렇게 해야 한다. 그러나 사소한 일에 일일이 핏대를 올리는 것보다 때로는 침묵을 지키는 편이 훨씬 더 설득 효과가 큰 경우도 있다.

사 이 밀 성   어 이 설 패
事以密成 語以泄敗 『한비자』

감추어야 할 것은 끝까지 감춘다

말조심을 당부하는 말이다. 계획을 성사시키려면 비밀리에 진행해야 한다. 기밀이 외부에 노출되면 실패를 면하기 어렵다는 것이다.

극히 평범하게 들리는 말이지만, 한비자는 이것을 군주로서 꼭 지녀야 할 마음가짐이라 역설하고 있다.

예를 들어 어느 신하가 어떤 이유로 군주의 비밀을 알게 되었다면 군주는 자신의 비밀을 알고 있는 그 신하를 경계하게 된다. 이것은 곧 비밀을 알고 있는 신하의 신변이 위험해질 수 있다는 것이다. 또 자신의 헌책(獻策)을 누군가가 탐지해 외부에 흘려 버렸다면, 그런 경우에도 모든 의혹은 자신이 뒤집어쓰게 되고, 결국 위험한 처지에 놓일 수 있다는 것이다.

중국고전 일일일언

시대가 다르기에 요즘엔 이런 엄한 관계는 없다. 그러나 일반적인 예로 사업의 계획 단계에서 그 핵심 내용이 외부에 누출된다면, 곧바로 실패로 이어지지는 않는다 해도 마이너스 요인이 될 것임에는 부정할 수 없다.

감추어야 할 것은 끝까지 감춘다. 이것 역시도 일을 진행하는 데 있어 하나의 원칙인 것이다.

주복내견선유 마분내견량어
舟覆乃見善游 馬奔乃見良御 『회남자』

배가 뒤집히면 수영이 뛰어난 사람을 볼 수 있고, 말이 달리면 마술이 뛰어난 사람을 볼 수 있다

"배가 뒤집혔을 때에야 비로소 수영에 능한 사람인지 아닌지 알 수 있다. 말이 달려나갈 때에야 비로소 마술(馬術)이 뛰어난 사람인지 아닌지 알 수 있다."

즉, 위기에 몰렸을 때야말로 그 사람의 진가가 드러난다는 말이다.

말이 제자리에 가만히 서 있을 때는 말을 타보지 않은 사람이라도 말의 등에 앉을 수 있다. 그러나 말이 갑자기 맹렬한 기세로 달리기 시작하면 비명을 지르면서 말에서 떨어지고 말 것이다.

　경영도 이와 같다. 때를 잘 만나면 평범한 경영자도 그 나름대로의 성과를 올릴 수 있다. 그러나 그것을 자신의 능력이라고 착각해서는 안 된다. 정말로 능력이 발휘되어야 할 때는 위기에 처했을 때다. 누구에게나 위기는 따르게 마련이다. 언제 닥칠지 모르는 그 상황을 어떻게 극복해 나가느냐에 따라 경영자의 능력 여부가 판명되는 것이다. 위기에 대비해 평소에 실력을 쌓아두는 것도 리더의 빼놓을 수 없는 덕목이다.

불감위천하선
不敢爲天下先『논어』

굳이 천하 앞에 나서지 않는다

　노자는 세상을 평탄하게 살아가려면 삼 보(三寶), 즉 세 가지 보물을 지니고 있어야 한다고 했다.

1. 자(慈)―타인을 사랑하는 일.
2. 검(儉)―모든 일을 사양하는 듯한 태도.
3. 굳이 남의 앞에 서지 않는다.

"남을 사랑함으로써 더 큰 용기가 생긴다. 남에게 양보를 함으로써 내 앞길에 막힘이 없다. 남들보다 앞에 나서지 않음으로써 오히려 지도자로 추대된다. 지금 사랑하는 마음을 잊어버리고, 용기를 과시하려 하고, 양보하는 태도를 버리고 앞으로 나서려 하고, 물러서는 것을 잊고 선두에 나서는 것만 생각한다면 어떻게 되겠는가? 그것은 곧 파멸이다."

난세에서 살아남기 위한 지혜라고 할 수 있겠다.

현사지처세야 비약추지처낭중
賢士之處世也 譬若錐之處囊中 『사기』

유능한 인물은 자루 안의 송곳과 같다

"유능한 인물은 자루 안[囊中]에 있는 송곳과 같아서 반드시 두각을 나타낸다."

조(趙)나라의 재상 평원군(平原君)이 중대한 사명을 띠고 초(楚)나라에 사자로 가게 되었다. 그는 자신의 식객들 중에서 유능하다고 생각되는 인물 스무 명을 골라서 사절단을 편성하려고 했다. 그때 모수(毛遂)라는 자가 사절단의 일원이 되기를 간청했다. 식객이 워낙 많은 터라 평원군으로서는 이름조차 처음 들어보는 인물이었다.

"귀공은 내 집에 온 지 얼마나 되었는가?"

"삼년째 접어들고 있습니다."

"유능한 인재는 자루 안의 송곳과 같아서 그 날카로움이 금세 눈에 띄는 법이거늘, 내가 삼년 동안이나 귀공의 이름조차 모르고 있었다는 것은 귀공이 유능한 인재가 아니라는 증거일세."

그러나 모수는 자신의 뜻을 굽히려 하지 않았다. 그의 끈질긴 간청에 평원군은 마지못해 그를 일행에 포함시켰다. 그 후 모수는 어려운 일이 닥칠 때마다 수완을 발휘해 평원군을 감복시켰다고 한다.

평원군의 말에도 일리는 있다. 그러나 아무리 유능한 인재라도 실력을 발휘할 기회가 없다면 두각을 나타낼 기회도 없다는 사실도 부정할 수 없는 사실이다.

23 선발제인 후발제어인
先發制人 後發制於人 『한서』

선발로 나서면 사람을 제압하고, 후발로 나서면 사람에게

제압당한다

진(秦)의 시황제가 죽고 난 뒤, 항량(項梁)과 항우(項羽) 두 사람은 회계군(會稽郡. 지금의 蘇州 부근)에서 반란을 일으켰다. 그때 두 사람은 서로 먼저 공을 세우려고 혈안이 되어 있었다. 그런 두 사람의 경쟁적인 심경을 그대로 드러낸 것이 바로 이 말이다. 그러나 사기에는 회계군의 장관이 한 말로 기록되어 있고, 그 표현도 표제와는 조금 다르게 되어 있다. 그러나 어느 것을 택하더라도 나타내고자 하는 의미는 같다.

공격 목표가 정해진 이상, 확실히 선발이 이점은 있다. 먼저 차지하는 사람이 임자인 것이다. 그러나 상대보다 한발 앞서 공을 차지하려면 선발로 나서는 것만으로는 부족하다. 반드시 두 가지의 선행 조건이 따라주어야 한다.

1. 정확한 정세 판단

   판단을 그르치면 오히려 표적이 되어 궤멸당할 수 있다.

2. 두 번째 화살, 세 번째 화살을 준비하고 대처할 것

   지속적으로 군비를 충당하지 않으면 전투 능률이 감소되어 패배한다.

이 두 가지 조건을 갖추고 선발로 나선다면 도깨비에게 방망

이를 쥐어준 것과 같다고 한다.

흥 일 리 불 약 제 일 해
興一利不若除一害 『십팔사략』

일리를 돋우어도 일해를 제외하는 것에 미치지 못한다

원(元)대의 명재상 야율초재(耶律楚材)가 한 말이다.

그는 당시로서는 보기 드물게 사후에 원의 묘당에 묻힌 인물이다. 그 정도로 태종(太宗)의 두터운 신임을 받을 수 있었던 것은 원의 민생 안정에 혁혁한 공을 세운 공로를 인정받았기 때문이다.

원은 기마 민족 몽골이 세운 왕조다. 마술(馬術)에 뛰어난 민족으로 빠른 기동력을 바탕으로 수탈(收奪)에 강한 경향이 있었다. 그런 와중에 야율초재는 민생의 안정을 중시해 수탈 정책에 브레이크를 거는 역할을 수행했던 것이다.

일리(一利)를 돋우어도 일해(一害)를 제외하는 것에 미치지 못한다[興一利不若除一害].

'일리를 돋우다'는 말은 새로운 사업을 시작한다는 뜻으로 해석할 수 있다. 그런데 당시의 시대적 상황으로 볼 때, 그것은 신규 사업을 의미하는 것이 아니라, 민중으로부터의 수탈을 뜻하는 것으로 볼 수 있다.

이 말은 그런 당시의 배경에서 생겨난 것이기에 더 의의가 크다고 할 수 있다. 또한 건전 경영을 이루고자 하는 리더에게는 하나의 지침으로 참고가 될 수 있을 것이다.

물 위 금 일 불 학 이 유 래 일
勿謂今日不學而有來日 『고문진보』

오늘 공부하지 않고서 내일이 있다고 말하지 마라

이 말은 송대의 재상 사마광이 기록한 「권학문(勸學文)」의 일절이다.

'오늘 하지 않아도 내일이 있다'고 생각하는 나태한 마음을 갖지 말라는 충고의 말이다. 원래는 젊은 세대를 향한 충고의 말이었다고 한다.

요즘 이런 설교조의 충고는 점점 줄어들고 있는 추세다. 시대는 다양성을 요구하지만 개인적인 충고를 하는 것도, 듣는 것도 회피하는 경향이 있기 때문이다. 그러나 옛날이나 지금이나 지난 일을 돌아보며 아쉬움을 갖는 것에는 변함이 없다. 그때 좀 더 공부를 했더라면 좋았을 텐데 하고 후회를 하는 것도 또한 우리의 일상이다. 상대의 환영 여부를 떠나서 역시 이런 충고를 해주는 사람이 있는 편이 없는 것보다 낫다는 생각이 들기도 한다.

그러나 공부란 꼭 젊은 사람들만의 전매특허가 아니다. 장년에 공부하면 노년에 쇠퇴하지 않고, 노년에 공부하면 죽어서 썩지 않는다는 말도 있지 않은가.

공부를 해야겠다고 마음을 먹었지만 일에 얽매이고, 시간에 얽매이다 보니 언제 시작하게 될지 모른다. 그것은 아니다. 쇠뿔도 단김에 뺀다는 말이 괜히 있는 게 아니다. 마음먹었을 때 실행에 옮겨야 한다. 그리고는 느릿느릿해도 좋으니 도중에 포기하지 말자.

거인 수거호퇴자
擧人 須擧好退者 『송명신언록』

물러서기 좋아하는 자를 천거하라

호퇴자(好退者)란 소극적인 타입의 사람으로, 남들 앞에 쉽게 나서지 못하는 사람을 말한다. 그런데 사람을 추천할 때는 이런 타입의 사람을 고르는 것이 좋다고 한다.

"호퇴자는 욕심이 없고, 맡은 일에 책임을 다하며, 실수가 적다."

송(宋)대의 대신 장영의 말이다. 이것 역시도 하나의 견식으로 참고할 만하다.

이과 상반되는 것은 나서기 좋아하며, 경쟁심을 노골적으로 드러내는 타입의 사람이다. 이런 인물은 분경지자(奔競之者)라고 하며 이에 대한 단점을 이렇게 표현하고 있다.

"분경지자는 재능이 부족해 아첨을 일삼고 자기 본분을 모른다. 이런 자를 기용하면 반드시 작은 재주를 뽐내고 이익만을 밝혀 번거로움이 끊이지 않는다."

확실히 일리있는 말이다.

마려자당여백련지금 급취자비수양
磨礪者當如百煉之金 急就者非邃養 『채근담』

자신의 단련은 쇠의 정련과 같다. 급하게 취하는 것은 수양이 아니다

"자신을 단련할 때는 쇠를 정련할 때처럼 천천히 시간을 두고 갈고닦지 않으면 안 된다. 속성으로는 깊은 수양이 불가능하다."

알기 쉽게 기술 습득을 하나의 예로 들어보겠다. 얼마 전에 정원사의 작업 과정을 지켜볼 기회가 있었다. 젊은 제자의 나무 다듬는 솜씨는 정원 일에 전혀 서툰 필자의 눈에도 미숙하게 보였다. 그러나 노년에 접어든 정원사의 작업 과정을 볼 것 같으면 수순에 입각해 촌분의 헛됨도 없었다. 역시 경륜이 있는 직인은 뭐가 달라도 다르다는 것을 새삼 느낄 수 있었다.

하물며 기술의 습득이 아닌 '인간' 의 단련에는 한층 더 각별한 어려움이 따르기 마련이다. 10년, 20년, 아니, 일생의 사업이 될지도 모른다. 그러나 그렇게 자신을 갈고닦은 사람과 그렇지 않은 사람의 차이는 풍격에 바로 나타난다. 얼굴 하나만 보더라도 쉽게 알 수 있다. 자신을 단련한 사람은 누가 보더라도 거부감없는 이미지의 얼굴로 보인다. 반면 그렇지 않은 사람은 마치 물에 젖은 듯 퉁퉁 불어 터진 얼굴로 보인다. 참으로 두려운 일이다.

28

가유현처 장부불조횡사
家有賢妻 丈夫不遭橫事 『통속편』

집에 현처가 있으면 남편은 횡사에 말리지 않는다

장부는 남편, 횡사는 꼭 죽음만을 뜻하는 것이 아니라 뜻밖의 사고나 좋지 않은 일에 휘말리는 것을 포함한 복합적 의미로 해석할 수 있다.

그런데 집에 현처가 있으면 남편은 횡사에 휘말리지 않는다는 것이다. 그 이유는 무엇일까? 우선 안도감이 크게 작용하기 때문이다. 만일 악처가 집에 있다고 하면 외출을 해도 마음이 놓이지 않는다. 아내가 집에서 무엇을 하고 있을지 모르는 불안한 상태로는 밖의 일을 제대로 볼 수 없다. 그 정도로 끝날 일이 아니다. 머리 한편에 늘 불안감이 자리잡고 있는 상황에서는 일에 몰두할 수가 없다. 일을 해도 실수로 이어질 가능성이 많다. 또 일을 마치고 피곤한 몸으로 집에 돌아가도 마음 편하게 휴식을 취하지 못하고 불평이나 불만만 잔뜩 듣게 될 테니 스트레스만 가중되어 다음날의 비즈니스에 막대한 영향을 받게 된다.

공금 횡령 등의 잡다한 사건에 휘말리는 것도 집에 어질고 현명한 아내가 있으면 어느 정도 방지할 수 있지 않을까? 남자의

기를 살리고 죽이는 것은 아내 하기 나름이라는 말이 있다. 시대
가 변할수록 현처가 점점 줄고 있는 것 같아 유감이다.

29

용 법 무 재 관 간
用法務在寬簡 『정관정요』

법의 적용은 관대하게

어느 날 당태종이 측근 신하들을 불러놓고 말했다.

"한 번 죽은 사람은 두 번 다시 돌아올 수 없다. 법의 적용도
이와 같으니 가능한 관대하게 집행해야 한다. 옛말에 '관을 짜
는 사람은 매년 역병이 돌기를 바란다' 는 말이 있다. 그가 누구
를 미워해서가 아니라 사람이 많이 죽으면 관이 많이 팔리기 때
문이다. 적절한 표현이다. 그러나 요즘의 사법관들은 함부로 가
혹한 취조를 행하며 자신의 실적을 올리는 일만 생각하고 있어
심히 유감이다."

태종의 이 말은 현대에도 그대로 적용되는 말이다.

굳이 예를 들자면, 실적 위주의 교통 위반 단속이 그 하나의
예가 될 수 있다. 교통사고를 미연에 방지하고 예방하기 위한 차
원의 단속이 아니라 단속을 위한 단속의 예가 많아 운전자들의

406

중국고전 일일일언

불만을 사는 경우가 많다. 어떤 경우엔 위반을 유도하기도 해 운전자들에게 함정 단속이라는 시비 거리를 제공하기도 한다. 또 경찰이 교통 위반 단속에 집중 투입될 때일수록 중요한 사건의 해결 수치는 그만큼 낮아진다니 그리 좋은 결말은 아닌 것 같다.

문제는 법에 관련된 과제만이 아니다. 일반의 인사 관리에 있어서도 이 원칙을 적용할 수 있는 것이다.

30 계륵
鷄肋 『삼국지』

닭갈비

크게 쓸모는 없지만 막상 버리자니 아까운 것, 그런 것을 일러 계륵이라 한다. 지금도 문인들 중에는 자신의 문집에 '계륵집'이라고 이름을 붙이는 경우가 있다. 이 말의 출전은 삼국지에서 '난세의 영웅'으로 불리는 조조에 얽힌 에피소드다.

조조가 유비가 지키는 촉한의 한중을 공격했을 때의 일이다. 유비 측의 수비가 워낙 견고해서 조조군이 고전을 면치 못하고 있었다. 그때 조조는 참모들을 모아놓고 단 한 마디, 이 말을 했다.

"계륵이다."

그러나 참모들 중에 이 말의 뜻을 알아듣는 자가 없어 영문을 몰라 하고 있는데, 그중의 하나가 서둘러 철군 준비를 시작했다. 모두가 의아해하며 그 까닭을 묻자 그는 이렇게 대답했다.

"먹자니 먹을 것이 없고 버리자니 버릴 것이 없는 닭갈비(계륵)처럼 주군은 이 한중 땅을 닭갈비처럼 생각해 철군 준비를 하라는 것이오."

가치를 감정한 후 가망이 없다고 판단되자 즉시 철군 명령을 내린 조조의 결단력이 돋보이는 대목이다. 이것 또한 조조라는 인물이 강할 수밖에 없었던 비결이었던 것이다.

중국고전 일일일언

十二月

'지'로 '화'를 면한다

• • •

아무리 좋은 옥이라도 갈지 않으면

보석이 될 수 없듯이

사람도 갈고닦지 않으면 도를 깨우치지 못한다.

1

지 귀 면 화
智貴免禍『삼국지』

'지'로 '화'를 면한다

지모(智謀), 지략(智略) 등 지(智)라는 말에서 연상되는 것은 뛰어난 두뇌, 명석한 인물의 이미지다. 확실히 틀린 말은 아니다. 그러나 진정한 지는 화려하게 눈에 띄는 것이 아니다. 예를 들어 파산한 회사를 각고의 노력 끝에 다시 일으켜 세운 사람이 있다고 할 때, 일반적으로 그 사람을 가리켜 지혜롭다고 한다. 그러나 이런 경우, 그것이 지임에는 부정할 수 없지만 그리 수준이 높은 지는 아니다.

그것을 말하고 있는 것이 표제의 말이다. 지의 중요한 역할은 화(禍)를 면하는 것에 있다는 것이다. 즉, 파산한 회사를 다시 일으켜 세우는 것보다 회사를 파산으로 몰고 가지 않는 경영의 지혜, 그것이야말로 진정한 지라는 것이다.

결론적으로 이렇게 말할 수 있다.

"진정한 지는 눈에 띄지 않는다. 있는 것만으로 극히 평범하게 보이는 가운데 위기의 순간에 위력을 발휘하는 것이다."

조직의 리더에게 필요한 것은 바로 이런 진정한 지다.

2

수 청 무 대 어
水淸無大魚 『후한서』

물이 맑으면 큰 고기가 살지 못한다

물이 지나치게 맑으면 큰 물고기가 살 수 없다는 말이다. 이것 외에도 물이 맑다는 것은 물고기가 없다는 증거다 등 비슷비슷한 말들이 옛날부터 속담의 형태로 널리 알려져 있었다.

후한 시대, 서역의 경략(經略)에서 활약한 반초(班超)라는 인물이 있었다. 그가 임무를 마치고 귀국했을 때, 후임자로부터 서역 경영의 마음가짐에 대한 질문을 받게 되었다. 당시 그는 이 말을 인용해 이렇게 대답했다고 한다.

"명심해야 할 것은 서역은 이민족의 땅이라는 것일세. 이민족을 다스린다는 것은 결코 쉬운 일이 아니야. 자네는 성격이 지나치게 엄한 면이 있어 걱정일세. 물이 맑으면 큰 고기가 살 수 없다고 하지 않나? 너무 엄한 태도로 임하면 그들의 지지를 얻지 못할 걸세. 항상 관대한 태도로 임하고 작은 과실은 용서하고 큰 잘못만을 엄하게 다스리게."

사소한 일까지 일일이 간섭하고 통제하면 사람들의 지지를 얻지 못한다는 것이다. 이것은 인간관계, 특히 조직 관리에 있어 명심해야 할 철칙 중의 철칙이다.

접 소 이 역 이 례

接小吏亦以禮 『송명신언행록』

말단 관리를 대함에도 예를 취한다

송(宋)의 태조(太祖)를 보필했던 장군 중에 조빈(曹彬)이라는 자가 있었다. 어려운 고비마다 총사령관에 기용되었고, 천하 통일 후에는 국방의 최고 책임자에 임명되었다. 태조의 두터운 신임을 받았던 것이다. 그것은 물론 그의 전술적 능력이 뛰어났기 때문이기도 하지만 단순히 그것만은 아니었다. 그의 집무 태도를 보면 그 이유를 잘 알 수 있다.

조정에서 집무를 볼 때는 최고 책임자의 지위에 있음에도 늘 겸허한 태도를 취했다. 그런 그의 인품에 대해 사람들은 이렇게 평했다.

"말단 관리를 대할 때도 예를 취하고, 결코 이름을 부르는 적이 없다."

현대풍으로 말하자면 부하 직원들을 함부로 대하지 않고, 어떤 상대에게나 호칭이나 높임말을 붙이지 않고 이름만 부르는 경우가 결코 없었다는 것이다.

또 날이 밝는 것과 동시에 황궁 방향을 향해 문안 인사를 하고, 헛되이 보내는 시간이 단 1초도 없었다고 한다. 이렇게 미루어볼 때, 그가 태조의 신뢰를 얻을 수 있었던 이유는 크게 두 가지로 나눌 수 있겠다.

1. 겸허
2. 정려(精勵)

겸허하고, 자신의 일에 각고정려(刻苦精勵)하는 사람이 신뢰를 받는 것은 지금도 마찬가지다.

4

대우성인내석촌음 중인당석분음
大愚聖人乃惜寸陰 衆人當惜分陰 『진서』

성인은 촌음을 아껴 쓰고 범인은 분음을 아껴 쓴다

"우(愚. 옛날 중국을 다스렸다는 성왕)는 성인임에도 불구하고 촌음(寸陰. 짧은 시간)을 아끼며 일에 정려(精勵)했다. 범인은 분음(分陰 : 더욱 짧은 시간)을 아껴서 정진하지 않으면 안 된다."

동진(東晉) 시대의 명장(名將) 도간(陶侃)이 한 말이다. 도간은 자신의 말처럼 매사에 헛되이 시간을 허비하는 경우가 결코 없었다. 일을 할 때는 오직 일에만 전념했고, 그날의 일을 다음 날로 미루는 적이 절대 없었다. 또 자신뿐만 아니라 부하들에게도 시간을 아껴 쓸 것을 권장했다. 그런 됨됨이의 인물이기에 부하들의 나태함은 절대 용서하지 않았다. 부하들이 술을 마시거나 도박으로 시간을 허비할 때는 술잔과 도박에 쓰이는 도구들을 보자기에 싸서 강에 던져 버리며 호통을 쳤다고 한다.

"술과 도박은 인간 쓰레기들이나 하는 짓거리다."

조금은 지나친 면이 없지 않지만 그의 마음은 충분히 이해할 수 있다. 리더뿐 아니라 모든 사람에게도 분음을 아껴 쓰는 정려가 절실히 요구되는 시점이다.

관 자 불 위 가 급 이   간 자 불 위 번 쇄 이
寬者不爲苛急耳 簡者不爲繁碎耳 『송명신언행록』

관(寬)은 가급(苛急)을 삼가는 것, 간(簡)은 번잡(煩雜)을 삼가는 것

송대의 구양수(歐陽脩)라는 인물은 각지의 지방 상판을 두루 역임했다. 그러면서도 업적이나 평판에 전혀 개의치 않고 오로지 관(寬)과 간(簡)에 의한 행정을 펼쳤다. 그랬기에 문제점이 많은 지방에 부임해도 보름도 채 지나지 않아서 문제의 태반을 해결하고, 한두 달 정도 지나면 관청은 할 일이 없어져서 마치 절처럼 조용했다고 한다.

하루는 어떤 사람이 이렇게 물었다.

"공(公)의 정치의 골자는 관간(寬簡)이라고 들었는데, 그것으로 어떻게 민생을 다스릴 수 있소?"

이 질문에 대한 구양수의 대답이 바로 표제(表題)의 말이다.

관은 가혹한 강압을 삼가는 것이고, 간은 번잡한 일을 시키지 않는 것. 나는 이것을 내 마음의 자세로 여기고 최선을 다할 뿐이오[寬者不爲苛急耳 簡者不爲繁碎耳].

관과 간은 조직 관리의 포인트다. 그런 의미에서 구양수의 말을 참고하는 것도 좋을 것이다.

선선이불능용 악악이불능거
善善而不能用 惡惡而不能去 『관자』

선을 즐기되 활용하고, 악을 미워하되 멀리하라

옛날 제나라의 환공이 예전에 자신이 정벌했던 곽(郭)나라를 다시 찾았을 때의 일이다. 영내를 순시하던 중 한 노인을 만났다. 환공은 노인에게 물었다.

"곽이 멸망한 원인은 어디에 있다고 생각하오?"

"우리나라의 왕은 선을 즐기며, 악을 싫어했던 사람이었습니다. 그래서 나라가 망한 것입니다.

"……?"

노인의 대답에 의문을 갖게 된 환공은 재차 물었다.

"당신의 말대로라면 곽의 왕은 현군임에 분명한데, 그것이 어떻게 나라를 망친 원인이라는 것이오?"

"그렇지 않습니다. 우리나라의 왕은 선을 좋아했지만 그것을 활용하려 하지 않았습니다. 악을 미워하기만 했지 물리치지 못했습니다. 그것이 나라를 망친 원인입니다."

"과연!"

노인의 말에 환공은 무릎을 쳤다고 한다.

머리로는 이해하고, 입으로도 말하지만 실행이 따르지 않는 것은 선이 아니라는 것을 경고히는 말이다. 머리와 입만으로는 타인에 대한 설득력을 얻을 수 없는 것이다.

명주지소도제기신자 이병이이의
明主之所導制其臣者 二柄而已矣 『한비자』

현명한 지도자는 두 개의 손잡이를 쥐고 있다

여기서 도제(導制)란 컨트롤, 즉 자유자재로 다룬다는 뜻이다. 이병(二柄)은 두 개의 손잡이를 말한다. 그래서 전체 문장을 풀이하면, 뛰어난 리더는 두 개의 손잡이를 쥐고 있는 것만으로도 부하를 능숙하게 다룬다는 뜻이 된다. 그러면 여기서 말하는 두 개의 손잡이란 과연 무엇일까? 『한비자』는 그에 관해 이렇게 말하고 있다.

"두 개의 손잡이는 형(刑)과 덕(德)이다. 형은 벌을 주는 것이고, 덕은 상을 주는 것이다. 부하는 벌받는 것을 두려워하고 상받기를 좋아한다. 그렇기에 지도자는 벌과 상이란 서로 다른 두 종류의 권한으로 두려움을 느끼게 할 수도 있고, 길을 들일 수도 있다. 부하를 자유자재로 다룰 수 있는 것이다."

신상필벌(信賞必罰)로 임할 것. 이것이 부하를 능숙하게 다루는 열쇠라는 것이다. 한비자는 또 이렇게 다짐을 두고 있다.

"살해당하거나 실권을 빼앗긴 지도자는 상벌의 권한을 부하에게 빼앗긴 자들이다. 그런 상태에서 실권을 유지한 지도자를

418

중국고전 일일일언

단 한 사람도 본 적이 없다."

이 리 합 자   박 궁 화 환 해 상 기 야
以利合者 迫窮禍患害相棄也 『장자』

이해로 합친 자는 어려움에 처하면 서로 버린다

이해관계로 결합된 자들은 곤란에 직면하면 곧바로 상대를 버린다고 한다. 그렇다면 그 반대의 경우는 어떤 경우일까? 장자의 말을 들어보자.

"이천속자(以天屬者)는 궁화환해(窮禍患害)에 상수(相收)."

조금 더 알기 쉽게 풀이해 보자.

"깊은 신뢰 관계로 맺어진 자들은 곤란에 처하게 되면 오히려 더 친근해져 서로 돕는다."

그렇다. 이 말 역시도 부인할 수 없는 진리임에 틀림없다. 현대를 살고 있는 우리는 다면적인 교우 관계를 맺으며 살고 있다. 그러나 그것과는 별도로 이해관계만으로 얽혀 있는 경우도 결코 적지 않다. 그것이 나쁘다고 말하는 것은 설대 아니다. 다만 장자의 견해를 확실하게 인식해 둘 필요가 있다. 그렇게 함으로써 상대에게 괜히 불필요한 심리적 부담을 주지도 않고, 이쪽도 응대의 수위를 조절할 수 있는 것이다. 만일 곤란한 일이 생겼을 경우에 의지할 수 없는 사람을 의지하려 한다면, 그것이야말로 졸렬한 처세가 아니겠는가.

중곡불용직 중왕불용정
衆曲不容直 衆枉不容正 『회남자』

중곡(衆曲)은 직(直)을 받아들이지 않고, 중왕(衆枉)은 정(正)을 받아들이지 않는다

중곡(衆曲)은 전체가 휘어져 있는 것, 중왕(衆枉)은 전체가 잘못되어 있는 것을 뜻하는 말이다. 우리가 몸담고 있는 사회를 예로 들면, 조직 전체가 휘어져 있거나 잘못된 방향으로 나아가고 있는 정황에서 한두 사람이 사태의 잘못을 지적하고 곧바로 나아갈 것을 주장한다고 해도 오히려 반발만 사게 될 뿐 전혀 받아들여지지 않는다는 것이다. 악이 악으로써 버젓이 통용되고 있음이다. 그런 상황에서 살아나갈 수 있는 방법은 다음의 세 갈래 길에서 하나의 길을 선택하는 것이다.

1. 끝까지 직(直)에 살고, 정(正)을 주장하며 조직의 잘못에 맞선다. 단, 이것은 자기희생이 필요하다. 옥쇄(玉碎)를 각오하지 않으면 안 된다.

2. 큰 흐름에 거스르지 않고 그 나름대로 대세에 순응하며 산다.

3. 그런 조직에서 발 씻고 나와 다른 삶의 길을 찾는다.

어느 길을 선택해야 한다고 딱 잘라서 말할 수는 없다. 각자 나름대로의 인격과 입장에 따라 선택의 조건도 달라지는 것이기 때문이다.

옥불탁불성기 인불학부지도
玉不琢不成器 人不學不知道 『예기』

옥은 갈지 않으면 보석이 될 수 없고, 사람은 배우지 않으면 길을 알지 못한다

"아무리 좋은 옥이라도 갈지 않으면 보석이 될 수 없듯이 사람도 갈고닦지 않으면 도를 깨우치지 못한다."

『예기』의 말을 조금 더 인용해 보자.

"예전의 지도자들은 나라를 세운 뒤, 사람을 사람답게 하기 위해 교학을 최우선 과제로 삼았다."

백성을 가르치는 것을 통치 철학의 최우선 과제로 삼았다는 것이다. 그렇다면 당시에 무엇을 가르쳤던 것일까? 아마 이런저런 지식의 종류가 아니고 사회인으로 설 수 있는 기본적인 교양이나 마음가짐이었음에 틀림없다. '부지도'의 도에는 그런 내용이 담겨져 있는 것이다.

비지지간 행지유간
非知之艱 行之惟艱 『서경』

알기는 쉽지만 행하기는 어렵다

요즘 들어 각 기업에서는 조직의 활성화를 꾀하기 위해 간부 연수에 신경을 쓰고 있다. 그 도화선에 불을 당긴 선구자 격인 기업의 하나가 히다치[日立] 제작소다. 그곳에서 자체 운영하고 있는 아비꼬[我孫子] 연구소는 필자도 초대받아 종종 가는 곳인데, 현관을 들어서는 순간에 정면의 벽을 보면 '행난이학역(行難而學易)'이라고 새겨진 글자가 바로 눈에 띈다. 행하는 것은 어렵고 배우는 것은 쉽다는 뜻으로 풀이할 수 있다. 전 사장의 필체라고 하는데 연수한 내용을 실천의 장에서 적절하게 활용할 것을 기대하는 마음에서 쓴 것이라고 한다. 그런데 이 말의 근원을 찾아 거슬러 올라가면 표제에 올린 『서경』의 말이 떠오른다. 의미는 똑같다.

알기는 쉽지만 행하기는 어렵다[非知之艱 行之惟艱].

    은의 명재상 부설이 고종에게 충고한 말이기도 하다. 또 이 말을 적절하게 인용해 행역지난(行易知難)을 주장한 사람이 혁명의 아버지로 일컬어지는 손문(孫文)이다. 손문은 당시 한민족이 조국의 현실에 대해 인식이 부족하다는 생각에 경종을 울리려는 의도로 이 말을 사용했다고 한다.

12

좌 망
坐忘『장자』

무심의 경지

    지금은 거의 불교 용어로 통용되고 있지만 이 말의 출전은 어디까지나 『장자』다. 이것에 관한 장자의 의견을 서술해 보겠다.

    "오체의 힘을 빼고, 일체의 감각을 잊어버리면 몸과 마음이 텅 빈 상태가 된다."

    무심의 경지로 노장사상의 원전이 되는 말이다. 이것을 현실 정치에 활용한 것이 유신회천(維新回天)으로, 영천청화(氷川淸話)에 이런 말이 있다.

"인간은 어떤 일에도 개의치 않고 마음속으로부터 잊어버리는 것이 불가능하다. 그러나 시종 그것을 마음에 담고 있으면 자신이 견디지 못한다. 좌망으로 모든 것을 잊어버리는 경지에 도달하면 처음으로 만사만경(萬事萬境)에 응해 종횡자재(縱橫自在)의 판단이 가능하다."

한 가지 확실한 사실은 잡념이 많으면 바른 판단을 내릴 수 없다는 것이다. 그런 경우에는 좌망의 경지로 대처하라.

여 인 불 구 비
與人不求備 『서경』

나에게 없는 것을 남에게서 찾지 마라

사람을 대할 때 상대가 완전한 인간이기를 기대해서는 안 된다는 말이다. 이것 역시도 인간관계를 원활하게 하기 위한 지혜의 하나다.

자신이 완전한 인간이라면 상대에게도 완벽함을 요구하는 것이 당연하다고 이해할 수도 있겠다. 그러나 현실적으로 완전한 인간이란 존재하지 않는다. 자신은 완전한 인간이 아니면서 상대에게만 완벽하기를 바라는 것은 모순이다. 누가 보더라도 설득력이 없는 이야기다. 오히려 상대는 물론 주위 사람들의 반발만 사게 될 것이다.

이런 결점이 자주 드러날 때가 사람을 부리는 경우다. 이 문장에는 이런 주석이 붙어 있다.

"사람을 쓸 때는 반드시 '기'로 쓴다."

기는 그릇을 말한다. 즉, 상대의 그릇(능력)에 맞게끔 일을 시켜야 한다는 것이다. 능력에 버거운 일을 억지로 시켜봐야 효율성이 없다. 현실적으로 상대의 능력의 한계를 파악해서 그것을 최대한으로 활용할 수 있는 일을 맡겨야 한다. 그것이 여기서 말하고 있는 불구비(不求備)인 것이다. 이것이야말로 사람을 부리는 요체라고 할 수 있다.

물론 자신에게 부족한 능력은 어떻게든 갖추지 않으면 안 된다. 그러나 그것을 타인에게서 구하려 한다면 그것은 결국 파탄을 부르는 일이다.

14

사 예 즉 립 불 예 즉 폐
事豫則立 不豫則廢 『중용』

준비한 뒤 실행하면 성공하고, 준비없이 실행하면 실패한다

무슨 일이든 충분한 준비를 한 뒤 실행하면 성공하고, 준비를 게을리 하면 실패한다는 말로 준비 과정의 중요성을 강조하는 말이다.

중용은 그 구체적인 것으로 다음의 네 가지 항목을 들었다.

1. 충분히 생각한 뒤 발언을 하면 말에 막힘이 없다.
2. 계획을 꼼꼼하게 세우고 일에 착수하면 고통을 겪지 않는다.
3. 행동하기 전에 예정을 확실하게 정해두면 실패하지 않는다.
4. 출발할 때 일정을 분명하게 정해두면 도중에 지치지 않는다.

성공과 실패를 가르는 열쇠는 이 밖에도 여러 가지가 있겠지만 그 첫 번째 관문은 뭐니 뭐니 해도 준비 상태라고 할 수 있다. 물질적으로나 정신적으로나 충분한 준비를 갖춘 뒤에 일을 시작해야 실패하지 않는다.

15

걸주지실천하야　실기민야
桀紂之失天下也 失其民也 『맹자』

백성의 마음을 잃으면 천하를 잃는다

하의 걸왕과 은의 주왕은 중국 삼천 년의 역사에서 가장 전형적인 폭군으로 알려져 있는 인물이다. 그들이 나라를 망친 가장 근본적인 이유는 백성의 지지를 잃었기 때문이다. 그에 관한 맹자의 의견을 들어보자.

"걸왕과 주왕이 천하를 잃어버린 것은 백성을 잃어버렸기 때문이다. 백성을 잃는 것은 백성의 마음을 잃는 것과 같다."

내우외환(內憂外患)이라는 말이 있다. 나라를 멸망에 이르게 하거나 조직이 와해되는 것은 결정적으로 이 두 가지의 원인에 기인한다. 그러나 이 두 가지를 분석해 보면 내우가 외환을 불러들이는 경우가 대부분이다. 곧, 외환을 막기 위해서는 내우를 미리 예방해야 한다는 말이 된다. 그렇다면 내우를 예방하기 위해서는 무엇을 어떻게 해야 할까? 맹자는 이렇게 말하고 있다.

"무엇보다도 백성을 손에 넣는 것이다."

백성을 손에 넣기 위해서는 무엇을 어떻게 해야 하는 걸까? 맹자는 이렇게 말했다.

"백성의 마음을 손에 넣어야 한다. 백성의 마음을 손에 넣는 방법은 백성의 기대를 만족시켜 주고, 싫어하는 것을 강요하지 않는 것이다."

충고이선도지 불가즉지
忠告而善道之 不可則止 『논어』

충고로 선도하고, 불가할 때는 즉시 멈춘다

"멀리서 친구가 오니 어찌 즐겁지 않겠는가."

이 말은 『논어』시작에 나오는 말로, 너무도 유명한 말이다. 공자의 시대에는 통신 수단이라는 것이 변변치 않았던 시대이니만큼 멀리서 온 친구를 만나는 기쁨이 각별했을 것이다.

공자는 교우 관계에 대해 어떤 생각을 지니고 있었을까? 어느 날 자공이라는 제자가 그것에 관해 묻자 공자는 이렇게 대답했다고 한다.

"친구가 잘못을 범했을 때는 성의있는 충고로 선도해야 한다. 그러나 친구가 그것을 받아들이려 하지 않는다면 충고를 멈추고 한동안 지켜보는 것이 좋다. 아무리 좋은 충고라도 너무 끈질기게 하면 오히려 역효과만 난다."

어디까지나 상대의 주체성을 존중해 주는 자세임에 틀림없다. 이것도 역시 '군자의 교제'라고 말할 수 있겠다.

중국고전 일일일언

어불가이이이자 무소불이
於不可已而已者 無所不已 『맹자』

멈추어서 안 될 곳에서는 멈추지 마라

멈추면 안 될 곳에서 멈추는 사람은 무엇을 하더라도 도중하차밖에 하지 못한다는 뜻이다. 『맹자』는 또 이렇게 말하고 있다.

"전력을 다해야할 때 손을 놓는 인간은 무엇을 해도 제멋대로인 인간이다."

인생에서 실패해서는 안 될 순간이 있다. 포기해서는 안 될 중요한 순간을 말하는 것으로, 거기서 버티지 못하면 지금까지 쌓아 올린 모든 것을 잃게 되는 순간이나 혹은 그것을 극복하지 못하면 새로운 전망을 기대할 수 없는 시점을 말한다. 맹자가 말하는 멈추면 안 될 곳이란 바로 그런 시점을 의미하는 것으로 절대 포기해서는 안 된다는 것이다. 물론 인간의 의지만으로는 안 되는 불가항력이라는 것이 있다. 그러나 적어도 스스로 포기하는 일만큼은 없어야 된다는 것이다. 그 순간을 돌파하면 그것이 큰 자신감으로 이어져 인간적으로도 또 한 번 크게 성장할 수 있는 것이다.

그것의 가능 여부는 의지력의 문제다. 평소에 강한 의지를 단

런해 두지 않으면 그런 중요한 시점에서 맥없이 주저앉아 버리고 만다.

군 자 유 구 사
君子有九思 『논어』

군자에게는 구 사가 있다

공자에 의하면 군자에게는 늘 마음에 새겨두지 않으면 안 되는 것이 아홉 가지가 있다고 한다.

"군자에게는 구 사(九思)가 있다."

1. 시각(視覺)은 명민(明敏)할 것.

2. 청각(聽覺)은 예민(銳敏)할 것.

3. 표정에는 온미(溫味)가 있을 것.

4. 태도는 성실할 것.

5. 발언은 충실할 것.

6. 행동은 신중할 것.

7. 의문에 대해서는 탐구심을 가질 것.

8. 감정에 휘말리지 말 것.

9. 이(利)에 직면해 의(義)를 잊지 말 것.

이 아홉 가지를 명심하면 균형 잡힌 사회인으로서 손가락질당하는 일은 결코 없을 것이다.

熱鬧中著一冷眼 便省許多苦心事 『채근담』

번잡할 때 냉정을 찾으면 고심을 줄일 수 있다

열뇨(熱鬧)는 정신을 차릴 수 없을 만큼 번잡한 상태를 이르는 말이다. 그런 때일수록 한발 물러서서, 냉정한 눈으로 주위를 둘러보는 여유를 갖게 되면 마음속에 있는 고민을 줄일 수 있다는 것이다. 허다(許多)는 많은 고심사(苦心事), 즉 번민을 이르는 말이다.

번잡하고 소란한 상태에 있다 보면 자신도 모르게 냉정함을 잃게 되어 실수를 저지르기 쉽다. 또 그런 실수는 자칫 대형 사고로 이어질 가능성도 있다. 그런 불행한 사태가 일어나지 않도록 사전에 예방하기 위해서는 평소에 침착함을 유지하고 있어야 한다. 몸이 몇 개가 있어도 모자랄 정도로 정황이 급박하게 돌아가는 상태일지라도 마음은 항상 냉정함을 유지해야 한다. 그런 냉정함을 유지하기 위해서는 무엇보다도 마음의 여유가 필요하다.

흔히 망중한(忙中閑)이라는 말을 한다. 그러나 한(閑)의 때를 갖고 싶다고 해도 마음대로 되지 않는 경우가 대부분이다. 특히 망중망(忙中忙)의 사람일수록 평소에도 의식적으로 노력해서 냉정한 판단력을 길러두어야 할 필요가 있다. 『채근담』의 이 말은 망중망의 현실에 파묻혀 있는 우리에게 좋은 어드바이스가 될 것이다.

시인불여자시야
恃人不如自恃也 『한비자』

남에게 의지하지 말고 자신에게 의지해라

남에게 의지하지 말고 자신의 힘을 믿으라는 교훈으로 『한비자』는 이런 예를 들었다.

옛날 노(魯)나라에 생선을 매우 좋아하는 재상이 있었다. 그 소문을 듣고 나라 안의 사람들이 서로 앞을 다투며 생선을 갖다 주었다. 그러나 재상은 단 한 마리도 받지 않았다. 어떤 사람이 그 이유를 묻자 재상은 이렇게 대답했다.

"당연히 거절해야 한다. 생선을 받게 되면 상대에게 예를 갖춘 말을 해야 하고, 또 상대를 위해서 법을 어기는 일을 하게 될지도 모른다. 그렇게 되면 그 즉시 면직(免職)이다. 면직 처분을 받고 나면 내가 아무리 생선을 좋아한다고 하더라도 누구 하나 나에게 생선을 주려고 하지 않을 뿐 아니라, 돈이 없어서 사 먹을 형편도 되지 못할 것이다. 지금 이렇게 거절해야만 오래오래 내가 좋아하는 생선을 사 먹을 수 있지 않겠나."

이 재상의 말처럼 남을 의지하는 것보다 자신을 의지하는 편이 훨씬 더 안전하다. 이 얼마나 올바른 처세인가.

21

인지환 폐어일곡이암어대리
人之患 蔽於一曲而闇於大理 『순자』

인간의 결점은 한 면만 보고 전체를 파악하려는 것이다

사물의 한 면에만 치우치면 전체를 파악할 수 없다. 이것이 인간의 결점이라는 것이다. 왜 한 면밖에 보지 못할까? 순자에 의하면 편견에 의해 마음에 혼란이 생기기 때문이라고 한다.

"마음에 혼란이 생기는 것은 호악(好惡)의 감정에 좌우되기 때문이다. 시종(始終), 원근(遠近), 광협(廣狹)의 한쪽 방향만 취하기 때문이고, 과거와 현재 중 한쪽에 치우치기 때문이다. 매사에 한쪽으로 치우치게 되면 마음에 혼란이 생겨 판단력을 잃게된다."

인간에게는 원래 사실을 사실로 인정하지 않으려는 심리적 경향이 있어서, 매사를 자신의 기준에 적용시켜 생각하려는 경향이 짙다고 한다. 인지구조(認知構造)의 왜곡을 본래부터 가지고 있다는 것이다.

그런 왜곡의 개념에서 벗어나기 위한 자각적인 노력이 필요하다.

1. 고정관념의 탈피
2. 냉정한 판단력의 양성
3. 정확한 정보의 입수

22

군 자 유 삼 계
君子有三戒 『논어』

군자는 세 가지를 경계해야 한다

군자는 세 가지를 경계하지 않으면 안 된다고 하는 말이다. 우

중국고전 일일일언

선 공자의 말을 들어보자.

"청년 시기는 혈기가 일정하지 않아 색을 경계해야 한다. 장년은 혈기가 강해지기에 투를 경계해야 한다. 노년은 혈기가 쇠하므로 득을 경계해야 한다."

이 말을 좀 더 알기 쉽게 풀이해 보자.

1. 혈기에 좌우되지 않는 청년 시대에는 색욕을 자중한다.

2. 혈기가 왕성한 장년 시대에는 투쟁욕을 자중한다.

3. 혈기가 쇠퇴하는 노년기에는 물욕을 자중한다.

색, 투, 득 이 세 가지 중 어느 하나만 정도에 맞게 발휘할 수 있다면 인생의 활력소가 될 것이다. 그러나 어느 것 하나라도 지나치게 되면 자신을 파멸시키는 근원이 되고 만다. 문제는 이것들을 어떻게 조절하느냐에 있다. 색에 빠져서 앞날을 망치는 청년, 투쟁의 길로만 내닫다가 자멸하고 마는 장년, 이익만 탐내다 늙어서 추한 모습을 보이는 노년 등은 한결같이 자기 조절에 실패한 예라고 할 수 있다.

23

건공입업자 다허원지사
建功立業者 多虚圓之士 『채근담』

성공하는 사람의 대부분은 원만한 사람이다

"사업에 성공하고, 공을 세우는 사람은 대부분이 허심탄회하고 원만한 사람이다."

『채근담』은 또 이렇게 말하고 있다.

일에 실패하고 기회조차 잃어버린 사람은[僨事失機者] 반드시 고집이 세고 집착이 강한 사람이다[必執拗之人].

지금까지의 말들을 요약, 비교해 보자.

1. 성공하는 사람─원만한 사람
2. 실패하는 사람─집요한 사람

원만함은 고정관념에 얽매이지 않아 정세의 변화에 대해 유연한 대응이 가능한 자질을 뜻한다. 위기관리에 강한 타입이라고 할 수 있다. 이에 비해 집요함은 자신의 생각에 고착하는 완고한 성격을 뜻한다. 그렇기에 변동하는 정세에 쉽게 대응하지 못하는 것이다.

이 두 가지의 명암이 극단적으로 엇갈리는 것은 당연한 일이다. 또 젊은 시절엔 원만하다가도 나이가 들수록 집요해지는 경향이 있으니 이 점 또한 충분히 주의해야 할 일이다.

태 상 하 지 유 지
太上 下知有之 『논어』

뛰어난 지도자는 그 이상도 그 이하도 아니다

노자는 지도자[太上]의 등급을 네 단계로 분류했다. 그것을 최저등급의 순으로 나열해 보면 다음과 같다.

1. 부하들에게 놀림을 받는 지도자
2. 부하들이 두려워하는 지도자
3. 부하들에게 존경을 받는 지도자

그리고 마지막 단계로, 가장 이상적인 지도자는 부하들의 입장에서 지도자로서의 자격을 갖추었다고 인정하면서도 그 이상도 그 이하도 아닌, 그런 지도자라고 한다. 노자의 말을 빌어보자.

"훌륭한 지도자는 변해(辨解)도 선언(宣言)도 하지 않는다. 혁혁한 공을 세웠어도 그것이 그의 공이라고 남들에게 인식시키지 않는다."

노자의 말에 비추어 볼 때, 자신의 공적을 과시하는 지도자는 이상적인 지도자상과는 거리가 멀다고 봐도 무방할 것이다.

발분망식 낙이망우
發憤忘食 樂以忘憂 『논어』

화가 나면 먹는 것을 잊고, 기쁠 땐 근심을 잊는다

어느 날, 공자의 제자 자로에게 누군가가 물었다.

"공자는 어떤 사람입니까?"

그러나 자로는 아무 대답도 하지 않았다. 스승이 없는 자리에서 감히 스승의 인품을 논한다는 것이 제자로서의 도리가 아니라고 생각했기 때문이다. 후에 그것을 알게 된 공자는 자로에게 이렇게 말했다고 한다.

"왜 대답하지 않았느냐? 화를 낼 때는 먹는 것도 잊어버리고, 즐거움에 열중하면 걱정도 잊어버리고, 살날이 얼마 남지 않았다는 것조차도 잊어버리고 사는 늙은이라고 대답하면 되는 것을……."

이것은 공자가 그린 자신의 자화상이다. 뭐라고 말로 형용할 수 없는 인생의 깊은 맛이 배어 있는 말이 아닌가? 화가 났을 때뿐만 아니라 즐거울 때의 상황을 묘사한 말이 압권이다. 문득 공자의 삶과 같은, 그런 삶을 살고 싶다는 생각이 든다.

유유도자 능비환어말형야
惟有道者 能備患於末形也 『관자』

뛰어난 인물은 화를 미연에 방지할 수 있다

유도자(有道子)란 뛰어난 덕과 능력을 지닌 인물로, 여기에서는 훌륭한 지도자를 뜻한다. 그런 인물일수록 화를 미연에 방지하는 것이 가능하다는 것이다. 그 이유로 관자는 다음의 두 가지를 들었다.

1. 시기에 적절한 대책을 세우기 때문에 일이 커지지 않는나.
2. 공평무사한 태도로 임하기에 폭넓은 지지를 받고 있다.

또 그 반대의 경우에 대해서도 언급했다.

"지도자가 우유부단하면 정책은 늘 뒤떨어진다. 물욕이 왕성하면 인심을 얻지 못하고, 무능함을 보이면 신뢰를 얻지 못한다. 결국 뜻있는 부하들로부터 외면을 당한다."

이런 지도자라면 화를 미연에 방지할 수 있는 대책을 세우기는커녕 자리를 보존하기도 어려울 것이다. 또한 이 말은 우리의 현실에서도 그대로 적용된다.

조직의 세를 더 부풀리고 싶은 욕망이 있는 리더라면 먼저 자신의 덕과 능력부터 키워놓고 볼 일이다.

질풍지경초
疾風知勁草 『후한서』

질풍에 경초를 안다

경초(勁草)란 강하고 끈질긴 풀이다. 그러나 바람이 온화한 날에는 어떤 풀이 강하고 약한지 구분이 되지 않는다. 하지만 질풍이 불어닥치기라도 하면 약한 풀은 지면에 딱 달라붙어 있지만 강하고 끈질긴 풀은 세찬 바람 속에서도 머리를 쳐들고 곧장 일어서려고 한다. 질풍이 몰아치는 날일수록 경초의 진가가 발휘되는 것이다.

사람도 마찬가지다. 평온 무사한 날에는 의지력이 강한 사람이나 그렇지 않은 사람이나 구분이 되지 않는다. 곤란이나 역경에 처했을 때 비로소 그 사람의 진가가 드러나는 법이다. '질풍에 경초를 안다'는 것은 바로 그런 뜻이다.

'인간 행로난(人間 行路難)'이라는 시구처럼, 인생에는 반드시 곤란과 역경이 따르기 마련이다. 그런 고비의 순간에 꺾이고 만다면 더 이상 앞도 뒤도 없다. 그런 때일수록 머리를 쳐들고 등을 쭉 펴고 똑바로 걸어가야 한다. 하찮은 풀 한 포기일망정 본받을 것은 본받아야 한다.

단 이 감 행 귀 신 벽 지
斷而敢行 鬼神避之 『사기』

결단으로 감행하면 귀신도 피한다

진시황(秦始皇)이 순행 중에 급사하자, 유언에 따라 장남인 부소가 후계자에 지명되었다. 그러나 환관인 소고는 부소를 죽이고 차남인 호해를 옹립할 음모를 꾸몄다. 평범하기 그지없는 호해를 조종해 자신이 실권을 장악하려는 의도였음은 두말할 것도 없다. 하지만 호해는 야망이 없는 인물이었다. 이 문장은 조고가 주저하는 호해를 협박한 강담판에 인용했던 말이다.

"소(小)를 돌아보며 대(大)를 잊으면 반드시 해를 입고, 고의유예(孤疑猶豫)하면 반드시 후회할 것입니다. 결단으로 감행하면 귀신도 피할 수 있으니 반드시 성공할 것입니다."

이렇게 말하며 고해에게 결단을 촉구했던 것이다. 일반적으로 어떤 은밀한 일을 추진할 때 귀신의 눈도 피한다는 말이 널리 통용되고 있다. 이렇게 궁중의 음모 사건을 배경으로 생겨난 말인 것이다.

무엇인가 일을 시작할 때 의기를 불태우는 것은 좋다. 그러나 의기는 마음속에만 담아두어야 한다. 공연히 경쟁 상대에게 이쪽의 의도를 알릴 필요는 없는 것이다. 겉으로 드러나지 않는 의욕이야말로 진정 큰일을 이루어낼 수 있는 강력한 원동력이다.

순 덕 자 창 역 덕 자 망
順德者昌 逆德者亡 『한서』

덕을 따르는 자는 성하고, 덕을 거스르는 자는 망한다

한의 유방이 항우의 패권에 도전해 군을 이끌고 낙양 근처까지 진격했을 때의 일이다. 근처에 사는 한 장로가 찾아와 이 말을 인용하며 대의명분을 확실하게 세워 도의에서 우위에 설 것을 진언했다고 한다. 덕은 도의나 도리로 이해하면 알기 쉬울 것이다.

"신이 듣기로는, 덕을 따르는 자는 성하고 덕을 거스르는 자는 망한다고 합니다."

장로의 말에서 알 수 있는 것처럼 그 당시에 이미 이 말은 속담처럼 민간에 널리 퍼져 있었던 말임에 틀림없다. 당시의 사회 실태를 반영한 말이기도 하지만, 민간에서 갈망하고 있던 간절한 소원이었을 것이다.

시대를 막론하고, 악이 번성하는 시기가 있다. 그 안에서 성실하게 살아가는 자들은 악에 시달릴 때마다 이 말을 되새기면서 자신을 납득시켰음에 틀림없다. 그러나 그것은 긴 안목으로 볼 때, 단순한 원망이 아니라 역사적 진실인 것이다.

30

환락극혜 애정다
歡樂極兮 哀情多 『고분신보』

환락의 끝에 다가오는 것은 슬픈 정

한의 무제가 지은「추풍사(秋風辭)」라는 시의 일절이다.

환락극혜 애정다(歡樂極兮 哀情多)
－ 환락의 끝에 슬픈 정……

　무제는 한의 전성기를 누린 황제다. 나는 새도 떨어뜨릴 정도로
위세 등등한 지위에 걸맞게 그의 취미 생활 역시도 호사의 극에
달했음에 틀림없다. 그러나 그런 그에게도 뜻대로 되지 않는 일이
있었으니, 즐거움의 뒷면에 드리워지는 슬픈 정[哀情]이 바로 그것
이다. 인생이란 그런 것이라고 말하는 사람도 있을지 모른다.
　우리의 취미 생활은 무제의 그것에 훨씬 미치지 못한다. 그러
나 '환락(歡樂)의 끝에……' 이런 생각은 누구라도 가질 수 있는
것이다. 하나의 예를 들어보자. 무리를 지어 와자지껄하게 떠들
며 먹고 마실 때의 분위기는 즐거움 그 자체다. 그러나 그 자리
가 파하고 흐트러진 탁자 위에 술잔, 쟁반 등이 어질러진 모습을
보게 되면 조금 전까지의 즐거웠던 기분이 한순간에 사라지고
삭막한 느낌에 젖어들게 된다. 이것은 비단 한 사람만의 경험은
아닐 것이다.
　『채근담』도 이에 동조하고 있다.

"세상의 즐거움은 대개가 그런 것이다. 왜 적당한 선에서 그칠 줄 모르는가?"

언제까지나 환락에 빠져 있는 것도 곤란하다.

궁즉변 변즉통
窮則變 變則通 『역경』

궁하면 변하고, 변하면 통한다

"일이 막바지에 접어들면 반드시 정세의 변화가 일어난다. 그리고 변화로부터 또 새로운 전개가 시작된다."

역경에 의하면 이것은 인간 세계를 관통하는 불변의 법칙이라고 한다. 잘 생각해 보면 그런 것 같기도 하다.

일반적으로 처세에 가장 신경이 쓰일 때는 궁핍해졌을 때다. 그렇게 막다른 상황까지 몰렸을 때 정말로 중요한 현안은 그 상황을 어떻게 타개해 나갈 것이냐, 하는 것이다. 아무리 현명한 사람이라 해도 그런 상황에서는 이성을 잃거나 자포자기가 되어 진퇴(進退)를 오판하는 경우가 적지 않다. 그러나 『역경』의 말을 믿는다면, 역경에 처했을 때일수록 서두르지 않고 정세의 변화를 기다려 보는 것이다. 그러나 기다린다고 해서 손가락만 꼽으며 하릴없이 그냥 기다리는 것이 아니다. 또 이런 말도 있다.

"군자는 그릇을 가지고 때를 기다리며 행동한다."

능력을 그릇에 비유한 말로, 능력을 갈고닦아 실력을 갖추며 때가 오기를 기다리라는 충고의 말이다. 그렇게 때를 기다리다 보면 정세의 변화에 대응해 새로운 전망을 개척해 나갈 기회가 반드시 찾아온다는 것이다.

· 위료자(尉繚子)

이십사 편 오 권. 병법서. 전국 시대의 병가 위료의 저서.

· 역경(易經)

역 혹은 주역이라고 한다. 음양의 원리로 천지만물의 변화하는 현상을 설명하고 해석한 유교의 경전.

· 회남자(淮南子)

이십일 권. 전한의 회남왕 유안(한의 고조 계) 막하의 학자들이 편찬한 강론서.

· 관자(管子)

이십사 권. 춘추 시대의 전기. 제나라 환공을 보필했던 재상 관중과 그의 문하의 찬술. 정치의 근본은 부민으로, 입법과 포교는 그 다음이라고 주상하고 있다.

· 한서(漢書)

백이십 권. 전한의 역사를 기록한 정사.

· 한비자(韓非子)

이십 권 오십오 편. 전국 시대의 한비의 찬. 진 시대의 법학을
집대성한 뒤, 자신의 생각을 덧붙였다.

· 근사록(近思錄)

십사 권. 송의 주희, 여조겸의 공저. 송의 학자들의 저서와 어
록에서 육백이십이 조를 골랐다.

· 효경(孝經)

일 권. 십삼 경의 하나. 공자와 증삼과의 효도에 관한 문답서.

· 후한서(後漢書)

백이십 권. 본기십 권. 열전 전팔십 권은 남북조 시대, 남조송
범엽의 찬으로, 지 삼십 권은 진의 사마표의 속한서에서 취했
다.

· 국어(國語)

이십일 권. 노의 좌구명의 저서. 춘추 시대 열국(列國)의 사적
을 나라별로 편찬했다.

· 오자(吳子)

일 권. 저자 불명. 『손자』에 버금가는 병법서.

· 고문진보(古文眞寶)

이십 권. 송의 황견편. 전집과 후집으로 되어 있다.

· 채근담(菜根譚)

이 권. 명말의 홍자성의 어록. 전집 이백이십이조는 사관보신
의 길을 말하고 있으며 후집 백삼십사조는 은퇴 후에 산림에
한거하는 즐거움을 말하고 있다. 합계 삼백오십육조는 모두
단문이지만 대구를 많이 쓴 간결한 미문이다.

· 좌전(左傳)

삼십 권. 춘추좌씨전의 략. 노의 좌구명의 저서로 알려져 있다.

· 삼국지(三國志)

육십오 권. 정사의 하나. 한 멸망 후 천하를 삼분한 삼국(위,
오, 촉)에 관한 사서.

· 사기(史記)

백삼십 권. 전한의 사마천이 편찬한 중국 최초의 통사. 상고
시대부터 한의 무제에 이르는 역사서.

· 시경(詩經)

중국 최고의 시집. 현재 전해지는 것은 삼백오 편. 오경의 하
나로 처음에는 단순히 시라고 했으나 송대 이후 시경으로 부
르게 되었다.

· 십팔사략(十八史略)

칠 권. 원의 증선지의 찬. 십팔사의 요약이라는 의미로 태고에
서 남송까지의 사천 년간의 사실을 간략하게 기록했다.

· 순자(荀子)

이십 권. 전국 시대 말기의 학자 순황의 저서. 맹자에 버금가는 학자로 맹자의 성선설에 대해 성악설을 주창했다.

· 정관정요(貞觀政要)

십 권. 당의 오경의 저서. 당의 태종과 중신들의 논의를 사십 문으로 나누었다.

· 서경(書經)

이십 권. 요, 순의 전설 시대부터 하, 은을 거쳐 주대에 이르는 동안의 정치에 관한 기록.

· 진서(晉書)

백삼십 권. 서진과 동진의 정사로 당 태종의 명에 의해 편집.

· 세원(說苑)

이십 권. 전한의 유향 찬.

· 전국책(戰國策)

삼십삼 권. 전한의 유향편. 주의 원왕에서 진시황에 이르는 전국 시대의 모신(謀臣), 책사들의 활약을 국가별로 엮어놓았다.

· 장자(莊子)

삼십삼 권. 전국 시대 중기의 도가 장주와 그 일문의 사상을 기록. 장주 찬.

· 송명신언행록(宋名臣言行錄)

이십사 권. 전집 십 권, 후집 십사 권, 송대 명신들의 언행을 기록했다.

· 손자(孫子)

일 권. 춘추 말기 오의 손무의 병법서.

· 대학(大學)

일 권. 원래 『예기』에 들어 있는 일 편이었으나 송대 이후 단행본으로 독립.

· 중용(中庸)

사서의 하나. 원래는 『예기』 안의 일 편이었다. 공자의 손자인 자사의 저서.

· 통속편(通俗編)

삼십팔 권. 청의 적호 찬. 일상적으로 쓰이는 말을 분류, 그 출처를 명시했다.

· 전습록(傳習錄)

삼 권. 명의 왕양명의 어록을 문인들이 편집했다.

· 당시선(唐詩選)

칠 권. 당대의 시인 백이십칠 명의 시선집.

· 남제서(南齊書)

오십구 권. 남조제의 정사로 제서라고도 한다.

· 문장궤범(文章軌範)

칠 권. 송의 사방득 찬. 과거 수험자를 위한 궤범이 되는 문장을 모아놓은 책.

· 묵자(墨子)

십오 권. 묵적과 그 학파의 학설을 기록했다. 묵적의 저서로
알려졌으나 현재는 그 문인의 저술로 인식되고 있다.

· 맹자(孟子)

칠 권. 전국 시대 중기의 유가 맹가의 언행과 학설을 편집. 사
서의 하나로, 성선설과 왕도론으로 유명하다.

· 문선(文選)

삼십 권. 남조 양의 소명태자 찬. 주에서 남북조 시대의 양에
이르는 약 천 년간 백삼십여 명의 시부 문장 외에 작자 불명의
고시조 수록.

· 예기(禮記)

사십구 편. 주말 진한 시대의 예에 관한 이론 및 실제의 기록
편집.

· 열자(列子)

팔 권. 전국 시대 초기의 정나라 사람 열어구의 저서로 알려져 있으나 위작설도 있다. 일명 중허진경이라고도 한다.

· 노자(老子)

이 권 팔십일 장. 도덕경이라고도 한다. 도가의 중심, 노담의 저서라고 하나 노담이 실재 인물인지는 분명하지 않다.

· 논어(論語)

십 권 이십 편. 사서의 하나. 공자와 그의 제자들의 언행을 기록한 것으로 유가의 성전으로 불린다.